KARIN MÜLLER

DAS RÄTSEL DES PFERDEAMULETTS

Schneiderbuch
EGMONT

Bisher bei Schneiderbuch erschienen:

Das Rätsel des Pferdeamuletts (Band 1)
Nordlicht – Im Land der wilden Pferde (Band 1)
Nordlicht – Im Bann der wilden Pferde (Band 2)
Nordlicht – Die Magie der wilden Pferde (Band 3)

1. Auflage 2020

verlegt durch EGMONT Verlagsgesellschaften mbH,
Alte Jakobstraße 83, 10179 Berlin

Umschlaggestaltung: Designomicon | Anke Koopmann, München
Umschlagmotiv: © Anke Koopmann unter Verwendung von Motiven von shutterstock
Satz: Datagrafix GSP GmbH, Berlin, www.datagrafix.com
Printed in the EU
ISBN 978-3-505-14321-2
www.schneiderbuch.de

Inhalt

Prolog

Die regennassen Blätter funkelten im Licht der Scheinwerfer. Sie sahen aus wie zerbrechliche Kunstwerke aus Glas. Und genau wie Kristall zerbarsten sie unter den rutschenden Hufen der Pferde. Was von den Blättern übrig blieb, war glitzernder Pflanzenbrei, auf den sich ein roter Tupfen verirrte.

Nasses Herbstlaub auf Teer und Asphalt und ein einzelner Tropfen Blut.

Als würde dem eisigen Regen das nicht gefallen, wusch er den Fremdkörper fort, verwässerte den unpassenden Schimmer, bis er kaum noch zu sehen war. Er verlor sich in öligen Regenbogenschlieren, im Widerschein blauer Lichter. Sie machten die Illusion von Glas in den angefrorenen Pfützen fast perfekt.

Die Stute starb ohne einen Laut. Ihr Körper lag quer auf der Fahrbahn. Ein zweites Pferd stand auf drei Beinen neben ihr, zitternd, schwer atmend. Männer in Stiefeln rannten an den beiden Tieren vorbei, auf den Graben zu. Sie hatten keinen Blick für das schwarze Fohlen, das auf unsicheren Hufen über die Straße tapste und mit hellem Stimmchen nach seiner Mutter rief. Die blinkenden Lichter der Sirenen spiegelten sich in dem kleinen Messingschild an dem noch viel zu weiten, nagelneuen Lederhalfter, in das erst am Vormittag sein Name eingraviert worden war. Die übrigen Pferde grasten mit aufgesperrten Nüstern am Straßenrand, jagten über ein abgeerntetes Maisfeld oder versuchten, zurück auf die Weide zu kommen.

Aus dem umgestürzten Fahrzeug drang für einen Augenblick ein Wimmern. Eine Frauenhand streckte sich nach dem Umriss des Mannes, der bei dem Unfall herausgeschleudert worden war.

Die Feuerwehrleute riefen sich Kommandos zu. Sie eilten zu den beiden Menschen, bargen die Frau. Sanitäter übernahmen. Der Tierarzt und sein Team waren fast zeitgleich zur Stelle. Sie kümmerten sich um die Pferde, schlangen Gürtel und Stricke um Hälse, um die Tiere in Sicherheit zu bringen. Versorgten Wunden, legten Verbände an. Überall eilige, routinierte Hände und Füße.

Gegen den Strom, wie in Zeitlupe, bewegte sich zwischen ihnen eine Frau, trat auf den Einsatzleiter zu, eine entsetzliche, stumme Frage auf den Lippen. Als er bedauernd den Kopf schüttelte, schlug sie die Hände vor den Mund, wich zurück, als habe er sie geschlagen, bis ein schrilles, junges Wiehern die zähen Schleier der Hintergrundgeräusche zerriss und in ihr Bewusstsein drang. Ihr Blick löste sich von dem Mann in Uniform und wanderte langsam zu dem schwarzen Hengstfohlen. Es stand auf den Hinterbeinen, riss sich von den Helfern los und trabte über die glitschige Fahrbahn zu seiner toten Mutter. Mit den Lippen begann es, das nasse Fell der weißen Stute abzutasten, zwischen den Beinen nach Milch zu suchen, den Körper zärtlich zu schubsen. Die Frau ging mit gesenktem Kopf auf die Tiere zu. Sie ließ das kleine Rappfohlen eine Weile gewähren. Dann griff sie nach dem Halfter. Ihre Hand verbarg das Messingschild. Nur noch der erste Buchstabe, ein großes A, war zu erkennen, als sie das Fohlen daran fortzog. Sanft. Beharrlich. Nach vorn gewandt.

Ihr Fuß streifte ein Päckchen. Es lag im Gras, unbeachtet, zwischen Glassplittern und Blech. Tropfen perlten von der hellbraunen Oberfläche des Packpapiers. Der Regen ging in Schnee über. Die königsblaue Tinte auf dem reich verzierten Aufkleber verschmierte mit jedem Regentropfen mehr. »Für Godje« war zwischen den Schlieren zu erkennen.

Unbemerkt trat eine dunkle Gestalt aus den Schatten. Sie bückte sich und hob es auf.

Die Frau hielt einen Moment inne, zögerte, als ob sie sich umdrehen wollte. Doch sie schüttelte sich nur kurz, wie wenn ihr ein Schauer über den Rücken liefe. Dann ging sie entschlossen weiter. Jeder Schritt schien sie enorme Willenskraft zu kosten. Aber sie drehte sich nicht mehr um. Der Dunkle verschwand ebenso leise, wie er gekommen war.

1. Silber, Zimt und Packpapier

Zehn Jahre und einen Tag später

»Happy birthday to you, happy birthday to you, happy birthday, liebe Godje, happy birthday, to youuuuuu!« Ein Funkenregen aus Wunderkerzen sprühte um Nanas Gesicht, als sie die Geburtstagstorte aus der Küche hereintrug. Vorsichtig stellte sie den Teller vor mir auf den Esstisch.

Ich hibbelte auf meinem Stuhl herum. Stillsitzen war noch nie eine meiner herausragendsten Fähigkeiten gewesen. Wie lange sollte ich mir denn noch die Augen zuhalten? Das war verflixt schwer! Heimlich linste ich ein drittes oder viertes Mal durch meine Finger. Ganz kurz nur.

Der Tisch war überladen mit bunt eingepackten Geschenken. Jedes einzelne war liebevoll mit Schleifchen, Glitzer oder Aufklebern verziert. Unsere beiden Frühstücksgedecke fanden kaum Platz inmitten der vielen Päckchen, und einen farbenfrohen Blumenstrauß hatte ich auch schon entdeckt.

Meine Nana rückte mit einer knappen, zärtlichen Handbewegung das Foto zurecht, das wie immer zwischen den beiden Tellern am Kopfende stand. Ich biss mir auf die Unterlippe.

Ihre Finger ruhten einen Moment auf dem Silberrahmen. Dann atmete sie aus und wendete sich mir zu.

Schnell schloss ich den Spalt zwischen meinen Fingern.

»Alles Gute zum Vierzehnten, mein Engel«, rief sie und wischte sich die Hände an der Küchenschürze ab. »Augen auf!«

Das ließ ich mir nicht zweimal sagen. Ich blinzelte bühnenreif und ließ meinen Blick über das Geburtstagsbüfett und die Funken sprühende Torte schweifen. »Wow! Danke, Nana!« Endlich aus meiner erzwungenen Ruhe befreit, sprang ich auf und schlang meine Arme um ihre weichen Schultern. »Du bist die allerbeste Oma auf der ganzen Welt.«

Nana drückte mich schmunzelnd an sich. »Na, das will ich doch hoffen. Schließlich ist das mein Lieblingsjob.«

»Ach was, ich bin nur ein Job für dich?« Ich wand mich aus der Umarmung und grinste meine Großmutter an. Für ihr Alter hatte sie einen ziemlich festen Griff.

Nana lächelte zurück. »Immerhin machst du inzwischen nicht mehr ganz so viel Arbeit wie früher.«

»So, so!« Spielerisch drohend zog ich die Augenbrauen zusammen und bewegte den Zeigefinger vor Nanas Gesicht hin und her. Die Sache mit dem Job war ein Running Gag zwischen uns, weil sie für die Vormundschaft ein wenig Geld bekam: Zum Leben zu wenig und zum Sterben zu viel, pflegte sie zu sagen.

Nana schüttelte den Kopf. »Du bist meine Berufung und mein größter Schatz.« Lachend packte sie mich an den Ohren und schmatzte mir einen Kuss auf die Stirn.

»Schon besser!«, antwortete ich und feixte. Dann drehte ich mich zum Tisch. Die Päckchen zogen mich magisch an, und Hunger hatte ich auch. »Lass mich raten – die gleiche Prozedur wie letztes Jahr? Nur *ein* Geschenk vor der Schule …?«

»Die gleiche Prozedur wie in jedem Jahr!«, bestätigte Nana. »Nur ein Geschenk! Aber bevor du es öffnest, puste zuallererst die Kerzen aus.« Sie zeigte auf die Torte, auf der die Wunderkerzen inzwischen längst verglimmt waren. Aber vierzehn schmale Kerzen genügten, um langsam die Sahne zum Schmelzen zu bringen.

Ich gehorchte.

Für einen Moment schloss ich die Augen und sammelte mich. Ich wusste genau, was ich mir wünschte, auch wenn dieser Wunsch niemals in Erfüllung gehen konnte. Es war mein eigenes kleines Geburtstagsritual. Dann holte ich tief Luft und blies mit aller Kraft.

Ein Licht nach dem anderen verlosch. Vierzehn dünne Rauchfäden waberten gemächlich Richtung Zimmerdecke, während ich versuchte, wieder zu Atem zu kommen. Ich sollte dringend mit Sport anfangen.

»Bravo!«, lobte meine Großmutter und lud mir ein Riesenstück Marzipantorte auf den Teller. »Was hast du dir gewünscht?«

»Das darf man doch nicht verraten, Nana! Das weißt du genau.« Ich zwinkerte ihr zu, stopfte mir einen Riesenhappen Sahnecreme mit Biskuit in den Mund und schielte kauend zu den Päckchen. »Welbffeff bffoll ibff bemm –?« Schnell schob ich noch eine Gabel voll Kuchen hinterher und spülte mit einem Schluck heißer Zimtschokolade nach. Blöde Schule. Zumindest an Geburtstagen sollte man vom Unterricht befreit werden.

Nana tippte wie nebenbei mit der Fingerspitze auf eine kleine türkisfarbene Schachtel mit goldenem Kräuselband. Also streckte ich brav die Hand danach aus. »Na gut. Wenn du meinst?!«

Mit fliegenden Fingern zupfte ich am Knoten herum. Dabei fiel mein Blick aufs Ziffernblatt meiner zerkratzten Armbanduhr. Mir blieb nicht mehr viel Zeit.

Vielleicht war in diesem Päckchen ja die lang ersehnte neue Uhr drin? Die mit dem schicken Lederarmband, die wir neulich im Schaufenster in der Fußgängerzone in der Stadt gesehen hatten? »Verflixt, ich muss gleich los. Sonst verpasse ich den Bus … na hopp, geh schon auf!«

Endlich gab das Band nach. Ich ratschte das Papier weg und hielt ein weiteres Schächtelchen in der Hand. Langsam klappte ich den Deckel zurück.

Aus dem Augenwinkel sah ich, wie meine Großmutter die Hand auf ihr Dekolleté legte. Das tat sie immer, wenn sie nervös war.

»Was ist das?«, fragte ich leise und kaute auf meiner Lippe herum. Ich wagte kaum, den flachen silbernen Gegenstand zu berühren. Kunstvolle Ornamente waren in das kleine Oval graviert. Behutsam strich ich mit der Fingerkuppe über die Struktur.

»Das ist ein Familienerbstück«, flüsterte Nana und räusperte sich. »Man kann es öffnen. Ich bin mir sicher, deine Mutter hätte gewollt, dass du es heute bekommst. Es ist also eher ein Geschenk deiner Eltern als von mir. Ein kleiner Bilderrahmen, den du dir umhängen kannst.«

Was sie nicht aussprechen musste, weil es uns beiden schmerzlich bewusst war, war die Tatsache, dass wir beide heute eigentlich unser Zehnjähriges hatten.

Ich nickte stumm. Was hätte ich dazu auch sagen sollen. Meine Eltern waren seit zehn Jahren tot, auf den Tag genau. In den ersten Jahren danach hatte ich mich überhaupt nicht mehr auf meinen Geburtstag freuen können – bis Nana beschloss, dass wir ihn künftig und bis in alle Ewigkeit um einen Tag nach hinten verschieben würden, auf den 19. Dezember. Seitdem gingen wir an meinem ursprünglichen Geburtstag erst auf den Friedhof und dann in die Kirche. Dort zündeten wir eine Kerze an – und tags darauf feierten wir das Leben, mein zweites Leben bei Nana, wie sie sagte. Jedes Jahr mit einer Kerze mehr auf der weltbesten selbst gebackenen Torte. Mit extraviel Marzipan, nach Bourbonvanille schmeckender Sahne und hausgemachter Himbeermarmelade. Das fühlte sich wunderbar an und schmeckte auch so. Vor allem, wenn es dazu heiße Schokolade mit einer Prise Zimt gab – mein absolutes Lieblingsgetränk.

In Zeitlupe nahm ich das kleine Oval von seinem samtigen Polster und drehte es zwischen meinen Fingern hin und her. Es wirkte beinahe wie ein kleines Buch an einer silbernen Kette, es fühlte sich kühl an, und ein leichter Schauer rieselte mir über den Nacken. An der Seite fand ich ein winziges Häkchen. Hier konnte man den Verschluss entriegeln. Unsicher sah ich zu Nana. Sie nickte mir aufmunternd zu. Ihre Augen schimmerten verdächtig.

Der Mechanismus klemmte ein wenig. Im Gegensatz zum Rest des Schmuckstücks wirkte er neu, vielleicht war das Medaillon an dieser Stelle einmal repariert worden. Ich hielt die Luft an und vergaß sogar, meine armen Lippen zu zerbeißen. Meine Eltern blickten mich an. In Farbe. Mein Vater Fergus links, meine Mutter Chloe rechts, auf den Innenseiten der silbernen Ovale. Gänsehaut pur. Sie schauten mich fröhlich an. Gut gelaunt. Freundlich. Und fremd. Da war eine gewisse Distanz. Die aber natürlich nicht mir galt, sondern einem unbekannten Fotografen. Ich starrte in die Gesichter, als könnten sie mir Antworten auf all meine Fragen geben. Eine Sekunde lang. Was war damals passiert? Warum habt ihr mich allein gelassen? Und warum tragen wir alle so komische Namen? Zwei Sekunden. Dann klappte ich das Medaillon entschlossen zu. Ich fühlte Nanas Blick auf mir. Die Erinnerung ehren und lebendig halten, aber niemals in der Vergangenheit herumstochern, das war ihr Credo, mit dem ich aufgewachsen war. Darum sprachen wir auch nie mehr darüber, was damals genau passiert war. Sie schien auf etwas zu warten.

»Das ist … das ist … Danke!«, stammelte ich und flüchtete in Nanas Umarmung.

»Gefällt's dir?«, fragte sie leise und strich mir über den Kopf. Ihre Hand zitterte leicht. »Du bist jetzt vierzehn, und da deine Eltern …« Sie brach ab. »Du kannst es auf deinen Nachttisch stellen … oder auf deinen Schreibtisch. Oder dir umhängen. Ganz wie du magst. Sie haben es für dich richten lassen. Damals. Kurz bevor …«

Ich nickte. Wir wollten nicht weiter darüber reden. »Legst du's mir um?«

Nana hielt mir schweigend ihre geöffnete Hand hin, und ich ließ den Anhänger hineingleiten, drehte mich und schob mir dabei die verwuschelten Haare aus dem Nacken. Ich wusste noch nicht, wie ich das Gefühl des kühlen Silbers auf meiner Haut fand. Ich zuckte kurz, und mein Herz klopfte, doch Nanas Hand auf meiner Schulter bildete einen seltsam beruhigenden Kontrast. Ich tastete danach, und ihre Finger hielten meine umschlossen. Warm und gut. Ich atmete tief durch.

Unsere alte Küchenuhr schlug halb. Erschrocken machte ich mich los. »Verflixt, ich muss zum Bus!« Bedauernd schielte ich zu meinem halb leer gegessenen Kuchenteller und spurtete los.

Meine Schultasche wartete bereits neben den Stiefeln im Flur. Eilig klemmte ich mir die Jacke unter den einen und den Rucksack über den anderen Arm. Ich ließ mir von Nana noch eine letzte Gabel voll Torte in den Mund schieben. Dann riss ich die Tür auf. Mit dem nächsten Schritt versetzte ich einem unscheinbaren, kleinen grauen Paket einen schwungvollen Tritt. Es rutschte von der Fußmatte, wo es mitten im Weg gelegen hatte, und blieb zwischen den Blumentöpfen und Tonfiguren liegen. Ich war buchstäblich darüber gestolpert. Irritiert starrte ich dem Ding hinterher. Wieso hatte der Absender denn nicht geklingelt? Oder hatten wir es nicht gehört?

»Geburtstagskind, yaaaayyyyy!«, schallte es zu uns herauf. »Beeil dich, sonst müssen wir laufen!«

Ich riss meinen Blick los. Am Rosenbogen, der die beiden weißen Mäuerchen links und rechts von der Eingangspforte zu unserem Häuschen krönte, standen Fenja und Lou mit zwei knallroten Ballons. Sie winkten hektisch. Auf dem einen erkannte ich eine Eins, auf den anderen war eine Vier gemalt.

»Wow, guck mal, wie cool!« Meine Miene hellte sich schlagartig auf. Eilig drückte ich Nana einen Abschiedskuss auf die faltige Wange. »Ich glaube, ich muss mich jetzt wirklich beeilen!«

»Das sehe ich auch so!«

Ich registrierte noch halb, wie Nana den beiden zuwinkte, dann galt meine Aufmerksamkeit voll und ganz meinen überdreht auf und ab springenden Freundinnen. Das graue Päckchen würde auf meine Rückkehr warten müssen.

Wir rannten den ganzen Weg durch die Reihenhaussiedlung zur Haltestelle, und doch hätten wir den Bus beinahe um Haaresbreite verpasst. Der Fahrer staunte nicht schlecht, als wir uns mit Luftschlangen um den Hals und den beiden äußerst widerspenstigen Ballons ins Wageninnere und bis nach hinten durchquetschten, aber er guckte nicht mürrischer als sonst auch. Maria hüpfte unruhig auf ihrem Platz herum. Sie erwartete uns bereits. Erleichtert atmete sie auf und räumte ihr großzügig verteiltes Gepäck vom Vierersitz unter der Heckscheibe auf den Boden: Plastiktüten, Büchertasche, Winterjacke, Mütze, Sportbeutel. *Sportbeutel?* »Oh nein! Ich habe meine Sportsachen vergessen!«

»Jetzt schon Alzheimer? Ist das nicht ein bisschen früh?« Fenja knuffte mich grinsend in die Seite.

»Ihr hättet doch auch mitdenken können«, beschwerte ich mich und ließ mich von Maria abküssen.

»Herzlichen Glückwunsch, du vergessliches Huhn! Da seid ihr ja endlich. Ich dachte schon, ihr lasst mich hängen.« Sie tauschte Blicke mit einer Frau in den Vierzigern, die grimmig jede ihrer Bewegungen verfolgte. Die Regiobusse bei uns im Landkreis beförderten nicht nur Schüler. Wer als Erwachsener morgens mit den Öffis fuhr, sah sich allerdings einer eingeschworenen minderjährigen Übermacht gegenüber. »Happy, happy birthday!« Maria knuddelte mich durch, und die Erwachsene, die ein Gesicht machte, als hätte sie in eine Zitrone gebissen, drehte sich weg.

»Danke. Ich habe meine Sportsachen vergessen!«, jammerte ich.

Lou kicherte. »Das ist so typisch. Wahrscheinlich wird das mit vierzehn alles noch schlimmer mit dir statt besser.«

»Vergiss Sport. Was hast du geschenkt bekommen?«, wollte Fenja wissen.

Ich setzte ein Gewinnergrinsen auf. »Berge«, behauptete ich. »Aber ihr wisst ja, dass ich die erst nach der Schule aufmachen darf.«

»Nicht mal eins?«, bohrte Maria.

Ich schüttelte den Kopf. »Keine Zeit gehabt.« Hoffentlich schoben sie meinen roten Kopf auf die stickige Luft hier drin. Warum auch immer, ich konnte es nicht begründen. Aber ich hatte keine Lust, ihnen mein Medaillon zu zeigen. Das war … privat. Oder zumindest war der Regionalbus dafür nicht der passende Ort.

»Und, willst du feiern?« Lou sah mich mit schief gelegtem Kopf von der Seite an. »Frag nicht, ob, sondern wann«, mischte sich Tessa ein und hakte mich unter. »Du musst unbedingt Jungs einladen«, zischte sie mir verschwörerisch ins Ohr. »Fynn kann Bier besorgen.«

Ich verdrehte die Augen. »Nicht witzig!« Natürlich war das ein Witz, aber ein schlechter. Ich hatte weder Lust auf Alkohol noch auf Fynn und seine Freunde, und wenn Tessa ihn auch noch so süß fand. Im letzten Dezember musste ich *unbedingt* mit zur Weihnachtsfeier im Reitverein, weil Fynn da eine Quadrille mitgeritten war. Ausgerechnet am 18. Dezember, ich hasse dieses Datum! Ein unglaublich langer Nachmittag, vor allem, wenn man nur das Alibi ist. Die Kälte in dieser Reithalle kroch mir in jede Pore, und natürlich durften wir uns auch nicht auf die Strohballen gleich hinter der Absperrung setzen. – Da hätte er uns ja sehen können! Was für ein Quatsch – deswegen waren wir doch da, oder nicht?

Ich hatte keine Ahnung von Pferden und außerdem immer das Gefühl, dass sie mich anstarrten. Tessa fand, dass ich einfach eine blühende Fantasie hatte und dass Pferde so was nicht machten, aber mir passierten immer komische Dinge mit Pferden. Und ich wusste zufällig, dass Tessa keine Ahnung hatte und sich auch nur für diese Riesenviecher interessierte, seit sie auf Fynn stand. Das hinderte sie aber nicht daran, mir alles über Quadrillen zu erklären. Jetzt wusste ich also, dass das eine Art Synchronreiten mit mindestens vier Pferden und Musik war. Falls ich mal einen Blog mit unnützem Wissen schreiben sollte – Q wie Quadrille war schon mal abgehakt. Vor allem auch, weil mich eine der Reiterinnen dafür rundmachte, dass ihr Zosse mir am Tor fast auf den Schoß gesprungen wäre. Blöde Tussi. Ich meine, was konnten wir denn dafür, dass sie ihr Biest nicht im Griff hatte? Ehrlich, ich hätte mir fast in die Hosen gemacht, als das Ungetüm plötzlich neben uns alle vier Hufe in den Boden rammte, ihr die Zügel aus der Hand riss und seinen Kopf an meiner Schulter rieb. Ich dachte tatsächlich, es frisst mich auf, als es dann auch noch durchdringend wieherte und alle Pferde in der Nähe antworteten. Ich hielt mir die Ohren zu. Und Tessa war keine Hilfe! »Unauffällig, hab' ich gesagt«, zischte sie und zerrte mich weg, nur damit Fynn uns in dem Tumult nicht doch noch bemerkte.

Zu Hause bekam ich dafür auch noch den Ärger meines Lebens mit Nana. Sie mochte Pferde noch weniger als ich. Nana flippte schier aus, weil ich nach »Misthaufen« roch, und das auch noch einen Tag vor meinem Geburtstag. »Wir sind sowieso schon spät dran! Geh duschen! Zieh dich um! Sofort!« Sie griff nach einer Bürste und schrubbte hysterisch an meiner Jacke. Als ob es meinen Eltern was ausmachen würde, wenn ich das Grablicht auf dem Friedhof mit Pferdehaaren auf dem Stoff anzündete. Ich musste Nana versichern, dass ich mir zum freiwilligen Erfrieren tausendmal lieber Schlittschuhe und eine Eiskunstbahn aussuchen würde als eine mit Sand und Gummischnipseln eingestreute Halle. Dieses Jahr würde ich garantiert nicht mitgehen! So blöd war ich nur einmal!

»Wir könnten vielleicht alle zusammen in Mellendorf Eislaufen gehen?«, überlegte ich laut.

Tessa und Lou sahen mich ungläubig an. »Du?« »Freiwillig frieren?«

Ich zuckte mit den Schultern. »Ich dachte ja nur. Ein bisschen Sport und Musik –«

Tessa unterbach mich aufgeregt. »Ja! Gar nicht schlecht. Die bieten doch abends manchmal Eisdisco an. Ich frag gleich mal Fynn … du lädst ihn doch ein, oder?«

»Und Enno?!« Maria blinzelte mich filmreif an.

Ich hob abwehrend die Hände. »He, wartet mal. Das war eine Überlegung. Ich habe nur gesagt –«

Der Bus bremste und schob zischend die Türen auf. Alles drängte zu den Ausgängen.

»Großartig!«, fiel mir Tessa ins Wort. »Also, wann steigt die Party?«

Ich schnappte mir meinen Rucksack und quetschte mich zu meinen Freundinnen ins Winterklamottengewühl. Der Bus spuckte uns mit dem Strom auf den Gehsteig. Das hell erleuchtete Schulgebäude der IGS sah beinahe einladend aus im diesigen

Dezembergrau. »Vielleicht fahre ich mit Nana auch übers Wochenende nach Süddeutschland«, log ich auf dem Weg über den Vorplatz in den modernen Betonbau, der auch das Gymnasium und die Realschule beherbergte. Die Familie meines Vaters stammte aus Stuttgart, aber seit meiner Geburt waren wir nie wieder dort gewesen.

»Können diese besonderen Augen lügen?«, witzelte Tessa. »Nein, können sie nicht!«

Ich bildete mir bestimmt nichts darauf ein, aber Tessa behauptete immer, sie würde niemanden sonst mit so einer Irisfärbung kennen: ein kräftiges Blau mit einem helleren, mehrfarbig schimmernden Kranz um die Pupille. Jetzt gerade ging es ihr aber wohl nicht um meine Augenfarbe. Leider war ich im Schwindeln eine absolute Niete. Alle lachten.

Den ganzen Vormittag lang überlegte ich, wie ich aus der Nummer wieder rauskäme. Ich ertappte mich dabei, dass meine Hände immer wieder zu dem Kettchen wanderten. Ich hatte das Gefühl, alle beobachteten mich, und war mehr als einmal versucht, es mir abzustreifen. Aber dann hätte ich das Medaillon in die Hosentasche stecken müssen. Das ging auch nicht.

Irgendetwas daran fühlte sich falsch an, unvollständig. In der großen Pause sperrte ich mich auf der Toilette ein. Die Kette war gerade lang genug, dass ich die Porträts meiner Eltern betrachten konnte, ohne sie abzunehmen. Meine Eltern. Zehn Jahre. Ich erinnerte mich nur bruchstückhaft an sie. Wenn ich versuchte, mir die Berührungen meiner Mutter vorzustellen, landete ich bei Nanas Umarmungen, bei ihrer Hand auf meinem Haar. Ihrem

Duft nach Bergamotte und Mandeln. Ich wusste, dass meine Mutter anders gerochen hatte. Aber ich konnte mich nicht erinnern, wonach. Bei meinem Vater ging es mir ähnlich. Manchmal meinte ich, seine Stimme in mir abrufen zu können. Dann war es aber doch nur ein Schauspieler, den ich kurz darauf im Kino wiedererkannte. Vielleicht war es auch gut so. Nana pflegte zu sagen: »Die Schatten der Vergangenheit soll man ruhen lassen.«

Aber warum dann diese Bilder? Warum wollte sie mich jetzt auf einmal an meine Ursprungsfamilie erinnern? Mit gerunzelter Stirn nahm ich das Medaillon letztendlich doch ab und steckte es ein.

Ein komisches Medaillon und eine Eisdiscoparty – echt super. Am Ende war mein Bleistift hoffnungslos zernagt. Aber weiter brachte es mich nicht. Und das zog sich durch bis zum Schulschluss um Viertel nach drei. Dann hatten es alle furchtbar eilig. Maria und Lou wurden von ihrer Mutter mit dem Auto abgeholt, weil sie noch irgendwohin mussten. Tessa und Fenja blieben noch für ein Projekt in der Schule – und ich durfte allein mit dem Bus zurück in unser beschauliches Dörfchen fahren.

Ich seufzte. Wenn man an Geburtstagen schon nicht schulfrei haben konnte, sollte einem zumindest der Nachmittagsunterricht erlassen werden.

Zu Hause schleuderte ich müde meinen Rucksack und meine Stiefeletten in die Ecke. »Bin wieder da!«

Stille.

»Nana?«

Keine Antwort. Was war denn das für ein Empfang? Niemand da? Ernsthaft?

Aus dem Wohnzimmer drangen leises Rascheln und Gemurmel. »Hallo?« Vorsichtig drückte ich die Tür auf.

»Überraschuuuuung!!!«

Ein Schauer aus Konfetti, Luftschlangen und irgendwelchen Glitzerplättchen in Gold und Silber regnete auf mich nieder. Ich schnappte nach Luft und verschluckte prompt einen Papierfitzel. Alle meine Freundinnen und natürlich Fynn, Enno und noch ein paar Jungs standen in einem Dschungel aus Luftballons und Girlanden und quatschten auf mich ein, während ich vor mich hin hustete. Immerhin kam irgendjemand auf die Idee, mir auf den Rücken zu klopfen.

»Wow!«, japste ich.

»Damit hast du nicht gerechnet, oder?« Nana stand zwischen den Kids und strahlte mich an.

Ich schüttelte überwältigt den Kopf. »Nee. Kein Stück.« Deswegen waren die vorhin alle so schnell verschwunden!

In meiner Erleichterung darüber, dass ich zumindest zeitweilig nicht mehr über eisige Partys nachdenken musste, hatte ich nicht mal Verdacht geschöpft.

»Tja!« Tessa zog kichernd an ihrem metallenen Cola-Strohhalm. »Wir sind eben spitze!«

Kohlensäure war nicht mein Fall. Nana drückte mir einen dreifarbigen Saft in die Hand. Ihr Blick streifte meinen nackten Hals. Reflexartig wühlte ich in meiner Hosentasche, zeigte die Kette vor und hängte sie mir schuldbewusst um. Über meinen Pulli. Ich mochte es nicht, wenn sie meine Haut berührte, dachte ich. »Ich hatte Angst, sie zu verlieren«, sagte ich. Zufrieden verschwand Nana in die Küche.

Klirrend stieß Tessa ihr Glas gegen meins. Ich prostete meinen Gästen zu und angelte nach dem Trinkhalm. »Wer euch als Freunde hat …«, nuschelte ich grinsend.

»Dein Blick, als ich sagte, Fynn könnte Bier besorgen!« Tessa verschluckte sich beinahe. »Das war so süß, echt.«

»Aber die Idee mit der Eisdisco ist trotzdem cool!«, versicherte mir Maria und streckte mir ein orangefarbenes Päckchen, beklebt mit lauter Brausebonbons und einer Riesenschleife, entgegen. »Hier! Aufmachen! Wir haben zusammengelegt.«

»Wow, danke!«, stammelte ich, kurzzeitig abgelenkt von Enno. Der machte sich gerade zusammen mit Fynn und den zwei anderen Jungs am Gabentisch zu schaffen. Die heckten doch irgendwas aus? Wo war Nana? Oder Leonie? Die konnte auch für Ordnung sorgen, sie strahlte auch immer so etwas Respekteinflößendes aus.

»Wo bist du denn heute mit deinen Gedanken? Ist das schon so was wie Demenz? Erde an Godje, hallo?«

Gehorsam zuppelte ich den Klebestreifen von der Verpackung und faltete das Papier auseinander.

Ein Gutschein für das Dungeon in Hamburg und ein T-Shirt mit dem Aufdruck *I survived my friends* fielen mir entgegen.

»Ihr seid echt crazy«, kreischte ich begeistert. Auf der Rückseite des Oberteils hatten Enno, Fynn, Tessa, Leonie, Maria, Tim, Laura, Noah und Amelie unterschrieben. Ich strich mit dem Finger über die reliefartige Schrift. »Das ist dieses Plusterzeug«, erklärte Leonie überflüssigerweise. Ach, da war sie ja. »Das muss man von links bügeln, und dann hält es ewig.«

»Gefällt's dir? Gefällt's dir?« Tessa hüpfte neben mir auf und ab. Sie kreischte direkt in mein Ohr und krallte sich dabei an meiner

Schulter fest, damit sie auch wirklich meine Aufmerksamkeit bekam.

»Aua. Ja doch! Wahnsinn«, antwortete ich und befreite mich lachend von ihren spitzen Fingernägeln. »Danke! Danke euch allen!«

Der Reihe nach umarmte ich meine verrückten Freunde. Die Jungs standen unsicher in einer Reihe nebeneinander. Maria schubste mich halb in Tims Arme.

Ich stolperte. Fynn fing mich ab. Ganz bestimmt lief ich rot an. Aber in dem allgemeinen Drängeln und Schubsen merkte das hoffentlich niemand. Sein Herz schlug schneller als meins. Ob das etwas zu bedeuten hatte?

»Danke«, murmelte ich verlegen und ließ ihn hastig los. Sein Oberarm unter dem blauen Hemd fühlte sich fest und stark an. Mein Blick suchte den von Tessa, aber die war mit Kuchenkrümeln beschäftigt.

»Wir fahren aber alle zusammen«, brüllte Maria. »Deine Oma hat's erlaubt.«

Suchend sah ich mich nach Nana um. Sie lehnte im Türrahmen und lächelte. »Uuuunnnd …?«, sagte sie erwartungsvoll.

»… und sie sponsert den Ausflug mit fünfzig Euro für Schnaps für uns alle«, platzte Enno heraus.

»Lieber Himmel, nein!«, rief Nana und schlug die Hände über ihrem Kopf zusammen. »Ihr Lauser!«

Das mit dem Alkohol entsprach wohl kaum der Wahrheit. Ich biss mir auf die Unterlippe, um nicht laut loszulachen. Vorsichtig legte ich das Shirt zusammengefaltet auf den Geschenketisch, die Gutscheinkarte obendrauf.

Da fiel mein Blick auf ein ziemlich speckiges, unscheinbares graubraunes Päckchen am Rand. Es war das Paket von heute Morgen. Das hatte ich total vergessen. An einer Ecke war es eingerissen und voller getrockneter Wasserflecken, so als ob es sehr lange Zeit im Freien gelegen hätte. Die Tinte war verblichen. Aber zweifellos stand mein Name obendrauf, in einer Handschrift, die ich nicht kannte.

Für Godje.

Sonst nichts. Keine Unterschrift, keine Adresse. Nur: *Für Godje.*

Mein Herz schlug schneller. »Ist das von jemandem von euch?«, fragte ich und zeigte es in die Runde. Ich erntete nur Achselzucken und Kopfschütteln.

»Okay?« Meine Finger kribbelten, als ich das raue Packpapier berührte. Ich rüttelte ein wenig. Im Inneren klapperte etwas.

Nana kam neugierig näher und setzte ihre Brille auf. Für den Bruchteil einer Sekunde fiel ein Schatten auf ihr Gesicht, so als hätte sie ein Gespenst gesehen. Ihre Hände zitterten, als sie die Finger nach dem Päckchen ausstreckte. Ich hielt es außer ihrer Reichweite.

»Kennst du die Handschrift?«, fragte ich, aber ich bekam keine Antwort.

»Wo kommt das her?«, fragte meine Großmutter in einem Ton, der alle Gespräche sofort verstummen ließ.

»Keine Ahnung«, meldete sich schließlich Enno zu Wort. »Es lag draußen halb verdeckt von einem Strauch. Wir haben's nur mit reingenommen, Frau Philipp.«

»Vielleicht ist ja eine Bombe drin«, witzelte Noah.

»Nicht komisch«, sagte Nana mit ungewöhnlicher Schärfe in der Stimme.

»Was ist denn damit?«, fragte ich.

»Gib mir das Ding. Ich entsorge es für dich. Das ist nur ein schlechter Scherz.« Ihre Stimme war grau.

»Woher willst du das wissen?« Ich schüttelte das kleine Paket ein wenig und hielt mein Ohr daran. »Tickt nicht, stinkt nicht, klappert nur.«

Nana presste die Lippen zusammen und streckte fordernd den Arm aus. Schützend presste ich das Paket an meine Brust. »Nein. Das ist meins«, antwortete ich mit fester Stimme und setzte ein Grinsen auf, um die Stimmung etwas aufzulockern. Was war denn auf einmal los? Es kam selten vor, dass ich Nana widersprach. Aber das hier war mir ernst. Zumindest auspacken wollte ich das geheimnisvolle Geschenk, bevor ich entschied, ob ich es wegwarf oder behielt. *Ich* entschied das, niemand sonst.

»Mach's doch jetzt sofort auf«, schlug Tessa vor und sah Nana unsicher an. »Dann wisst ihr, was drin ist.«

Ich schüttelte den Kopf und legte es unter das T-Shirt meiner Freunde. »Später«, entschied ich. »Jetzt möchte ich Torte. Wer noch?«

2. Pferde und andere Monster

Die Uhr an der Wand tickte leise und regelmäßig. Sie war nichts Besonderes. Sie war einfach da. Nichts brachte sie aus dem Takt, es sei denn, jemand vergaß, rechtzeitig die Batterie zu wechseln. Erst dann nahm man sie in der Regel überhaupt wahr. Weil etwas fehlte, auf das man sich immer verlassen konnte. Etwas, das man als selbstverständlich angenommen hatte … Oder jemand.

Margarete Philipp wischte sich eine stumme Träne fort.

Die Bilder zeigten ein glücklich in die Kamera lächelndes Paar mit einem Kind. Sie waren draußen aufgenommen worden, die Jahreszeiten wechselten. Auf dem ersten schien den Menschen die Sonne ins Gesicht. Es war Sommer. Die Bäume waren grün, die Ärmel kurz. Im Hintergrund weideten Pferde. Die Frau stand mit dem Baby im Arm auf einer Wiese. Ein neugieriger Pferdekopf schnupperte am nackten Fuß des Kindes. Es quietschte offensichtlich vor Glück. Seine Augen strahlten, und der zahnlos lachende Mund zauberte der Betrachterin ein wehmütiges Lächeln ins Gesicht. Sie hatte das glücklich gurgelnde Glucksen noch immer im Ohr.

Die nächste Aufnahme zeigte das Kleinkind in Nahaufnahme, direkt neben dem riesigen Kopf eines Schimmels. Das Mädchen trug eine wattierte Jacke. Es versuchte, seine winzigen Fingerchen zwischen die Lippen des Tieres zu stecken. Das Pferd ließ es geduldig gewähren, die Augen halb geschlossen.

Auf dem letzten Bild saß Godje voller Stolz auf dem blanken Rücken einer unnatürlich dick wirkenden Schimmelstute. Das Mädchen war auf diesem Foto knapp drei Jahre alt. Der Himmel war bedeckt, aber die Augen des Kindes leuchteten beinahe unnatürlich blau. Die kleinen Händchen umklammerten zwei Strähnen aus der Mähne. Eine Männerhand hielt den Stoff von Godjes knallgrünem Anorak im Rücken, die andere umfasste schützend das der Kamera zugewandte Beinchen. Das war ein paar Tage vor der Fohlengeburt gewesen, ein paar Tage, bevor … Wie winzig die Stiefelchen aussahen. Jetzt trug Godje Größe 37.

Die Hände von Margarete Philipp zitterten leicht, als sie die Fotos zurück in die flache Schachtel legte. Sie verdeckten einen vergilbten Zeitungsartikel. Tödlicher Unfall auf der Landstraße *lautete die Schlagzeile.* Ausgebrochene Pferde Schuld an Tragödie? *Der bebilderte Text wurde von den Fotos verdeckt.*

Sie atmete tief durch. Ihre Hände ruhten kurz auf dem Deckel der Schachtel, dann schob sie das Schubfach zu, schloss sorgfältig ab und verwahrte den Schlüssel im Geheimfach eines kleinen Kästchens neben der Schreibtischlampe.

Sie putzte sich die Nase, löschte das Licht und lauschte einen Moment auf Geräusche von nebenan. Ihre Hand ruhte auf der Tapete der Wand zum Nebenzimmer. Dann ging sie zu Bett. Aber in den Schlaf fand sie nicht.

Ich saß an meinem Schreibtisch und starrte aus dem Fenster. Meine Gäste waren alle lange weg. Wir hatten aufgeräumt, zu Abend gegessen, ich hatte geduscht, mir die Haare geföhnt, Zähne geputzt und mich im Schlafanzug nach einem Gutenachtkuss und einer ausgiebigen Umarmung in mein Zimmer zurückgezogen. Nana war noch vor mir in ihrem Zimmer verschwunden. Ich hörte sie nebenan rascheln. Der Tag mit all seinen Überraschungen hatte sie angestrengt, sagte sie.

Über das seltsame kleine Päckchen hatten wir kein Wort mehr verloren. Jetzt lag es vor mir. Ich hatte damit allein sein wollen. Es gab keinen Grund, das Öffnen noch länger vor mir herzuschieben.

Eigentlich.

Ein anonymes Päckchen zum Geburtstag. Sowas bekamen doch sonst nur Harry Potter oder ein Kommissar im Krimi? Wer schickte mir ein anonymes Päckchen? Ich verzog die Mundwinkel. Offenbar jemand, der anonym bleiben wollte.

Unschlüssig starrte ich das traurige Minipaket an. Noch eine ganze Weile. Dann siegte die Neugier. Für den Stich an einer Spindel war ich zu alt, ein vergifteter Apfel passte da nicht rein, und eine Klapperschlange wäre schon längst verhungert. Außerdem war ich keine Märchenprinzessin. Also, ran da.

Eigentlich war es total unsinnig, weil das zerschlissene Ding ohnehin schon so kaputt war, aber vielleicht gerade drum: Es war mir wichtig, das alte braune Ding vorsichtig zu öffnen.

Ich knibbelte die Paketschnur auf, löste das eingetrocknete Klebeband mit dem Fingerspitzengefühl eines Archäologen und faltete schließlich in Zeitlupe das verblichene Papier auseinander. Sonne oder Zeit – innen war der Einschlag jedenfalls wesentlich dunkler. Ich starrte auf eine kleine Schatulle, ein Kästchen, das sehr alt und robust zu sein schien. Es war vermutlich aus Holz und mit Leder bezogen. Ähnlich wie die Verpackung schien es schon eine Menge mitgemacht zu haben. Aber ich fand keinen Mechanismus, um es zu öffnen.

Aus blanker Gewohnheit wollte ich aufstehen, um Nana zu wecken, und fror in der Bewegung ein. Stopp. Keine gute Idee, so wie sie heute Nachmittag reagiert hatte. Ich blieb sitzen. Eine ganze Weile kaute ich unschlüssig auf meiner Unterlippe herum. Toll. Und jetzt?

Meine Finger tasteten nach dem Medaillon um meinen Hals. Wie immer, wenn ich mich konzentrierte, brauchte ich etwas, um daran herumzuspielen. Also ließ ich den Anhänger eine Weile an der Kette hin- und herbaumeln.

Half auch nichts.

Ich kaute eine Haarsträhne durch und zupfte an den kleinen Hautfetzen an meinem Fingernagel herum, die sich immer mal lösten, wenn ich zu lange daran herumspielte.

Als mir das bewusst wurde, griff ich energisch nach dem Kästchen. Ich hielt es unter das Licht der Schreibtischlampe, damit ich die Einzelheiten besser erkennen konnte, drehte und wendete es und beugte mich nach vorn. Womöglich hatte ich eine Kleinigkeit übersehen?

Da sprang es auf.

Ganz plötzlich und unspektakulär.

Mit einem leisen Klicken, das beinahe unterging in dem Geräusch, das mein Anhänger verursachte, während er gegen das

Kästchen schlug. Geistesabwesend bremste ich ihn aus, streifte die Kette ab und legte sie neben mich auf den Schreibtisch. Irgendwie hatte ich etwas anderes erwartet. Keine Ahnung, was. Jedenfalls nicht noch ein Schmuckstück. Auch wenn dies hier ganz anders aussah.

Alt.

Nicht *alt* im Sinn von gammelig-scheußlich wie die Verpackung. Mehr so … *alt*-alt, nachgemacht-antik … oder vielleicht sogar echt alt? Ich zuckte mit den Schultern, obwohl niemand da war, der darauf hätte eingehen können.

Crazy Shit! Noch ein altes Schmuckstück also. Aber – was sollte ich damit? Und was sollte das überhaupt darstellen? War das eine Münze oder so was?

Mit zwei Fingern hob ich die flache runde Scheibe von ihrem Polster aus weißen Tierhaaren und hätte sie beinahe wieder fallen lassen. Wie etwas Lebendiges vibrierte sie in meiner Hand!

Ich atmete geräuschvoll aus. Meine Fingerkuppen bitzelten, ganz leicht nur. Aber erschrocken war ich trotzdem. Und wie!

Dieses elektrische Kribbeln setzte sich fort, es stellte die Härchen an meinen Unterarmen auf. Konfettirieseln auf der Haut. Wie die Bässe aus dem Lautsprecher, wenn ich meinen Lieblingssong höre. Es berührte mich. Tief in mir wurde etwas Unbekanntes, Verschüttetes freigelegt, erinnerte sich, ging in Resonanz. Unwillkürlich öffnete ich meinen Mund und machte dem tiefen Seufzen Platz, das unaufhaltsam aus meiner Mitte nach oben strebte.

Mein Herz klopfte, meine Augen wurden feucht. Was sollte das denn jetzt? Ich schüttelte den Kopf. Wenn ich müde bin, vergesse ich immer zu blinzeln. Unsere Wohnungsluft ist im Winter zu trocken. Damit hatte das zu tun. Bestimmt nicht mit diesem sonderbaren Ding. Ich rieb mir das überschüssige Wasser aus den Augen und betrachtete den kleinen Gegenstand genauer. Wenn überhaupt, dann hätte ich heulen sollen, als ich heute Morgen den Anhänger mit den Fotos meiner Eltern von Nana bekommen hatte. Aber meinem Herzen war es egal, was sich gehörte oder nicht. Es schlug mir immer noch bis zum Hals, und meine Finger vibrierten, als ich vorsichtig über das reliefartige Bild strich. Die ziemlich grob skizzierte Prägung eines Pferdes mit einer Reiterin und einer weiteren Person an ihrer Seite wölbte sich meiner Fingerkuppe entgegen. Die beiden Figuren und das Pferd waren sehr schlicht gestaltet und gerade dadurch überirdisch schön.

Die Medaille schien aus Metall zu sein, obwohl ich keine Ahnung hatte, aus welchem, weil sie so alt und abgegriffen aussah – zumindest aber nicht aus Knochen oder Elfenbein oder so was Gruseligem. Da war ich mir ziemlich sicher. Auf der Rückseite war eine Einkerbung mit einem Loch, so als wäre das Schmuckstück vor langer Zeit als Brosche oder Anhänger gedacht gewesen. Das Material wurde warm in meiner pulsierenden Handfläche und fühlte sich fast weich an. Und … gut … irgendwie. Vertraut. Ich wusste, dass ich diese Figuren und ihr Pferd schon mal irgendwo gesehen hatte – haben musste –, mein Körper reagierte, als ob ich mich erinnerte – nur hatte der Rest von mir vergessen, woran.

Ich erschauerte.

Vielleicht war ich ja eine gedächtnismanipulierte Prinzessin, und gleich kam die gute Fee auf Harry Potters Eule hereingeritten, um mir drei Wünsche zu erfüllen? Oder um mich nach Hogwarts zu entführen?

Ich wollte nur leider gar nicht weg von Nana. Aber dieses urzeitliche Amulett – oder was auch immer das war –, das fand ich … besonders. Selbst wenn ich Pferden normalerweise rein gar nichts abgewinnen konnte. Nachdenklich legte ich es neben das silberne Medaillon mit den Porträts meiner Eltern.

Es ist nicht so, dass ich keine Pferde mag. Ich meine, ich bin total tierlieb, ich *mag* sie nur einfach nicht. Zumindest nicht so wie Tessa und Fynn. Sagen wir es so: Ich stehe diesen riesigen Klopsen aus Muskeln, Hufen, Zähnen und Fell neutral gegenüber.

Nein, das ist gelogen.

Ich fühle mich tatsächlich wohler, wenn sie nicht in meiner Nähe sind. Sie sind mir zu groß, zu kräftig, zu – okay, sie machen mir Angst. Sogar auf Fotos habe ich das Gefühl, dass diese Kreaturen mich beobachten. Sie lösen bei mir Verfolgungswahn aus, da hat Tessa leider recht, total ätzend, aber ihr passieren ja auch nicht jedes Mal komische Sachen, wenn sie den Bogen um diese Ungeheuer nicht weit genug schlägt.

Fürs Erste verschloss ich das Kästchen, die Verpackung und die sonderbare Brosche in meinem Schreibtischschubfach. Das Medaillon von Nana stellte ich geöffnet auf den Nachttisch, sodass ich die Fotos sehen konnte.

Ich ging Zähne putzen. Als ich zurückkam, legte ich das Amulett daneben.

Mehrmals nahm ich es während der Nacht in die Hand und betrachtete sie alle fünf: meine Mutter, meinen Vater, die Reiterin, ihre Begleitung und das Pferd. Es war, als ob sie mir eine Geschichte erzählen wollten, aber ich verstand die Worte nicht.

Am nächsten Morgen legte ich sie zurück ins Schubfach. Alle miteinander.

Und kehrte nach dem Frühstück doch noch mal zurück, um das Amulett in meine Hosentasche zu stecken. Da blieb es bis auf Weiteres. Ich konnte nichts dafür, dass ich es lieber mochte als das kalte Silber, oder? Vielleicht war es ja ein Glücksbringer?

»Du weißt schon, dass sie Vegetarier sind, oder? Sie fressen dich nicht.«

Fynn lachte mich aus. Wieder einmal.

Auf dem letzten Stück unseres gemeinsamen Schulwegs von der Bushaltestelle ins Neubaugebiet mussten wir immer an dem alten Gut vorbei. Das Gestüt war riesig. Es lag ein Stück die Straße runter, eigentlich ganz in der Nähe unseres Hauses. Das Grundstück grenzte bis an unseren Garten. Aber die Anlage war durch die uralten mächtigen Eichen und Birken und eine immergrüne Hecke aus stacheligem Zeug nahezu abgeschirmt und so hermetisch abgeriegelt wie eine Festung.

Vorn am Tor hing der Briefkasten. Er was aus Kupfer und an den Ecken und dem kleinen geschwungenen Dach bereits grün angelaufen.

Anyta Kuret, Hippobalance prangte vorn in geprägten violetten Buchstaben auf einem weißen Emailleschild.

Manchmal kamen dicke Autos mit Pferdeanhängern vorgefahren, ließen die Fensterscheibe hinunter und betätigten die Gegensprechanlage mit der Kamera. Dann öffnete sich das elektrische Tor. Ob Pferde gebracht wurden oder abgeholt – keine Ahnung.

Ab und zu polterte es in den Transportern. Meist, wenn sie nah an mir vorbeifuhren. Ich erschrak dann jedes Mal fürchterlich. Aber vielleicht war es auch umgekehrt, und ich hatte etwas an mir, das Pferden Angst machte, wenn sie mich witterten, selbst durch geschlossene Wände.

Wir waren also quasi Nachbarn, aber ich glaube, ich hatte noch nie wirklich ein Wort mit den Leuten dort drüben gewechselt. Nana mochte sie nicht. Dabei grüßte der Mann immer freundlich, indem er sich an seine Tweedmütze tippte. Ich winkte jedes Mal zurück. Er hieß Oleg oder so und machte auch fast alle Besorgungen für seine Chefin.

Sie lasen die Regionalzeitung, wollten keine Werbung, und sie waren ordentlich. Jedenfalls war die Kieseinfahrt stets geharkt. Im Herbst trug Oleg Gummistiefel und fegte das Laub weg. Im Sommer mähte er in Holzschuhen mit einem dieser Aufsitzwägelchen den Rasen, und im Winter schippte er damit den Schnee. Dann hatte er gefütterte Stiefel an oder Clogs mit Fellbesatz.

Anyta Kuret selbst sah ich manchmal von Weitem mit einem Irischen Wolfshund über die Felder gehen. Ich führte zweimal in der Woche den Mischling unserer Nachbarin aus, und Robby vertrug sich so wenig mit anderen Hunden wie ich mich mit Pferden. Wahrscheinlich wäre er auch unter der Würde von so einem Rassetier gewesen. Wir machten also den weitestmöglichen Bogen umeinander.

Meine Vorstellung von Anyta Kuret war die einer hochnäsigen, reichen Ausbeuterin – und Nana hat dem nie widersprochen.

Als ich klein war, hatte ich wiederkehrende Albträume. Ich erinnere mich dunkel an einen besonders schlimmen, in dem ich meinem Ball auf die Nachbarwiese nachlief. Der Wolfshund unserer Nachbarn, oder viel wahrscheinlicher einer seiner Vorgänger, stellte mich bellend und geifernd, aber plötzlich war ich von Pferden umringt, die ihn nicht zu mir durchließen. Meist wachte ich damals schreiend auf, bevor mich jemand um die Taille packte und wegriss. Wir waren ein paarmal drauf und dran, von hier wegzuziehen, zuletzt, als ein schneeweißes Pferd, wohl eines unserer Nachbarn, durch den Zaun brach, mitten in unserem Garten stand und mich bewegungslos anglotzte, während ich in meiner Sandkiste saß, es mit Matschkuchen bewarf und wie am Spieß schrie. Ich habe keine Ahnung, was zuerst da war und wie herum es sich bedingte: die Albträume oder diese Begegnung mit dem Schimmel. Nana ging damals todesmutig mit einem Besen auf das Tier los und drängte es zurück. Es sprang aus dem Stand über den mannshohen Zaun. Jahrelang war ich davon überzeugt, dass Nana mir damit das Leben gerettet hatte. Aber fortziehen wollte ich trotzdem nicht. Nana sagt, ich hätte jedes Mal einen hysterischen Anfall bekommen und sei in Tränen ausgebrochen, weil ich nicht den Ort verlassen wollte, an dem das Grab meiner Eltern lag. Darum habe sie es irgendwann aufgegeben und stattdessen eine dichte immergrüne Dornenhecke gepflanzt. Seither war zu Hause endlich Ruhe, und auch die Albträume endeten irgendwann.

Inzwischen ging ich nur noch selten zum Friedhof. Eigentlich nur an Geburtstagen und Feiertagen. »Wir müssen nach vorn denken.« Noch so ein Satz von Nana, der meine Kindheit geprägt hatte.

»Kommst du? Was ist denn heute los mit dir?« Fynn und Tessa waren ein paar Meter weiter gegangen und warteten auf mich. Ich stand wie angewurzelt auf dem Grünstreifen und fixierte ein braunes Pferd. Bisher war es nie ein Problem gewesen, an der Weide vorbeizugehen.

Mittags nahmen wir gern die Abkürzung, hinten herum an der Landstraße. Es gab hier zwar keinen Gehsteig, aber dafür auch so gut wie keinen Verkehr. Und die Pferde hielten sich *immer* am anderen Ende der Fläche auf. Da, wo die Heuraufe stand. *Immer.* Nur heute nicht.

Das Monster spielte Giraffe. Es streckte seinen Hals ganz lang über den Zaun und schürzte die Lippen. Und es sah mich an. Ich fühlte mich abrupt um Jahre zurückversetzt. Es war wie ein flüchtiges Déjà-vu, eine vage Erinnerung, die ich nicht greifen konnte. Immer sahen Pferde mich so an. Aus riesengroßen braunen Augen, in denen ich mich spiegelte. Ein kleines, dürres Mädchen, straßenköterblonde Haare, gestern noch fünf und heute vierzehn Jahre und einen Tag alt. Und vermutlich würde ich keinen weiteren Tag mehr erleben. Ich hatte ja nicht mal Matschkuchen als Waffe dabei.

Was wollte dieses Monster von mir? Jetzt bekam es auch noch Verstärkung! Gemächlich trotteten vier, nein, fünf andere dieser Ungetüme in unsere Richtung. Wie Zombies kamen alle direkt auf uns zu! Ich konnte keinen Fuß mehr vom Boden heben.

»Geh doch einfach dran vorbei«, rief Tessa. Sie klang ungeduldig, weil ich mich so anstellte. »Was ist denn dabei? Es wird dich nicht fressen.«

»Bist du dir sicher?«, rief ich mit schwacher Stimme. »Ich kann seine Zähne sehen.« Ich versuchte, die Entfernung zwischen dem Pferdemaul und meinem Körper einzuschätzen. *Alter!* Fürchterlich große, lange gelbe Zähne! Das tat bestimmt weh, wenn die zubissen. Aber wenn ich noch weiter nach links auswich, landete ich im Graben, der uns von der Straße trennte.

Schließlich erbarmte Fynn sich meiner. Aus dem Augenwinkel sah ich, wie er Tessas Hand abschüttelte und auf mich zu kam. »Die Stute flehmt«, erklärte er. Dann schob er den dicken Kopf des Pferdes einfach zur Seite und streichelte dem Tier zärtlich über die Stirn. Er sah mich an. »Pferde haben eine Drüse unter der Oberlippe, die mit der Nase verbunden ist. Damit können sie noch besser riechen. Anscheinend mag sie dein Parfüm.« Er schnupperte an meinen Haaren und grinste. »Ich auch«, flüsterte er und zwinkerte mir zu. »Jetzt komm. Sie tut dir nichts.« Er hielt mir seine Hand hin. War der irre? Ich hatte noch nie freiwillig ein Pferd angefasst!

»Jetzt komm schon, sei nicht albern. Du bist doch keine fünf mehr!«

Unsicher sah ich zu Tessa, die irgendwas in ihr Handy hackte. Ich hatte weiche Knie. So wollte ich nicht sterben. Nicht durch einen Biss dieser großen gelben Zähne. Sollte das etwa mein Schicksal sein?

Fynn nickte mir zu. Ich kam mir vor wie ein Kaninchen, das von einer Schlange hypnotisiert wurde. Ich hatte keine Chance. Aber ich wollte auch nicht »Feigling« auf meinem Grabstein stehen haben. In Zeitlupe machte ich erst einen Schritt, dann noch einen.

»Kommt ihr jetzt endlich? Ich kriege Ärger, wenn ich zu spät bin«, quengelte Tessa.

Fynn und ich sahen uns an. Er grinste. Ich nicht. Dazu fehlte mir die Überzeugung. Ich war mit meinem klopfenden Herzen und den Bleistiefeln an meinen Füßen beschäftigt. Außerdem wussten wir beide, dass Tessas Eltern beide Vollzeit arbeiteten. Keiner bekam mit, wann sie zu Hause ankam, weil sie sich selbst hereinließ und entschied, wann und was sie sich zu essen machte.

»Ich passe auf«, versprach Fynn. Seine Hand hielt er immer noch ausgestreckt. Ich brauchte sie nur zu ergreifen, aber sie erschien mir unerreichbar weit weg.

Tessa fuchtelte ungeduldig mit den Armen. »Das ist einfach nur ein Pferd, Godje! Zieh doch nicht jedes Mal so eine erbärmliche Show ab.«

Ich gab mir einen Ruck und hob meinen Fuß. Und setzte ihn wieder ab. Und hob den anderen. Und machte noch einen zittrigen Minischritt. Jetzt war ich mit dem Tier auf einer Höhe, gleich war ich an ihm vorbei. In diesem Moment wieherte die Stute. Durchdringend, laut, direkt an meinem Ohr. Ich krallte mich in Fynns Hand, zog ihn mit mir und rannte die letzten Meter auf Tessa zu. Nur weg von diesem Riesenvieh.

»Seit wann hast du denn solche Angst vor Pferden?«, fragte Fynn. »Du warst doch schon mal mit im Verein.«

»Hab' ich ja gar nicht«, behauptete ich.

»Nein, wie sollte man bloß auf die verrückte Idee kommen.« Tessa verdrehte die Augen.

Fynn musterte mich. »Los, komm noch mal mit zurück«, schlug er plötzlich allen Ernstes vor.

Ich schüttelte energisch den Kopf.

»Mann, Leute. Ich muss jetzt echt nach Hause.« Tessa hibbelte herum und trat von einem Bein aufs andere.

»Ja, Tessa muss nach Hause«, ergriff ich flehend den Strohhalm. »Lass uns einfach gehen, okay?«

Fynn hielt mich fest, und ich ließ es geschehen. »Geh doch schon vor, Tessa.«

»Aber wir wollten doch …« Tessa sah von Fynn zu mir und wieder zurück.

»Ich komme nach.« Er ließ mich nicht aus den Augen, während er mit ihr redete.

Tessa schnaubte abfällig, rollte theatralisch mit den Augen und stampfte davon. Nichts in der Welt hätte ich lieber getan, als sie zu begleiten. Warum ließ mich meine beste Freundin einfach im Stich? Verwirrt sah ich ihr nach. Und doch wehrte ich mich nur zaghaft, als Fynn mich wieder in die Nähe des Ungeheuers zog.

»Sie tut dir nichts. Sie ist ganz sanft. Und weich. Hier, fühl doch mal!«

Was ich fühlte, war mein Herzschlag, und zwar bis in die Backenzähne. Und Fynns unnachgiebige Hände. Eine in meinem Rücken, eine um mein Handgelenk. Warum sollte ich so ein Riesenvieh anfassen?

Die Stute senkte den Kopf. Sie schnaubte erneut, leiser diesmal. Ich zuckte heftig zurück. Aber Fynn führte meinen Arm, meinen ganzen Körper, immer weiter, immer näher auf dieses Tier zu. Uns trennte nur dieser lächerlich dünne Drahtzaun. Der sollte so einen Koloss davon abhalten, uns zu zermalmen? Vor meinen Augen verschwammen alle Konturen. »Warum tust du das?«, flüsterte ich und wusste nicht, ob ich damit Fynn oder mich meinte. Warum sagte ich nicht einfach Stopp und riss mich los? Warum blieb Fynn nicht einfach stehen? Warum zwang er mich zu so was? Das war doch …

Dann berührten wir den Pferdekopf. Eine Nanosekunde lang hörte die Welt auf zu existieren. Ich hielt die Luft an, wartete auf eine Explosion, einen elektrischen Schlag oder dass das Pferd mich verschlang – irgendwas Spektakuläres. Doch nichts geschah. Nur dass er hart war, dieser Kopf. Das überraschte mich. Von wegen weich und kuschelig.

Fynn führte meine Hand weiter, ließ unsere Finger gegen den Strich des kurzen Fells wandern, höher hinauf, zwischen die Augen und unter die Stirnlocke der Pferdemähne. Hier war es ganz warm. Meine Finger ruhten unsicher auf dem Pulsieren unter dem dichten Fell, das ich durch den Knochen hindurch fühlte. Was war das? Spürte er das auch? Ich verlor das Gefühl für den Boden unter meinen Füßen. War das normal?

»Da mögen sie es am liebsten«, drang Fynns Stimme von fern durch das Rauschen des Blutes in meinem Kopf. Die Stute gab ein schmatzendes Geräusch von sich. Ich fühlte, wie sie das Kiefergelenk lockerte, indem sie ihre Backenzähne knurpsend gegeneinander mahlte. Dann öffnete sie das Maul und gähnte. Atmen, Godje! Das hatte ich ganz vergessen. Ich stieß die restliche Luft, die in meinen Lungen festgesessen hatte, aus und sog statt kühler Winterluft warmen Pferdeatem in meine Nase. Mir wurde schwindelig. Hitze wallte in mir auf, und ich begann zu schwitzen und zu frieren gleichzeitig. Die Stute hob und senkte rhythmisch ihren Kopf. Ich wollte nach hinten ausweichen, aber Fynn stand mir immer noch im Weg, und ich hatte keine Wahl. Das Pferd benutzte ungerührt unsere Finger, um sich ausgiebig daran zu scheuern. Ich spürte den kleinen Haarwirbel auf ihrer Stirn und sah, wie sich durch unser Kratzen kleine Fellflöckchen lösten. Mein Mund verzog sich zu einem unwillkürlichen Lächeln. Dann wurde mir bewusst, was ich da gerade tat: eine heiße Herdplatte anfassen. Ich zuckte zurück. Meine Brust hob und senkte sich wie ein Blasebalg.

Fynns Hand ruhte auf meiner. Unsere Finger waren ineinander verhakt wie ein Reißverschluss. Seine waren kühl. Ich spürte seinen Atem an meinem Ohr. Zu nah. Zu eng. Ich mobilisierte all meine Kräfte und stieß mich von ihm weg. Die Stute zog ihren Kopf hinter den Zaun zurück, schüttelte sich, und der Moment war vorbei. Die Zeit lief wieder normal. Ich machte einen Satz rückwärts und prallte gegen Fynns Körper.

Verlegen räusperte er sich und rieb seine Schulter. »Siehst du«, sagte er. »War doch gar nicht so schlimm, oder?«

Ich schüttelte den Kopf und rückte meinen Rucksack zurecht. Mein Herz raste immer noch. »Ich muss nach Hause. Mach das nicht noch mal mit mir.«

Fynn hob abwehrend die Hände. »Alles cool, okay?«

Cool? Nichts war cool! Ich ließ ihn stehen und rannte, bis ich nicht mehr konnte. Dann lehnte ich mich erschöpft an eine Hauswand und versuchte, meinen Atem zu beruhigen. Ich betrachtete meine zitternde Hand. Und was war das?

Meine Fingerspitzen waren von einer schwarzen, krümeligen Fettschicht bedeckt. Aber das war es nicht, das mich verwirrte. Da war wieder dieses Bitzeln gewesen. Dieses Pferd. Die Stute. Unter ihrer Stirn hatte ich wirklich etwas Pulsierendes gefühlt. Meine Finger kribbelten immer noch, und meine Knie waren Butter. Mir war schwummerig und speiübel.

Zu Hause warf ich meinen Rucksack in die Ecke. Ich stützte mich mit einer Hand an der Garderobe ab und kickte die Schuhe in die offene Kiste neben der Tür. »Bin da-ha!«, rief ich in den

Hausflur und ging ins Bad. Ich kühlte meine Stirn am Spiegel. Dann untersuchte ich noch einmal meine Finger. Ich rieb über den Fettfilm und schnupperte daran. Es roch … erdig, holzig … vielleicht ein bisschen nach … nach Pferdehaut. Ich nahm noch einen tiefen Atemzug. Und noch einen. Dann griff ich energisch nach der Seife und drehte den Wasserhahn auf. Was war nur mit mir los in letzter Zeit?

»Wo warst du so lange?« Nana lud mir eine Kelle Kartoffeln auf den Teller.

»Wir haben ein bisschen getrödelt«, sagte ich und schob mir eine volle Gabel Erbsen in den Mund. Das war die beste Ausrede, um weitere Nachfragen zu vermeiden.

Nana nickte versonnen. »Man müsste noch mal jung sein. Sie lächelte mich an. Dann schnupperte sie, und ihr Gesicht gefror zu einer Maske. Sie bemühte sich, es zu verstecken, aber ihr Ton fiel auf Außentemperatur. »Wieso riechst du nach Pferd?«

»Ich … da war … also … auf dem Schulweg, da … Tessa und Fynn haben –«

Nana unterbrach mich ungeduldig und zeigte mit der Gabel auf meine Brust. »Tessa und Fynn. Ja, ich weiß das. Aber du hast mir versprochen, dich von diesen Tieren fernzuhalten. Wir sind da doch einer Meinung, du und ich, wir haben eine Abmachung. Schlimm genug, wenn deine Freunde sich die Beine brechen. Aber eine muss ja noch da sein, um ihnen die Hausaufgaben zu bringen.« Sie zwinkerte mir zu, aber die Fröhlichkeit wirkte aufgesetzt.

Es stimmte auch gar nicht, was sie sagte. Fynn hatte sich gar nicht das Bein gebrochen, sondern nur den Knöchel verstaucht, und das war zwei Jahre her. Der Vorfall war Öl in Nanas Feuer gewesen.

Sie beobachtete mich. Ich nahm mir Kartoffeln nach und nutzte die Zeit zum Überlegen. Themawechsel! Es war eine unausgesprochene Spielregel zwischen uns, dass dann keiner von uns nachbohrte. Das klappte ganz gut. »Haben wir heute etwas vor?«, fragte ich.

»Nein, wieso?« Nana ging wie erwartet auf meine Ablenkung ein.

»Ich wollte in die Bücherei rübergehen. Wir haben eine Hausarbeit in Bio und –«

»Das finde ich sehr gut!«, lobte Nana ein bisschen zu schwungvoll. »Nicht immer nur im Internet recherchieren. Wunderbar. Dieses Wikipedia ist sowieso nicht verlässlich.«

Ich nickte brav und stieg darauf ein. »Außerdem haben sie da einen neuen Roman, von dem Tessa mir was vorgeschwärmt hat.«

»Oh. Welchen denn? Kenne ich den?«

Ich wurde rot. »Eher nicht. Irgendwas mit Vampiren.«

»Vampire? Interessiert ihr jungen Leute euch tatsächlich immer noch für Gruselgeschichten?«

Innerlich schickte ich Stoßgebete in den Himmel, dass Tessa bitte in den nächsten Tagen Nana nicht zufällig beim Einkaufen über den Weg lief. Sie würde nachbohren. Ich musste Tessa darauf vorbereiten. Blöd nur, dass ich mir dann noch mehr Schwindeleien ausdenken musste.

Aber ich hatte keine Lust, irgendwem erklären zu müssen, warum ich mich plötzlich über Pferde schlau lesen wollte. Ich verstand es ja selbst nicht.

3. Aufgeplatzte Sofakissen

»Du kannst mich zu nichts zwingen … Das werde ich nicht tun … oh ja, ganz bestimmt! … Dann behalte es doch für dich! … Nein. Ich erlaube es nicht. Das ist mein letztes Wort. Sie ist noch lange nicht alt genug. Genauer gesagt, wird sie in diesem Leben niemals alt genug dafür sein! Halte dich von uns fern, oder wir *ziehen zurück, und diesmal tun wir es wirklich, das ist mein letztes Wort!« Fester als notwendig drückte Margarete Philipp auf die rote Taste des schnurlosen Telefons und warf es auf den Küchentisch. Sie bedauerte, dass man nicht wie früher schwungvoll den Hörer auf die Gabel knallen konnte. Das war nach manchen Gesprächen sehr befreiend gewesen. Nach Gesprächen wie diesem, die zu nichts führten und nur schlechte Laune machten. Sie fuhr sich durchs Gesicht und starrte aus dem Fenster ins Leere.*

Der Schlüssel drehte sich im Haustürschloss. Die alte Dame sah auf die Digitalanzeige im Herd. So spät schon? Hastig richtete sie ihr Haar und stellte den Suppentopf auf höhere Flamme. Godje würde Hunger haben, das Essen war noch nicht fertig, und das alles nur wegen diesem …

»Nana?! Ich bin da! Mein Bauch ist ein Loch. Was gibt's zum Mittag?«

Sie streckte den Rücken durch und setzte ein Lächeln auf. »Deinen Lieblingseintopf, Schätzchen. Kartoffelsuppe mit Lauch und Fleischbällchen.«

Godje stürmte mit roten Wangen herein. »Das ist genau das Richtige bei dem Wetter.«

Das Kind war so groß geworden. Mit jedem Tag wurde sie ihrer Mutter ähnlicher. In vielerlei Hinsicht. Sie seufzte und versuchte, den Stich in ihrer Brust zu ignorieren. Verdammte Pferde. Es gab keine Bestimmung, egal, was die andere sagte, und wenn, dann würde sie, Margarete Philipp alles dafür tun, dass die Vergangenheit sich nicht wiederholte. Sie würde Godje vor diesem Fluch beschützen. Und zwar ganz allein. Er würde das Mädchen nicht einholen, nicht, solange noch ein einziger Tropfen Blut durch ihre Adern floss. »Wie war die Schule?«

»Wie immer.« Godje ließ sich an den Tisch plumpsen und stöhnte theatralisch. Dann lachte sie. »Aber ich habe eine Eins in Englisch geschrieben! Und mit der Präsentation für Bio sind wir in der Freistunde auch fast fertig geworden. Gut, oder?«

Margarete Philipp nickte und wuselte ihr durchs Haar, bevor sie sich wieder dem Herd zuwendete.

Godje plapperte weiter, während sie klappernd Besteck aus dem Schubfach nahm. »Ich muss nachher noch mal in die Bücherei, die Woche ist schon wieder um. Unglaublich, oder? Brauchst du auch was, Nana? Und danach gehe ich mit Robby spazieren.«

Margarete schüttelte den Kopf, holte Teller aus dem Küchenschrank und füllte die heiße Suppe auf. »Ich lege mich nach dem Essen ein bisschen hin. Mir geht's heute nicht so gut.« Sie fing Godjes besorgten Blick auf.

»Keine Angst, Schätzchen. Nichts Ernstes. Ich brauche nur ein bisschen mehr Schlaf. Hast du das Vampirbuch schon durch?«

»Ach das. Nein, das war ausgeliehen. Vielleicht habe ich heute Glück. Und ich brauche noch was über Bienen. Wusstest du, dass die miteinander tanzen?«

Ich schüttelte mich. Es war megapeinlich, die Büchereimitarbeiterin nach einer Neuerscheinung mit Vampiren zu fragen, aber Nanas Gedächtnis war einfach zu gut, und ich wollte nicht riskieren, dass sie herausfand, weshalb ich wirklich in die Bibliothek gegangen war. »Also, in deiner Altersklasse sieht es da eher schlecht aus«, sagte sie bedauernd. »Das kennst du sicher alles schon, wenn du auf das Genre stehst.«

»Nein, nein.« Ich winkte ab. »Ist für meine kleine Schwester, also …« Was erzählst du da für einen Scheiß, Godje? Himmel, ich radelte jedes Mal extra in den Nachbarort, um die Bücher auszuleihen, aber was, wenn das hier trotzdem rauskam? »… also, für ein Mädchen, bei dem ich babysitte … in … nicht hier«, log ich und spürte, wie mir das Blut in die Ohren schoss. Möglichst unauffällig zog ich mir die Mütze an den Seiten so weit herunter, bis die Wolle gefährlich ächzte. Am Ende radelte ich mit einem bleischweren Rucksack nach Hause und betete, dass ich Nana nicht begegnete, bevor ich mich der verbotenen Werke geschickt entledigt hatte. Und damit meinte ich nicht die blöde Vampirgeschichte für Zehnjährige. Im Geist fiel ich vor Tessa auf die Knie.

Ich stopfte die »Kleine Reitschule für Anfänger« und »Pferde A–Z« in den kleinen Hohlraum zwischen meinem Bett und der Wand und knetete meine Tagesdecke in die Lücke. Das Sachbuch über Bienen legte ich auf meinen Nachttisch. Nein, zu offensichtlich. Das würde Nana auf jeden Fall verdächtig vorkommen. Ich nahm es noch mal in die Hand und packte es auf den Schreibtisch, halb unter die Arbeitshefte. Das wirkte natürlicher.

Ich verschob den Stapel noch etwas nach rechts, rückte ein bisschen an den Büchern herum und zupfte ein Heft mit vielen Eselsohren heraus. So war es perfekt.

Aber wohin jetzt mit diesem dämlichen Vampirdings? Mit spitzen Fingern fasste ich das Kinderbuch an, auf dessen Cover zwei Mädchen mit Reißzähnen und einer grinsenden Fledermaus abgebildet waren. Vermutlich musste ausgerechnet das auf den Nachttisch. Ich seufzte und legte zumindest meine Taschentücher obendrauf. Die Gesichter dieser Vampirkinder waren echt schräg.

Und so machte ich mich wieder ans Lesen und Lernen. Nicht über Bienen natürlich. Sondern über den Unterschied zwischen Heu und Stroh (wie peinlich, das hatte ich immer verwechselt), über die Botschaft von angelegten Ohren (nicht gut!), die Bedeutung von Worten wie Sattelbaum (wächst nicht im Wald!) oder Hufschlag (tut nicht weh) und wie und wieso man Pferden quasi ständig die Hufe auskratzt.

Ich hatte keine Ahnung, warum ich dieses unnütze Wissen statt Mathe oder Bio in mich hineinstopfte und verschlang wie ein ausgehungertes Supermodel bei einer Fressattacke. Aber ich verdaute es gut und behielt alles bei mir – und ich fühlte mich super dabei. Aufgekratzt. Voller Energie, obwohl ich vor lauter Lesen nachts seit Wochen kaum noch länger schlief als fünf Stunden. Das war mir am unheimlichsten.

»Wusstest du, dass Pferde mal kleiner waren als du, Robby? So ein Eohippus war nicht größer als eine Katze und hat sich von Blättern ernährt. Darum waren auch seine Zähne kleiner als deine. Ganz und gar ungefährlich! Davor hätte ich mich nie gefürchtet.« Nachdenklich spielte ich mit der antiken Münze, oder was immer das war, herum.

Dem wilden Mischling war mein neu erworbenes Wissen herzlich egal. Er zerrte mich an der Leine hinter sich her zum nächsten Mauseloch und fing an zu buddeln, als ob es etwas zu gewinnen gäbe. Dreckbatzen von erstaunlicher Größe spritzten unter seinen Pfoten hoch und flogen um mich herum. Wir waren bereits auf dem Rückweg von unserer Hunderunde und auf einem der vielen Feldwege am Ortsrand unterwegs, die sich direkt hinter unserem Zuhause durch die flache Landschaft aus Pferdewiesen, Kuhweiden und Feldern zogen. Die Äcker waren größtenteils abgeerntet, hohe Türme aus Zuckerrüben warteten auf ihre Abholung.

Ich war nur froh, dass es seit gestern nicht geregnet hatte und die Klumpen einigermaßen trocken waren. »He!«, rief ich trotzdem empört, als mich eine volle Ladung am Schienbein erwischte. Ich sprang zur Seite. Dabei fiel mir mein neuer Talisman hinunter. »Mist! Robby, warte. Nein!«

Robby fand es offensichtlich wunderbar, dass ich einen winzigen Moment nicht aufgepasst hatte. Er zog mir die Leine durch die Finger und zack, stürmte er auf ein paar Krähen auf dem frisch gepflügten Feld zu.

»Oh, Shit!«

Hund oder Schmuck? Schmuck oder Hund? *Schnell jetzt!* Ich konnte leider keine Münze werfen, die war ja schon weg. Wenn ich jetzt dem Hund hinterherhetzte, würde ich sie nie wiederfinden. Robby schon. Der war mit seinem braun gefleckten Strubbelfell und dem lilafarbenen Brustgeschirr weder zu übersehen noch zu überhören.

Damit war die Entscheidung klar. Ich bückte mich und wühlte panisch zwischen Grasbüscheln und frischer Erde herum, immer ein Auge auf dem glücklich kläffenden Hund, der zwanzig Meter weiter den Vögeln hinterherbellte. Die schaufelten sich gemächlich in die Luft und krähten spöttisch auf uns beide herunter. Zumindest kam es mir so vor. Robby jagte immer noch kreuz und quer übers Feld. Immer wenn ich nervös aufsah, machten sich die Krähen einen Spaß daraus, sich direkt vor ihm niederzulassen. Wenn er dann mit hängender Zunge angelaufen kam, flatterten sie hoch, und das Spiel begann von Neuem. Meine Finger waren inzwischen braun, und ich war mir nicht ganz sicher, ob das wirklich alles nur Erde war, was ich da an mir kleben hatte.

Igitt … aber auch: Hallelujah!

Da war mein Schatz ja endlich. Mit spitzen Fingern, damit er nicht so schmutzig wurde wie der größere Rest von mir, steckte ich mir das Pferdebild in die Hosentasche. Das war echt ein blöder Aufbewahrungsort, ich brauchte dringend etwas Besseres. Und jetzt nichts wie Robby hinterher. Wo war der denn hin? Eben war er doch noch da? Hektisch sah ich mich um. Die Krähen saßen auf dem Acker und taten, als ob nie etwas gewesen wäre. Robbys Bellen kam aus der anderen Richtung. Ich wirbelte um meine eigene Achse. »Verdammt! Nein! Hund! Hierher!«

Der kleine Mistkerl war unterwegs zur Pferdeweide. Die Krähen hatten anscheinend ihren Reiz verloren.

»Bitte nicht!«, keuchte ich und rannte quer über die Bodenfurchen.

Es war ein ungleiches Rennen. Robby war normalerweise doppelt so schnell wie ich. Er hatte ja auch doppelt so viele Beine. Allerdings hatte er sich schon ordentlich verausgabt. Und zwischendurch blieb er an einem Misthaufen stehen, um sich zu wälzen. Auch das noch! Ich hätte heulen können. Wie sollte ich das der alten Frau Busch erklären?

Robby würde stinken wie ein kompletter Kuhstall! Ich würde ihn bei uns zu Hause unter die Dusche stellen müssen, bevor ich ihn bei seinem Frauchen abgab. Aber erst einmal musste ich ihn kriegen, und zwar bevor er unter der Zaunlitze durchtauchte und …

»Hab dich!« Triumphierend hechtete ich nach der Leine. »Ha!« Ich rutschte noch einen halben Meter bäuchlings übers Gras. Aber das war jetzt auch schon egal. Ich hatte ihn! So was von Ha! Triumphierend holte ich die Leine ein wie ein Angler die Schnur.

Robby fand es ziemlich blöd, dass sein Ausflug genau in dem Moment zu Ende war, als er so kurz davor war, in ein saftiges lackschwarzes Pferdebein zu beißen. In ein … Ich schluckte. In ein … was?

»Oh, Shit!« Entsetzt sah ich nach oben, dann robbte ich rückwärts, so schnell ich konnte, und verhedderte mich natürlich in Robbys Leine. Endstation Hosenboden. »Hör doch auf zu bellen!«, jammerte ich, bekam den strampelnden Hund gerade noch zu packen und zog ihn am Geschirr zurück. Prompt stimmte Robby in mein Winseln ein. Das machte die Gesamtsituation nicht besser, wirklich nicht. Das Pferd hatte die Ohren gespitzt und streckte seinen Hals in unsere Richtung. Es war keine zwei Meter von uns entfernt und entschied sich gerade, den ersten Schritt auf uns zu zu machen. Ich kauerte mich zu einer Kugel zusammen und nahm das zappelnde Fellbündel in meine Arme. Wenigstens ihm sollte nichts passieren. Millimeterweise kämpfte ich mich mit dem sich heftig wehrenden Hund rückwärts.

Ich hörte ein Rascheln. Das Pferd kam näher. Ein Schatten fiel auf mich. Das Monster war direkt über uns. Ich spürte … warme Luft. Etwas blies mir über den Nacken. Dann berührten Haare meine Wange, sie kitzelten mein Ohr. Mein Herz stolperte. Es schlug mir bis zum Zäpfchen. Ich hielt still, so gut ich konnte. Aber ich bekam keine Luft in Robbys dichtem, intensiv nach Pferdeäpfeln stinkendem Fell. Japsend drehte ich mein Gesicht zur Seite. Das schwarze Riesenviech schnupperte an meiner Stirn, meiner Frisur, hinterließ feuchtwarmen Atem auf meinen Lidern, streifte meine Wimpern. Ich kniff die Augen fest zusammen. Ich wollte das nicht sehen, was nun unausweichlich kommen musste.

Robby knurrte kurz und hielt inne, dann jaulte er und fing wieder an, wild unter meinen Händen zu zappeln, bis er den Kopf frei hatte. Nein, das war nicht Robby, der da fiepte, das war ich. Ich hielt ihn eisern umschlungen und zitterte mit dem lebensmüden Hund um die Wette.

Müsste jetzt nicht so eine Art Film auf meiner inneren Kinoleinwand ablaufen? Dann hörte ich ein leises Schlabbern. »Robby, was –?« Vorsichtig zwinkerte ich und öffnete ein Auge. »Oh verda…« Ich brach ab. Die größte Zunge, die ich je gesehen hatte, schleckte dem Hund quer über den Kopf und mampfte an seinen Strubbelhaaren herum. Dann näherte sie sich gefährlich meiner Hand, mitsamt dem riesigen schwarzen Maul drum herum. Es schnupperte, ich fühlte den warmen Atem und fiel in eine Art Schockstarre, als weiche Lippen meine Finger ertasteten und mich anstupsten, damit ich die Faust öffnete. Es geschah einfach. Ich rechnete jeden Moment damit, einen Finger nach dem anderen abgebissen zu bekommen, aber das Pferd glitt nur unendlich aufmerksam und sanft mit seinen Lippen darüber. Es grub sich regelrecht mit der Nase in meinen Handteller, und ich konnte nicht anders, als blind das weiche Maul zu berühren und über die langen Tasthaare zu streichen. Es kitzelte. Das Pferd gab ein schnorchelndes Geräusch von sich, und wir beide zuckten zurück. Robby nutzte die Chance dieses winzigen Moments, setzte sich auf und bellte dem gigantischen Pferdekopf ein fröhliches »Wuff!« zu. Lebensmüde halt.

Einen gefühlten halben Meter über der Monsterzunge spiegelte ich mich in einem braunen Auge, das größer als ein Tischtennisball und umgeben von tiefen Falten war. Es sah traurig aus, müde und als trüge es alten Schmerz in sich, weil niemand dieses Tier richtig verstand. Keine Ahnung, wie ich darauf kam. Wahrscheinlich neigt mein Hirn unter Stress zu einer blühenden Fantasie. Ganz langsam richtete ich mich ein wenig auf.

Der Kopf des schwarzen Pferdes hatte die gleiche Masse wie Robbys Körper. Um die Augen des Biestes wuchsen weiße Stichelhaare, die seinen bedrohlichen Ausdruck noch verstärkten. Mein Kopf spulte unnützes Wissen ab. Ich erinnerte mich an das, was in dem Lexikon gestanden hatte. Das Eohippus war vor 48 Millionen Jahren ausgestorben. Moderne Pferde fraßen keine Blätter mehr, zumindest nicht als Hauptnahrungsquelle, und darum waren sie längst größer als Füchse. Sehr viel größer. Vor allem aus meiner Froschperspektive!

Die heutigen Pferde haben außerdem riesige Zähne. Und auch Vegetarier können bissig sein. Oder Tollwut haben. Im schlimmsten Fall beides. Hatte Nana nicht mal gesagt, dass tollwütige Tiere ganz besonders zutraulich wurden und die Scheu vorm Menschen verloren?

Wie aufs Stichwort bekam ich die Beißwerkzeuge dieses Ungetüms jetzt auch noch zu sehen. Und das ziemlich dicht vor meinem Gesicht. Es stülpte die Oberlippe um und flehmte, so wie die Stute neulich, das hatte ich ja inzwischen gelernt. Anscheinend hatte ich irgendeinen Geruch an mir, den Pferde unwiderstehlich fanden. Oder der Hund. Behutsam lockerte ich meine Arme und reckte mich ein wenig höher aus meiner Kauerhaltung, ohne dabei Robby loszulassen.

Das Pferd trat einen halben Schritt zurück und gähnte mich mit gesenktem Kopf an. Was sollte das denn bedeuten?

Ich würde jedenfalls nicht so lange bleiben, bis es herausgefunden hatte, ob ich am Stück zwischen seine Kiefer passte oder nur in kleinen Teilen. Also begann ich, rückwärts zu krabbeln, was mit einer Hand fest in Robbys Geschirr gar nicht so einfach war. Das Pferd verfolgte uns mit gesenktem Kopf. Ganz offensichtlich war es extrem neugierig.

»Runter von meiner Weide! Hast du sie noch alle?! Das ist ein Hengst! Und keiner von der harmlosen Sorte! Weg da!« Mit Riesenschritten kam eine Frau in Gummistiefeln über die Wiese gelaufen und fuchtelte mit einem Stecken in der Luft herum.

Mist! Mist! Mist! Das war Anyta Kuret herself, und sie sah nicht sehr begeistert von unserem Spontanbesuch aus.

Das Pferd war kurzfristig abgelenkt. Ich auch. Aber ich hatte genug Adrenalin in mir, um aufzuspringen wie ein Turbohase, der mit den Löffeln am Elektrozaun hängen geblieben ist. Der Hengst galoppierte aus dem Stand mit erhobenem Schweif davon. Er bockte, schlug mit den Hinterhufen in die Luft und furzte dabei knatternd. Lieber Himmel, was für ein mörderisches, wunderschönes Kraftpaket das war.

Ich rannte mit Robby in die entgegengesetzte Richtung. Nur weg von diesem wilden schwarzen Tier und dieser Frau! Und zwar so schnell es ging.

Ich robbte unterm Zaun durch, fiel beinahe über meine eigenen Füße, und dann ließ ich mich von dem Rüden in Richtung des Feldwegs zerren, über den wir gekommen waren. Was für ein Albtraum! Und was für ein Segen, dass Robby noch mehr Angst vor Anyta Kuret hatte als ich.

Irgendwie gelang es mir, den stinkenden Hund unbemerkt in unsere Dusche zu locken. Nana hatte sich im Wohnzimmer zu einem Nachmittagsschläfchen aufs Sofa gelegt, und wenn ich jetzt nicht gerade den Posaunenchor der freiwilligen Feuerwehr um ein Ständchen bat, würde sie so schnell nicht aufwachen.

Leider hatte ich nicht mit Robbys Lungenkraft angesichts einer laufenden Warmwasserbrause gerechnet – und damit, welche verstärkende Wirkung Badezimmerkacheln auf so ein Hundejaulen haben. Robby heulte, als ob ich ihm das Fell über die Ohren ziehen wollte. Und ehrlich gesagt – ich war kurz davor. Zumindest in dem Moment, als Nana die Tür aufriss und sich staunend umsah.

Ich hatte den ganzen Boden mit Handtüchern ausgelegt. Die waren inzwischen alle mit braunen Pfotenabdrücken gemustert. Die Wände in der Dusche waren im selben Farbton gesprenkelt.

Und ich selbst war eine Mischung aus beidem und obendrein klatschnass.

Robby war unter einem cremefarbenen Schaumberg verschwunden. Allerdings nur kurz. Nana wurde Zeugin, wie er wieder auftauchte. Als er sie sah, wand er sich aus meinen Händen und schüttelte sich.

Schaumflocken flogen und landeten auf mir, auf Nana, auf den Fliesen, den Möbeln, der Wand. Ich hätte heulen können, während Robby fröhlich bellend immer zwischen uns hin- und hersprang.

»Möchte ich wissen, warum du unser Bad unter Wasser setzt und die Kacheln düngst?«, fragte Nana, ohne die Miene zu verziehen. Wenn das Chaos am größten war, entwickelte sie manchmal eine erstaunliche Ruhe.

»Nein«, antwortete ich kleinlaut und bemühte mich, den schlüpfrigen Wischmopp einzufangen, bevor er aus der Tür witschte. »Ich mach's wieder sauber, versprochen!«

Nana legte den Kopf schief und streichelte Robby. »Oh ja! Das wirst du! Aber jetzt spül' erst einmal die Seife aus seinem Fell und föhne ihn trocken. Frau Busch hat eben angerufen und gefragt, ob etwas passiert ist, weil ihr so spät dran seid. … Und wasch dein Gesicht.«

Eine halbe Stunde später lieferte ich ein aufgeplatztes Sofakissen bei seinem Frauchen ab. Zumindest sah Robby aus wie eins. Durch das Föhnen hatte er mehr Volumen im Haar als Heidi Klum nach zwei Flaschen Haarspray kopfüber.

Seit ich ihn kannte, war er noch nie so fluffig und sauber gewesen – im Gegensatz zu mir. Ich musste immer auf seine Rute starren. Jahrelang hätte ich geschworen, dass sie hellbraun war. Sie war weiß! Schneeweiß! Frau Busch wirkte ebenfalls überrascht. »Warte mal, Godje.« Sie ließ mich im Türrahmen stehen und kam mit einer Tafel Schokolade zurück. »Für all die Arbeit, die er dir gemacht hat.«

»Danke, aber das wäre nicht –«

»Doch, doch«, widersprach Frau Busch und lächelte mich an.

Ich verabschiedete mich schnell. Ich wollte aus den dreckigen Klamotten raus, und irgendetwas war fürchterlich warm an meinem Bein. Es wurde nicht besser, als ich nach Hause lief. Ich rieb über die Stelle und blieb an einem runden Umriss in meiner Jeanstasche hängen. Die Pferdefigur. Die hatte ich ja ganz vergessen. Nachdenklich befühlte ich das kleine Amulett durch den Stoff hindurch. Es war so warm, beinahe heiß. Ich dachte an Krähen und Weidezäune, an Ungeheuer und warmen Pferdeatem. In meinem Kopf hörte ich wieder Anyta Kuret brüllen: »Das ist ein Hengst! Und keiner von der harmlosen Sorte.« Ich schüttelte energisch den Kopf. Der Schwarze hatte Angst. Keine Ahnung, wie ich darauf kam, ich wusste es einfach. Ich riet es nicht, ich bildete es mir auch nicht ein, ich wusste es tatsächlich.

Und diesmal war ich mir sicher, dass die Figur pulsierte. Vielleicht hätte mir das Angst machen müssen, aber ich fand es einfach nur faszinierend. »Du hast ein Geheimnis, und ich werde es lüften«, murmelte ich, während ich die Reiterin und ihre Freundin betrachtete. Aber erst musste ich duschen.

4. Bücher zu Karotten

Oleg brühte Kaffee auf. Er tat das am liebsten auf die altmodische Weise. Mit einem Porzellanfilter auf einer Porzellankanne. Langsam goss er das kochende Wasser über das Kaffeepulver bis zum Rand. Dann wartete er, bis es versickerte und in die Kanne darunter getröpfelt war, und wiederholte den Prozess. Anyta saß über einen Stapel Papiere gebeugt am Küchentisch. Sie sah nicht auf, als er ihr einschenkte, ein Stück Zucker und einen Tropfen Milch hinzufügte und die Kanne abstellte. Sie schaute erst auf, als er die Tasse klirrend über den Tisch in ihre Richtung schob.

»Willst du nicht doch einmal mit ihr reden?«, fragte er behutsam.

Anyta schüttelte den Kopf. »Das hat doch keinen Sinn. Du weißt noch, was letztes Mal passiert ist.«

Er rührte bedächtig in seiner Tasse. »Das ist zehn Jahre her.«

»Manche Wunden heilt keine Zeit der Welt.«

Oleg nickte. Ohne dass es ihm bewusst geworden wäre, rieb er über die alte Brandnarbe an seiner Handinnenfläche. »Was war vorhin an der Weide los?«

Anyta seufzte. »Godje. Ich habe sie erwischt, wie sie mit dem Hund auf der Wiese gespielt hat. Sie saß einfach im Gras, und der Hengst stand bereits über ihr. Ich habe gebrüllt und wollte ihn mit der Gerte von ihr wegtreiben. Ich habe viel zu spät gesehen, dass sie es ist. Wahrscheinlich habe ich ihr einen Riesenschreck eingejagt.« Sie stützte den Kopf in ihre Hände und seufzte tief. »Nun ja. Auch das spielt vermutlich keine Rolle mehr. Vielleicht ist es besser, wenn wir hier tatsächlich fortgehen.«

»Ist es so schlimm?«

Sie schob ihm den Papierstapel hinüber. »Ein Schreiben der Bank, zwei Mahnungen. Der Rest sind offene Rechnungen. Es muss ganz dringend etwas passieren, Oleg.«

»Kommt Zeit, kommt Rat«, meinte der alte Stallmeister. Er stand auf, stellte seine Tasse in die Spüle und setzte seine Kappe auf. »Ich bringe die Pferde rein. Es ist spät geworden.«

Ich beobachtete von Weitem, wie Oleg dem Schwarzen das Weidetor öffnete. Er führte ihn nicht am Strick auf den Hof, so wie er es mit den anderen Pferden immer machte. Stattdessen trieb er ihn mit einer langen Peitsche in großem Abstand vor sich her. Die Abendsonne spiegelte sich im Fell des Hengstes, als er tänzelnd aus meinem Blickfeld verschwand. Sein Atem malte Dampfwolken in den Novemberhimmel. Fröstelnd verschränkte ich die Arme vor der Brust. Mir war kalt.

Was machte ich eigentlich hier draußen?

Ich hatte vorgegeben, Kopfschmerzen zu haben. Keine Ahnung, ob mir meine Freunde das abkauften. Ich wollte allein sein und noch einmal zur Pferdeweide gehen, den Schwarzen sehen. Was ich mir da erhoffte und wie ich reagieren würde, wusste ich selbst nicht. Vielleicht ging es darum, meine Grenzen auszuloten. Dafür brauchte ich keine Zuschauer. Niemanden, der mich festhielt, wenn ich panisch wegrennen wollte, oder der mich auslachte, wenn ich Schweißausbrüche, einen hysterischen Anfall oder einen Heulkrampf bekam. Das war meine Sache. Nicht einmal Robby nahm ich heute mit. Ich wusste ja auch gar nicht, ob der Hengst jeden Tag auf diesem Wiesenstück grasen durfte.

Er war da. Und er schien auf mich zu warten.

Natürlich wusste ich, dass das nur Einbildung war.

Mit gespitzten Ohren und erhobenem Kopf stand der Schwarze auf der Wiese, wie ein Denkmal. Ich zwang mich, langsam zu atmen und ebenso langsam weiterzugehen. Einen Schritt nach dem anderen. Nicht zittern, gleichmäßig und selbstbewusst. Einen Meter vor dem Zaun hielt ich an. Das war nah genug. Und jetzt? Nervös zupfte ich an meiner Hosentasche herum. Ich trug das Medaillon meiner Eltern um den Hals, und in der Jeans steckte diese antike Reiterin. Eines von beiden würde mir doch hoffentlich Glück bringen.

Der Schwarze setzte sich in Bewegung. Zögernd. Er schien genauso viel Angst vor mir zu haben wie ich vor ihm. Er schnaubte. Nicht auf diese sanfte Art wie die Stute am Zaun, sondern so wie bei unserer ersten Begegnung. Laut und schnorchelnd, unsicher, abcheckend.

Mein erster Impuls war, mich umzudrehen und davonzulaufen. Aber ich blieb stehen. Meine Hände verkrampften sich und wurden feucht. Ich atmete. Ein und aus. Ganz regelmäßig, Godje. Es kann dir nichts passieren, der Zaun ist superstabil, dicke Eichenpfosten, breite Holzplanken und dazwischen oben und unten Elektrodraht.

Ich fokussierte das leise, regelmäßige Klicken. Es ist Strom drauf. Er bleibt auf seiner Seite und du auf deiner.

Mein Herzschlag übertönte das laute Ticken der Stromstöße, die in Intervallen über den Draht liefen.

Der Schwarze kam näher. Langsam atmen. Tief atmen. Bis in den Bauch.

Eigentlich erstaunlich, dass so dünne Beine ein solches Kraftpaket tragen konnten. Sein Fell glänzte in der Sonne wie die Federn eines Raben. Schwarzblau. Und auch wenn ich einen Riesenrespekt vor ihm hatte: Ich bewunderte seine Anmut und Eleganz. »Du bist wunderschön«, keuchte ich leise, als er dicht vor dem Zaun stehen blieb und wieder dieses schnorchelnde Geräusch von sich gab. »Ich tu dir nichts. Tu du mir auch nichts. Bitte.«

Weiteratmen. Nie das Atmen vergessen. Langsam und gleichmäßig.

Ich tastete nach der Münze in meiner Hosentasche. Die andere Hand streckte ich langsam in seine Richtung aus. Sie zitterte leicht, aber ich zog sie nicht zurück. Auch nicht, als der Hengst seinen Hals ganz lang machte und den Kopf über den Zaun streckte. Er spitzte die Lippen, und ich musste lachen. »Jetzt siehst du aus wie ein Kamel.«

Es fühlte sich an, als ob meine Füße in zwei Eimern mit Klebstoff steckten, aber ich schaffte es, mich darin weiterzuwuchten. In Zeitlupe, mit Wackelpudding in den Knien, tastete ich mich einen halben Meter vor. Und dann noch einmal zehn weitere Zentimeter, für die ich ungefähr ebenso lange brauchte wie für die ganze vorherige Strecke.

Mein Puls raste jetzt. Meine Hände waren nass geschwitzt. Aber hier stand ich und ließ es zu, dass ein riesiges schwarzes Pferd mit seinen Barthaaren meine Handfläche berührte. Zum zweiten Mal. Wahnsinn, oder? Ich presste die Lippen zusammen und hielt die Luft an, damit dieses plötzlich in mir aufsteigende Bedürfnis, ganz dringend hysterisch zu kieksen, drinnen blieb. Oh Mann, das kitzelte!

Da öffnete das Pferd schmatzend sein Maul. Ich zuckte zurück und der Hengst ebenfalls, weil ich mich so ruckartig bewegt hatte. In der nächsten Sekunde näherten wir uns vorsichtig wieder an.

Er brummelte leise, blies auf meine Finger, und im nächsten Augenblick schleckte seine riesige rosafarbene Zunge über meinen Handteller. Das kitzelte. Mir war schlecht vor Aufregung. Aber ich rührte mich nicht. Zuerst, weil ich nicht konnte. Ich hatte Bleigewichte an den Klebstoffeimerfüßen. Und dann, weil sich ein Hochgefühl in mir ausbreitete. Dieses Riesentier schleckte mich ab – genauso, wie es Robby immer machte. Harmlos!

»Du magst das Salz, oder?« Meine Stimme hörte sich krächzig an, aber das schien den Hengst nicht zu stören. »Weißt du eigentlich, wie groß du bist?«, fragte ich leise und räusperte den Kloß in meinem Hals weg.

Ich nahm all meinen Mut zusammen, drehte meine Hand und berührte ihn seitlich am Gesicht, hinter dem Maulwinkel. Hier fühlte sich seine Haut ganz weich an. Zitternd tastete ich mich höher, am Jochbein vorbei, kraulte seine mächtigen Backenmuskeln und wanderte vor dem wunderschönen, mir zugewandten Auge unter seinen Schopf, so wie ich es von Fynn gezeigt bekommen hatte. Mit der anderen Hand hielt ich mein Amulett fest umklammert. Und da explodierte etwas vor meinen Augen.

Das Mädchen rannte durchs Unterholz. Äste und Wurzeln verbarrikadierten den schmalen Pfad. Dürre Zweige griffen wie Hände nach ihr. Manche brachen, andere waren hartnäckig, zogen an ihren Haaren, als ob sie sie verhöhnten, oder hinterließen Kratzer und Striemen auf ihrer Haut. Heiseres Bellen dröhnte in ihren Ohren. Sie hörte Stimmen. Die Männer aus dem Dorf kamen näher. Sie waren nicht mehr weit. Da waren Fackeln. Wie Irrlichter geisterten sie durch den aufsteigenden Nebel. Wenn sie die Hunde losließen, war ihr Schicksal besiegelt. Sie musste weiter, schnell, sie irgendwie abhängen.

Gyde taumelte eine Böschung hinab. Sie verlor das Gleichgewicht und fiel. Ihr Leinenhemd blieb an Dornensträuchern hängen und riss. Sie überschlug sich und prallte schmerzhaft mit der Schulter an einen Stein. Aber da unten war Wasser. Ein Geschenk der Götter. Vielleicht war sie ja doch nicht verflucht, wie sie alle fürchteten.

Barfuß stolperte sie durch den Bach. Sie überquerte ihn nicht direkt. Wenn sie die Fährte unterbrechen wollte, musste sie ein Stück flussabwärts laufen, bevor sie das andere Ufer erklomm. Kalt, so kalt. Sie spürte ihre Beine und Füße nicht mehr. Sie strauchelte in einer Senke und tauchte bis zur Hüfte ein. Sie riss die Augen auf und unterdrückte einen Schrei. Aber noch nicht. Sie musste noch ein Stück weiter in diesem eiskalten Wasser. Es war zu früh. Und doch zu spät.

»Da ist sie!« Der Schrei gellte durch die Nacht und stach mitten in ihr Herz. Es war ihr Onkel. Sie kannte alle diese Menschen, die jetzt hinter ihr her waren, um sie zu töten. Sie war in diesem Dorf aufgewachsen. Sie war doch eine von ihnen? Und doch hatte sie nie dazugehört. Das Findelkind.

Sie hatten sie aufgezogen und ihre Talente zuerst belächelt, dann bewundert. Und jetzt fürchteten sie sie. Und was man fürchtete, trieb man weit ins Moor hinein ... Oder man brachte es gleich um.

»Lasst die Hunde frei!«

Ich sah nur noch grelles Licht. Mein Kreislauf sackte weg. Als ich wieder zu mir kam, fand ich mich im Gras sitzend wieder. Ich rang nach Luft, die Hände in die Erde gekrallt. *Was um alles in der Welt waren das für Bilder gewesen? Wo kam dieser schräge Film her?* Meine Stirn pochte, das Blut rauschte in meinen Ohren, und ich zitterte am ganzen Körper. Das Amulett lag heiß und pulsierend in meiner Hand. Mühsam öffnete ich meine verkrampften Finger.

Der Schwarze hatte kehrtgemacht und war davongesprengt. Ich sah nur noch seine muskulösen Hinterbacken und seinen aufgerichteten Schweif. Mit weit aufgesperrten Nüstern galoppierte er über die Wiese, schlug bockend Haken und keilte nach hinten aus. Dann sprang er über das Hoftor, als sei es überhaupt nicht vorhanden.

Automatisch zog ich den Kopf ein. Aber anscheinend ging alles gut. Als ich die Augen wieder öffnete, hörte ich hinter den Gebäuden einen Eimer scheppern und aufgeregte Rufe. Es kehrte schnell wieder Ruhe ein. Dem Himmel sei Dank schien ihm nichts passiert zu sein. Erleichtert atmete ich aus.

Jemand streckte seinen Kopf über das Tor. Ich duckte mich und blieb unbemerkt. Es war bestimmt besser, ich machte, dass ich nach Hause kam.

Über alle viere versuchte ich, aufzustehen. Aber alles drehte sich. Einen Moment lang war mir richtig schwummerig. Mein Oberschenkel brannte. Der Rest von mir war eiskalt. Ich stützte mich an einem Zaunpfosten ab, bis ich wieder normal sehen konnte. *Dieser Film in meinem Kopf … Was war das für ein Mädchen? Und warum fühlte ich, was sie fühlte? Das eiskalte Wasser? Ihre Todesangst? … Was passierte mit mir? Und dann die Reaktion des Hengstes … Was hatte das alles mit dem Amulett zu tun? Es war ja beinahe, als ob es auf meine Gefühle reagierte. Und auf Pferde … Das war unheimlich. Und abgefahren! Total abgefahren.*

Zu Hause legte ich das Schmuckstück auf meinen Schreibtisch. Bestimmt eine halbe Stunde saß ich davor und wusste nicht, was ich von all dem halten sollte. Was sollte ich tun? Nana davon erzählen? Bloß nicht! Sie würde das sonderbare Schmuckstück sofort entsorgen. Sie hatte es von Anfang an nicht gemocht. Konnte ich jemandem in der Schule davon erzählen? Die würden mich für verrückt halten. Niemand glaubte so was.

Nachdenklich holte ich das Medaillon meiner Eltern aus dem Nachttischschubfach hervor und klappte es auf. Ich betrachtete die Gesichter. Sie waren mir fremd und doch vertraut. Das hatten sie mit der Frau auf dem Pferd und ihrem Begleiter gemeinsam. Was hätten sie mir wohl geraten? Ich musste mehr über dieses Geschenk herausfinden. Nachdenklich rollte ich die antike Münze vor dem silbernen Miniaturbilderrahmen hin und her. Ich wollte sie tragen können, auf meiner Haut spüren. Spielerisch hielt ich sie vor die Brosche und kniff ein Auge zu. Von der Größe her würde sie genau hineinpassen. Ich legte sie in die Mitte und ließ den Deckel zuschnappen. Es knackte leicht, und ich zog automatisch die Schultern ein. Ach, du Scheiße! Hatte ich etwa gerade Nanas Geschenk kaputt gemacht? Nervös fingerte ich an dem Verschlussmechanismus herum. Er klemmte. Und als er endlich aufschnappte, fielen mir die Fotos mit meinen Eltern auf zwei hauchdünnen, runden Silberplättchen entgegen. Natürlich hatte ich's kaputt gemacht! Oder … auch nicht? Das Medaillon war zu einem zweiteiligen silbernen Rahmen geworden, der die antike Münze perfekt umschloss. Erstaunt betrachtete ich das Ergebnis meiner kleinen Bastelarbeit. Wieso passte das? Ich drehte und wendete das Amulett. Es passte perfekt, sogar die seltsamen Aussparungen auf der Rückseite der Münze schienen plötzlich einen Sinn zu ergeben. Sie waren fest in den Rahmen geschmiegt.

Ich musste nachdenken. Vorsichtig löste ich die Reiterin wieder aus dem Silber, legte die Plättchen mit den Fotos ein und schloss das Medaillon erneut. Passte immer noch. Als ob die Fotos meiner Eltern nichts anderes als Platzhalter für das eigentliche Schmuckstück gewesen waren. Ich schluckte trocken und tauschte das Ganze noch einmal zurück. Dann atmete ich langsam aus und schloss meine Finger um das vollständige Amulett. Vollständig, ja – genauso fühlte es sich an. Warm und pulsierend lag es in meiner Hand. Wie in Trance legte ich mir die Kette um den Hals. Ich erschauerte, als sie meine Haut berührte und angenehm warm darauf zur Ruhe kam.

Ich kam zur Ruhe.

Und eins war sicher: Davon hatte Nana keine Ahnung gehabt. Oder doch? Hatte sie geahnt, was in dem anonymen Päckchen gesteckt hatte? Und es mir dennoch unbedingt vorenthalten wollen?

Dann würde sie mir auch jetzt nicht verraten, was es damit auf sich hatte. Aber ich musste es wissen!

Moment mal.

Wenn das Ding alt war, dann gab es Menschen, die sich damit auskannten. Wer beschäftigte sich mit alten Dingen? Archäologen und Antiquitätenhändler. Leider kannte ich weder jemanden, der nach Scherben und Mumien buddelte, noch jemanden, der so was verkaufte. Aber das Internet kannte alle, also googelte ich. Fieberhaft scrollte ich auf meinem Smartphone herum. Nach einer halben Stunde hatte ich drei Fachleute gefunden, die sympathisch und ehrlich wirkten – soweit man das anhand von Fotos und Websites beurteilen konnte. An die schickte ich Handyfotos, ohne den silbernen Rahmen. Obwohl ich es für die Aufnahmen nur wenige Augenblicke herauslöste, schienen mir die Reiterin, das Pferd und ihre Begleitung bereits seltsam nackt ohne die Fassung. Dann hieß es warten. Entschlossen steckte ich das Amulett dahin, wo es hingehörte, zurück unter mein Shirt. Warm und pulsierend lag es da.

Also, was war so besonders an Hengsten?

Ich zog ein Buch aus meinem Schreibtischstapel, das zwischen Mathe und Chemie lag. Außen stand Physik drauf. Aber hinter dem falschen Schutzumschlag verbarg sich *»Alles über Pferde, Basiswissen für Einsteiger«*.

Ich hatte keine Ahnung, ob ich ein Einsteiger war, aber ich fraß mich mit Heißhunger durch die Seiten. Ich lernte, dass Fellmuster Abzeichen hießen und so lustige Namen wie Laterne, Krötenmaul oder Flämmchen trugen. Dass der Schwarze mit der grauen

Augenmaske vermutlich ein Rappschimmel war und Hengste wie er offenbar selten ein so artgerechtes freies Leben führen durften wie bei Anyta Kuret. Hengsthaltung war demnach eine komplizierte Sache. Darum wurden die meisten kastriert und zu pflegeleichteren Wallachen gemacht.

Die Tage vergingen. Mein Mailpostfach blieb stumm. Ich schleppte weiter alles, was ich an Wissen über Pferde zusammentragen konnte, nach Hause. Damit es nicht so auffiel, erweiterte ich meinen Radius über die Weihnachtsferien: Ich wurde Mitglied in sämtlichen Büchereien des nördlichen Landkreises von Hannover, die mit dem Fahrrad oder Bus erreichbar waren, und las, so schnell ich konnte: nur nicht durch Überziehen, Mahnungen oder verräterische Bücherberge zu Hause auffallen. Was ich inhaliert und verstanden hatte, brachte ich gleich wieder zurück. Immer öfter besuchte ich dabei den Schwarzen. Wir näherten uns langsam an und besiegten Schritt für Schritt unsere Angst vor dem anderen.

Inzwischen liebte ich es, ihn unter seiner seidigen Mähne zu kraulen. Er wartete fast jeden Tag nach der Schule auf mich und die Möhren oder Äpfel, die ich von meinem Schulfrühstück für ihn aufhob. Unsere Treffen waren mein heimlicher Tageshöhepunkt im Januar.

»Mist.« Die Karotte versank mit einem leisen Knirschen unter den zehn Zentimetern Neuschnee, die am Vormittag gefallen waren.

Der Schwarze scharrte suchend mit den Hufen, aber er fand sie nicht. »Du musst da gucken … nein dort … weiter da drüben. Versuch's mal hier rechts …«

Ich hängte mich über den Zaun und fuchtelte mit ausgestreckten Armen in die Richtung, die ich meinte. Der Hengst prustete und schnoberte über das Weiß. Dann richtete er sich auf und schüttelte ungeduldig seine Mähne. Mit seiner Augenmaske aus weißen Stichelhaaren erinnerte er mich irgendwie an diese mexikanischen tätowierten Totenkopfgesichter.

Auf einmal sprach mich jemand an. »Warum gibst du ihm die Möhre nicht einfach auf der flachen Hand?«

Ich schrak zusammen. Der Hengst machte einen Satz und sprengte davon.

»Fynn! Was tust du denn hier?«.

Er grinste mich an. »Das wollte ich eigentlich dich gerade fragen.«

5. Perfekt für Cocktails

Anyta Kuret starrte mit verschränkten Armen aus dem Fenster. »Da ist sie wieder. Und diesmal ist auch noch ein Junge dabei.« Sie wippte ungehalten auf den Zehen. Dann drehte sie sich um. »Ich schau mir das nicht länger an.« Energisch griff sie nach ihrer Strickjacke und schlüpfte schon in ihre Stiefel, die vor dem bollernden Ofen in einer kleinen Pfütze standen und von der Morgenarbeit auftauten.

Oleg bekam sie an der Tür zu fassen. Er legte ihr die Hand auf die Schulter und hielt sie sanft zurück. »Lass sie. Sie tun doch nichts.«

Anyta sah ihn verständnislos an. Sie schüttelte den Kopf. »Ich traue ihm *nicht. Was, wenn er sie verletzt? Willst du dann rübergehen müssen und es Margarete ins Gesicht sagen? Du würdest nicht einmal mehr die Chance dazu haben, so schnell würde sie uns alle in die Luft jagen, das Kind einpacken und verschwinden.«*

Oleg ging hinüber zur Spüle und schenkte sich bedächtig einen Kaffee ein. »Wenn du so wenig Vertrauen in den Hengst hast, warum verkaufst du ihn dann nicht?«

Anyta hob die Arme und ließ sie mit einem klatschenden Geräusch gegen ihre Oberschenkel fallen. »Weil er Potenzial hat?! Einen Champion als Vater? Einen erstklassigen Pedigree? Traumnoten bei der Körung?«

»Er steht seit seiner Geburt vor zehn Jahren ohne wirkliche Aufgabe herum. Das ist nicht der einzige Grund.«

Anyta schnaubte. »In meinem Firmeneintrag steht: Resozialisierung traumatisierter Problempferde. Willst du darauf hinaus, Oleg? Dass er das einzige Pferd ist, das ich nicht knacken kann? Dass er meine Achillesferse ist? Mein Prüfstein? Das hatten wir doch schon tausendmal. Er hat zu mir kein Vertrauen mehr seit –«

Oleg unterbrach. »Und du nicht zu ihm. Es war nicht seine Schuld. Niemand konnte etwas dafür. Unfälle passieren.«

Sie wischte seinen Einwand mit der Hand fort wie eine lästige Fliege. »Arion braucht jemanden, der einen Draht zu ihm hat. Den er an sich herankommen lässt. Dann kann er es allen zeigen. Er ist nur noch nicht so weit. Ich weiß das, und du weißt es auch.«

Oleg blies lächelnd in seine dampfende Tasse. Er hatte erreicht, was er wollte. »Oh ja. Das tue ich. Vielleicht solltest du die Kleine dann einfach machen lassen?«

Am liebsten wäre ich dem Möhrenstückchen hinterhergesprungen. Bis man mich völlig verschrumpelt und erfroren im Frühjahr finden würde, hätte ich mir vielleicht eine schlagfertige Antwort zurechtgelegt. So glotzte ich einfach nur blöd und wusste nicht, wohin mit mir und meiner Frühstücksdose.

Fynn grinste mich breit an. »Ich dachte, du hast Angst vor Pferden?«

»Hab ich auch.« Meine Füße waren Eiszapfen. Aber meine Hände schwitzten, und mein Herz hyperventilierte.

»Ah. Und ich dachte, du wirfst Karotten in den Schnee, damit nächstes Jahr neue daraus wachsen. Dann muss ich dir also nicht schonend beibringen, dass das so nicht klappt?« Er feixte, und ich musste lachen.

»Nein. So weit hab ich in Biologie dann doch aufgepasst.«

Fynn sah dem Schwarzen hinterher. »Arion ist wirklich eine Schönheit, nicht wahr?«

»Du weißt, wie er heißt?«, fragte ich verdutzt. Mein Herz schlug schneller.

Fynn hob die Schultern und deutete mit dem Kopf auf die Gebäude hinter der Weide. »Ich habe den Reitstall gewechselt. Die Leute im Verein haben mich genervt. Ich bekomme jetzt Privatunterricht bei Oleg. Das ist der Mitarbeiter von Frau Kuret.«

»Oh«, machte ich.

»Einzelstunden«, setzte Fynn hinterher.

Ich nickte wissend. Ich hatte keine Ahnung gehabt, dass so etwas möglich war.

»Willst du mal mitkommen?«

»Mal sehen«, wich ich aus. »Du weißt ja, Nana findet das nicht so toll.«

»Und was findest du toll?« Er sah mich herausfordernd an. Seine Augen glitzerten frech, und mein Magen kribbelte ein bisschen, wie wenn man Cola trinkt und noch nichts gegessen hat.

»Quadrillen beim Weihnachtsreiten gehören jedenfalls nicht dazu«, rutschte es mir heraus. Ich biss mir auf die Unterlippe. Aber Fynn nahm es mir nicht krumm.

Er lachte schallend. »Versprochen. Na gut, keine Quadrille diesen Winter.«

Die Kirchturmuhr im Dorf schlug. Erschrocken sah ich auf mein Handy. So spät schon? Und da war eine E-Mail von dem Archäologen! Endlich! »Mist. Ich muss nach Hause. Ich überleg's mir, okay?«

Ich schnappte meinen Rucksack, klopfte den Schnee ab und rannte los. Fynns Stimme begleitete mich noch ein Stück. »Aber überleg nicht zu lange!«, rief er mir hinterher. Mein Herz hüpfte ein bisschen. Aber natürlich nur, weil ich leicht außer Atem war. Alles andere war verboten. Tessa war meine Freundin, und ich hatte ganz andere Sorgen.

Ich war noch nie so schnell mit dem Essen und dem Abräumen fertig. »Ich hab ganz viele Hausaufgaben«, erklärte ich knapp, drückte Nana einen Kuss auf die Wange und zog meine Zimmertür hinter mir zu.

Sobald ich meinen Alibiberg aus Heften und Büchern auf dem Schreibtisch errichtet hatte, öffnete ich das Mailprogramm an meinem Rechner.

Sehr geehrte Frau Philipp

vielen Dank für Ihr Vertrauen in meine Fachkenntnis. Leider kann ich anhand des mir vorliegenden Bildmaterials natürlich nicht die Echtheit Ihres Artefakts beurteilen. Auch eine genaue Datierung ist mir nicht möglich.

Hammer, wurden Professoren nach der Anzahl von Fremdworten in ihren Sätzen bezahlt? Ich googelte und fand heraus, dass *Artefakt* unter Archäologen für einen von Menschen geschaffenen Gegenstand mit künstlerischem Wert stand, und las auf meiner Unterlippe kauend weiter.

Ich würde vermuten, dass es sich um eine keltische Münze handelt, möglicherweise Teil einer Fibel oder Brosche, eine Darstellung der Göttin Epona. Leider wissen wir bis heute wenig über die Kulte und Religion der Kelten. Diese Pferdegöttin wurde von etwa 400 vor Christus bis 400 nach Christus in ganz Europa verehrt. Als einzige Gottheit wurde Epona von den Römern übernommen.

In jedem Fall handelt es sich um ein sehr spezielles Motiv, das ich mir aus privatem kunsthistorischem Interesse gern in natura ansehen würde. Sehr gern komme ich für eine genauere Bewertung zu Ihnen. Bitte vereinbaren Sie zu diesem Zweck einen Termin mit meinem Büro.

Mit freundlichen Grüßen,
Prof. Dr. Dr. P. H. Schwarz

Ich pfiff leise durch die Zähne. Anscheinend war der gute Professor ziemlich interessiert an meiner seltsamen Münze.

Spannend. Ich fingerte die kleine Brosche aus der Halterung in meinem Medaillon, drehte und wendete und betrachtete sie mit ganz neuen Augen. »Eine keltische Pferdegöttin also«, murmelte ich. »Epona …« In meinem Kopf ratterte es, während ich den Namen in seine Bestandteile zerpflückte. »Epona, Epo, Pona … wie in Pony. Krasse Sache. Was kannst du mir noch so von dir erzählen?«

Leider blieb mein Geburtstagsgeschenk genauso stumm wie die Gesichter meiner Eltern. Dann musste ich eben noch mal Google fragen. Aber als ich die Suchworte eintippen wollte, klopfte es an meiner Tür. Ich konnte gerade noch den Tab schließen, die Brosche in die Halterung einrasten und das Oval zuklappen, da wurde sie auch schon aufgerissen. Unauffällig ließ ich den Glücksbringer unter meinem Pulli verschwinden.

Fenja stürmte herein, mit Tessa und Lou im Schlepptau. Plötzlich war mein Zimmer sehr voll und laut. Alle plapperten durcheinander. »Deine Oma hat uns reingelassen. Du hörst und siehst ja nichts! Ich hab dir schon drei Nachrichten geschickt.«

»Wir wollten Schlittschuh laufen gehen. Sie haben den See freigegeben.«

»Willst du echt bei den Hausaufgaben versauern bei dem schönen Wetter?«

»Wir haben doch gar nicht so viel auf?«, wunderte sich Lou und blieb mit dem Fuß an meinem Rucksack hängen. Tessa und ich verhinderten gerade noch, dass sie hinfiel und dabei womöglich meinen Bücherstapel mitriss. »Also? Was heckst du aus?«, fragte sie grinsend.

»Nichts«, sagte ich hölzern und checkte mit einem kurzen Seitenblick, ob meine Pferdetitel alle gut versteckt waren.

Tessa folgte meinem Blick. »Du lernst Physik? Ernsthaft? Wirst du jetzt Nerd oder so was?« Dann blieb ihr Blick an dem Kinderbuch auf meinem Nachttisch hängen. »Was ist *das* denn?«, fragte sie augenzwinkernd und zeigte auf die gruseligen Vampirkinder.

»Es ist nicht, wie du denkst.« Ich verdrehte die Augen und seufzte lächelnd. »Gebt mir fünf Minuten. Dann komm ich, okay? Und jetzt alle raus hier!«

Bedauernd fuhr ich den Rechner herunter, zog mir eine lange Skiunterhose drunter und einen dicken Pulli über und schnappte mir meine Schlittschuhe aus der Abstellkammer.

Wir liefen übers Eis, bis es dämmerte. Ich genoss die klare Luft, das Lachen mit meinen Freundinnen und einfach mal an nichts anderes denken zu müssen als an mein Gleichgewicht und möglichst niemanden bei Drehungen umzufahren.

Der Waldsee war nicht besonders groß, aber idyllisch gelegen. Vor ein paar Jahren wäre er fast verlandet, aber Umweltschützer und die Gemeinde hatten ihn zusammen ausgebaggert und renaturiert. Jetzt nisteten hier seltene Vögel, und die Hunde musste man bis auf ein kleines Stück weiter hinten an der Leine führen. Robby und ich kamen im Frühling und Sommer häufig hierher. Sein Lieblingsspiel war es, Bälle oder Stöcke aus dem See zu fischen. Er liebte das Wasser, und ich musste ständig aufpassen, dass er sich nicht komplett verausgabte oder verkühlte. Darum war ich im Winter selten hier.

Gedankenverloren drehte ich meine Kreise und entfernte mich von den anderen. Ich hatte meine Kopfhörer drin und lauschte der sehnsuchtsvollen Stimme von Billie Eilish aus meiner Playlist. Darum hörte ich die Rufe meiner Freundinnen erst, als es beinahe zu spät war. Tessa und Lou fuchtelten wie wild mit den Armen. Verwundert zog ich mir die Stöpsel aus den Ohren. »Was ist denn?«, rief ich und steuerte im Halbkreis auf sie zu.

»Komm da weg!«

»Nicht da hinten!« Fenjas Stimme überschlug sich. »Da waren heute Morgen Eisangler!«

Es ging alles ganz schnell. Ich sah das große schwarze Loch, aus dem Wasser und Eis schwappten. Daneben lag ein Hinweisschild. Es war umgekippt. Ich steuerte direkt darauf zu. Im letzten Moment bekam ich die Kurve. Ich wackelte ziemlich und musste ein paarmal heftig ausgleichen, damit ich nicht stürzte. Ich spürte die Vibration und die Erschütterung und gab Gas. Nur noch ein paar Meter bis zum Ufer.

Aber es war zu spät.

Ich wusste es, als ich das leise Knacken hinter mir hörte. Ich drehte den Kopf. Dann sah ich den Riss. Er lief direkt auf mich zu, als ob er versuchte, mich einzuholen.

Ich schaute nach vorn, zum Ufer, zu meinen Freundinnen.

Wie weit noch?

Die dünne Haut brach wie Glas. Ich verlor den Boden unter den Kufen. Jemand schrie. War ich das? Waren es die anderen?

Ich geriet unter Wasser. Es stach mir eiskalt in den Nacken, spritzte mir in Augen und Nase. Ich strampelte mich an die Oberfläche.

Kalt, so kalt! Mir blieb beinahe das Herz stehen. Irrwitzigerweise musste ich an das Mädchen aus meiner Vision denken. Hatte sie genauso gefroren? So eine Angst gehabt? Meine Kleidung sog sich voll. Gierig leckte das Wasser an mir und zog mich nach unten.

Wie tief war dieser See? Wie lange überlebte man bei diesen Temperaturen? Ich planschte und keuchte. Nein. Das verbrauchte zu viel Energie. Wo blieben die denn nur? Ich zitterte am ganzen Körper.

»Hilfe!«, kreischte ich und versuchte, mich bäuchlings auf die Eisfläche zu retten. Aber ich rutschte ab. Immer wieder glitt ich zurück in die beißende, eisnasse Kälte. Ich fand einfach keinen Halt. Die Zeit dehnte sich. Sekunden wurden zu gefühlten Minuten.

Ich musste Kraft sammeln. Ruhig bleiben! Meine Kiefer wehrten sich dagegen, dass ich sie aufeinanderpresste. Ich unterdrückte das Zähneklappern und ließ meine Beine absacken. Und dann fühlte ich Grund. Der See war gar nicht so tief, wie ich in meiner Panik gedacht hatte! Natürlich nicht. Dankbar heulte ich auf. Ich hatte Boden unter den Füßen, ich konnte stehen. Aber noch immer gelang es mir nicht, mich zurück auf die Eisfläche zu hieven. Meine Beine wurden taub, und meine Panik stieg. Wie sollte ich hier wieder rauskommen?

Die Mädels kamen am Rand um den See herumgelaufen. »Godje!« Tessas Rufe gellten zu mir herüber. Uns trennten vielleicht sieben Meter. Es hätten auch siebzig sein können, es machte keinen Unterschied.

»Was sollen wir tun?« Ich konnte Fenjas aufgerissene Augen erkennen.

»Holt Hilfe!«, brüllte ich mit schnatternden Zähnen. »Ich schaff das nicht allein!«

Lou hing bereits am Telefon. »Die Feuerwehr kommt gleich«, brüllte sie. »Halt durch!«

Fenja und Tessa kamen auf allen vieren zu mir herübergerutscht. Ich erkannte, was sie vorhatten. Sie wollten eine Kette bilden, aber das brachte nichts. Das Eis splitterte.

Mein Mund machte mir Schwierigkeiten, die Worte zu formen. »Weg da!«, rief ich schwach. »Das ist zu gefährlich.« Wieder brach eine Scholle ab, und ich musste mich erneut mit dem Oberkörper herauskämpfen. Ich war erschöpft. Konnte ich nicht einfach so liegen bleiben?

»Wir brauchen etwas Langes, einen Baumstamm oder eine Leiter«, schlug Fenja vor. Ihre Stimme klang hysterisch. »Damit können wir dich ziehen.« Ich schmiegte mein Gesicht an den nassen Jackenärmel und dachte an das rätselhafte Mädchen. Wie war ihre Geschichte wohl ausgegangen? Wie würde meine enden? Und wie lange noch bis dahin? Ich war müde. So müde.

Da brach etwas aus dem Wald hervor. Waren das die Hunde, von denen sie gejagt wurde? Ich hatte Probleme, mich zu konzentrieren. Mühsam kniff ich die Augen zusammen und hob den Kopf ein kleines bisschen. So, so kalt.

Es waren Pferde! Drei Stück. Mit fliegenden Mähnen und aufgesperrten Nüstern jagten sie auf den See zu. Sie trugen Halfter, von denen lange Stricke herunterbaumelten. Woher kamen die? War das wieder so ein eingebildetes Kopfkino? Sie galoppierten direkt in meine Richtung, aufs schneebedeckte Eis, schlitterten, stürzten. Und genau wie ich brachen sie ein. Nein, schneller. Sofort.

Zwei der Tiere kämpften sich schaufelnd zurück ans Ufer. Aber das dritte nicht. Es war schwarz wie die Nacht, und sein Gesicht war eine geschminkte mexikanische Totenmaske. »Arion«, murmelte ich müde und verwirrt. Ich zitterte jetzt schwächer.

Der Hengst kämpfte. Er war nur wenige Meter von mir entfernt, schlug mit den Hufen um sich und hackte Löcher in das Eis. Ganze Schollen, Riesenstücke brachen unter seinem Gewicht weg. Die Risse splitterten bis zu mir, ich bekam Spritzer und kleine

Stückchen ab. Das weckte mich irgendwie. Wenn ich den Arm ausstreckte, konnte ich ihn beinahe berühren, oder?

Er schien sich in etwas verfangen zu haben.

Ich rutschte schon wieder zurück ins Wasser. Doch als ich mich diesmal nach oben zog, gab das Eis unter mir nach. Ich zappelte hysterisch und gab Laute von mir wie eine Heulboje. Dann begriff ich. Das war gut! Ich war frei. Ich konnte mich zu Arion vorarbeiten, zu Fuß, vorausgesetzt, meine Beine trugen mich noch. Jedenfalls fühlte ich sie nicht mehr.

»Godje, komm raus da!« Lous Stimme schrillte schmerzhaft in meinen Ohren. »Die Feuerwehr ist auf dem Weg. Die kümmert sich auch um das Pferd. Komm ihm nicht zu nah. Das ist gefährlich.«

Begriffsstutzig sah ich zu den dreien am Ufer. Fenja hielt einen Ast. Tessa stand stocksteif da, unsere Schuhe und Taschen in der Hand.

»Kümmere dich um die anderen beiden!«, rief ich heiser. Es kam mehr als undeutliches Lallen heraus. »Los!«, brüllte ich noch einmal, als sie sich nicht rührten. Endlich kam Bewegung in meine Freundinnen. Sie liefen auf die beiden Tiere zu, die nass, aber unversehrt im Schnee standen.

Ich weiß nicht, woher ich die Kraft oder den Mut nahm. Ich spürte meinen keltischen Glücksbringer. Eponas Wärme strahlte auf meine Beine aus. Sie brannten, und das Zittern kehrte zurück. Sie trieb mich vorwärts. Arion brauchte mich.

Ich schaufelte mich wie eins dieser Eisbrecherschiffe durch eine Wagenladung Crushed Ice. Perfekt für Cocktails. Hier fand doch aber gar keine Party statt? Mein Verstand driftete. Konzentrier dich, Godje! Mechanisch schob ich mich weiter. Uns trennten noch zwei Meter.

Arion stand inzwischen nahezu unbeweglich in der Eisbrühe. Sein Kopf war seltsam verdreht. Der Strick, der eben noch lose von seinem Kinn gebaumelt hatte, war nun stramm gespannt. Etwas schien ihn unter Wasser ziehen zu wollen, und es kostete den Hengst viel Kraft, seine Nüstern über der Oberfläche zu halten. Immer wieder riss er ruckartig an dem Seil und versuchte, sich zu befreien. Aber jedes Mal brachte ihn das nur noch ein Stück tiefer. Ich näherte mich seitlich. Er zuckte zusammen, als ich ihn mit meinen steif gefrorenen Fingern berührte. Wie in Trance robbte ich auf seinen Hals hinauf, bemüht, ihn nicht mit meinen Schlittschuhen zu verletzen. Er fühlte sich warm an, trotz der Nässe. Und er hielt ganz still.

Mit klappernden Zähnen zog ich mir den Handschuh aus. Irgendwo in meinem Gehirn wurde angelesenes Wissen abgespult: Führstricke sind am Halfter zumeist mit Panikhaken befestigt. Diese springen bei ruckartigen Bewegungen von selbst auf und verhindern, dass ein Pferd sich in einer Gefahrensituation das Genick bricht.

Leider wusste dieser Panikhaken offenbar nicht, dass hier eine solche Gefahrensituation vorlag. »Spring auf, du Drecksding«, stöhnte ich, lehnte mich so weit nach vorn, wie es irgendwie ging, und zwang meine tauben Finger, den Metallschaft zu umfassen. Ich zog mit aller Kraft, die ich noch auftreiben konnte. »Lieber Gott, hilf mir … Epona, bitte!«

Endlich machte es klick. Arion stöhnte und bewegte sich. Ich schlang die Arme um seinen Hals und krallte mich fest. Feuerwehrsirenen durchschnitten das knirschende Plätschern um uns herum. Dann verlor ich das Bewusstsein.

6. Lasst die Hunde frei

»Lasst die Hunde frei!«

Gyde zitterte. Die Tiere würden ihr nichts tun. Kein Wesen mit Fell oder Federn war ihr Feind auf dieser Welt. Das waren nur die Menschen.

Es war viel schlimmer. Die Hunde würden zu ihr laufen, damit sie mit ihnen spielte, sie streichelte und ihnen Aufmerksamkeit schenkte. Dann würden die Männer leichtes Spiel haben. Sie hatten Speere und Lanzen.

Gyde hatte keine Angst vor dem Tod. Aber sie wusste, dass die Männer auch die Hunde töten würden. So wie sie es mit dem Pferd getan hatten, weil es sich ihnen in den Weg gestellt hatte, um sie zu schützen. Gyde brach in Tränen aus. Der Hengst hatte sich für sie geopfert. Sie sah immer noch seine großen braunen Augen vor sich. Warum nur? Sie war ein Nichts! Einfach nur in Frieden leben. Mehr hatte sie nie gewollt.

Gyde fiel in sich zusammen. Ihre Lunge brannte. Sie spürte ihre Beine nicht mehr. Mit letzter Kraft zog sie sich die Böschung hinauf.

Am anderen Ufer platschten die Hunde ins Wasser. Sie hatten sie aufgestöbert. Gleich würden sie bei ihr sein und die Männer zu ihr führen. Sie war gerade vierzehn Jahre alt geworden. Sie wollte noch nicht sterben. Aber dann würde es eben so sein.

»Nein!«, vernahm sie plötzlich eine feste Frauenstimme irgendwo in der Nähe.

»Godje? Godje, hörst du mich? Kind?«

Ich hatte keine Ahnung, wo ich war. In einem Fluss? Einem zugefrorenen See? War Arion tot? Sie hatte ihn zusammenbrechen sehen. *Ich* hatte es gesehen. Getroffen von Speeren. Oder war das wieder diese Vision gewesen? Dieser Traum, der in mir ablief wie ein Film?

»Wo bin ich?« Ich erkannte meine eigene Stimme kaum wieder. Sie klang heiser und krächzend. Mein Hals brannte. Meine Beine und Arme brannten auch. »Trink einen Schluck Tee.« Jemand packte mich um den Nacken und hielt mir etwas Warmes an die Lippen. Dankbar nippte ich daran. Mir war so kalt. Warum hörte das nicht auf? Ich zitterte. Aus meinem Arm schaute ein Schlauch hervor. Er führte zu einer Infusionsflasche, die von einem Ständer baumelte, als ich mich bewegte. »Nana?«, fragte ich.

»Ich bin hier.« Beruhigt schlief ich wieder ein.

Als ich das nächste Mal wach wurde, hörte ich unterdrückte Stimmen. Jemand stritt auf dem Flur.

»… will dich hier nicht sehen … wage es nicht!«

»… öffentlicher Raum … mir nicht verbieten.«

»Wir wollen nichts von dir, behalte deine …«

»… mich doch nur bedanken! … du nur so stur? Ich tue ihr doch nichts! … Vergangenheit endlich ruhen lassen … Familie …«

»Niemals!«

Schritte entfernten sich. Leise wurde die Tür geöffnet.

Ich hörte ein leises *Klonk* und sah aus dem Augenwinkel, wie ein Strauß Blumen auf direktem Weg in den Krankenhausmülleimer wanderte. Ich tat, als ob ich gerade aufwachte. »Nana!«

Sie lächelte mich an und setzte sich auf meine Bettkante. »Hallo, Liebes, wie geht es dir?«

Ich grinste schwach. »Fühlt sich so an, als ob ich gegen eine Rugbymannschaft im Eisschwimmen angetreten bin. Habe ich gewonnen?«

Sie seufzte tief und strich mir über die Wange. »Sieht ganz danach aus.«

»Wer war das? Da draußen?«

»Niemand.«

Ich runzelte die Stirn.

Nana stöhnte und schickte einen theatralischen Blick zum Himmel. »Na gut.« Nervös zupfte sie an meiner Bettdecke herum. Dann räusperte sie sich. »Es war diese Frau … deine … diese … Pferdebesitzerin, Anyta Kuret.« Sie spuckte den Namen mit einem Seitenblick quasi den weggeworfenen Blumen hinterher.

»Aha.«

»Ihr duzt euch?«

»Wir sind nun mal … Nachbarinnen. Nichts weiter.« Mit verkniffenem Mund strich sie meine Decke glatt.

Ich rutschte mich im Bett zurecht und befühlte meinen Arm. Ich hing immer noch an einer Plastikflasche, aus der Kochsalzlösung in meine Vene lief. Erst jetzt fiel mir auf, dass die Matratze warm war. Ich lag auf einer Heizdecke. Wie cool war das denn! Aber leider reichte sie nur über meinen Po. Meine Füße waren immer noch eiskalt, und meine Hände kribbelten, als hätte ich in eine Salatschüssel mit Brennnesseln gefasst. »Hast du zufällig ein Paar dicke Socken dabei?«, fragte ich.

Nanas Gesichtsausdruck veränderte sich. Fassungslos sah sie mich an. »Was hast du dir nur dabei gedacht?«, polterte sie plötzlich los und schlug sich gleich darauf die Hand vor den Mund. In ihren Augen standen Tränen. »Du hättest tot sein können, Godje.« Mit starrer Miene angelte sie in ihrer Jackentasche nach einem Taschentuch. Ihre Stimme schwankte, als sie leise hinzufügte: »Wir müssen die Schwester fragen, ob du Socken haben darfst. Erst muss dein Körper wieder auf Betriebstemperatur sein.«

Ich legte ihr eine Hand auf den Arm und streichelte sie. »Nana, ich bin bestimmt nicht mit Absicht ins Eis eingebrochen.«

Sie schluchzte auf. »Was hast du mit diesem Pferd zu schaffen? Mit Arion? Hat er dich in Gefahr gebracht? Die Mädchen sagten …« Sie brach ab. »Ich dachte, du hast Angst vor diesen Tieren?!«

Ich schüttelte langsam den Kopf und runzelte wieder die Stirn, weil es mir selbst gerade erst so richtig klar wurde. »Nicht mehr, glaube ich.«

Nana zeigte mit dem Finger auf mich. »Ich will nicht, dass du etwas mit diesen Leuten zu tun hast, Godje.«

»Nana, ich …« Es klopfte an der Tür. Ich ließ mich in die Kissen zurückgleiten, und Nana half mir, die verrutschten Wärmflaschen zurück auf meinem Bauch zu platzieren.

Ein zweites Bett wurde hereingeschoben. Drin lag ein weinendes Mädchen, das von seinen Eltern und einer Ärztin begleitet wurde.

»Ah, da ist ja unsere Eisprinzessin«, begrüßte diese mich. »Na? Ausgeschlafen? Den Prinzen hast du ja übersprungen und dir gleich das Pferd geschnappt. Gut gemacht.« Sie hielt mir ihre Fingerknöchel hin, und ich erwiderte verständnislos den Gruß.

»Jetzt bestärken Sie sie nicht auch noch«, schimpfte Nana.

Die Ärztin lachte. »Ich würde sagen, Sie haben diesem Tier eine Menge zu verdanken. So wie ich die Kollegen von der Feuerwehr verstanden habe, hat es Ihre Enkelin nicht nur herausgezogen, sondern durch den Klammergriff dieser jungen Dame hier …«, sie zwinkerte mir zu, »… auch den Rumpf höher gehalten als die Extremitäten. Und das war – na, sagen wir mal … eine perfekte Erstversorgung.« Sie machte eine Notiz auf das Krankenblatt an meinem Fußende und nickte mir zu. »Ich würde vorschlagen, heute Nacht bleibst du zur Beobachtung noch hier, und morgen erholst du dich zu Hause weiter … Und lass dir die Pferde nicht ausreden. Die haben dir das Leben gerettet.«

Ich warf Nana einen Blick zu, doch sie wich ihm aus. Über ihr Gesicht liefen Tränen.

Ich wurde noch zwei Tage von der Schule befreit. Dann kam sowieso das Wochenende. Aus meiner Klasse bekam ich eine riesengroße, von allen unterschriebene Karte mit Genesungswünschen, eine Schachtel mit meiner Lieblingsschokolade und eine Wärmflasche in Form einer niedlichen braunen Kuh, »weil du Einhörner ja nicht magst« – stand auf dem Etikett – und »Pferde waren grade aus«.

Für unseren Hausfrieden war die Schnuffelkuh sicher auch die verträglichere Lösung.

Nana war einkaufen, als es an der Haustür klingelte. Meine Füße steckten in diesen Wärmepantoffeln mit Getreidefüllung, die man in den Backofen steckte, damit sie warm werden. Ich lag im Bett und las. Pferdeverhalten und Psychologie. Im Englischbuchumschlag. Jetzt musste ich meine Lektüre erst recht vor Nana verstecken.

Das Klingeln wiederholte sich. Hmm. Wer mochte das sein? Um diese Zeit? Meine Freunde waren alle in der Schule, und die Post war schon da gewesen.

Es klingelte ein drittes Mal. Dann wurde etwas durch den Briefschlitz an unserer Haustür geworfen. Ich hörte die Luke klappern. Neugierig stand ich auf und schlurfte in den Flur. Ein einzelner Briefumschlag lag auf dem Fußboden. Ich hob ihn auf. Er war an mich adressiert, aber er trug keine Briefmarke. War das Post von Professor Schwarz? Der sich in Erinnerung bringen wollte? Oder weitere Infos über Epona für mich hatte? Aber der hatte ja nur meine E-Mail-Adresse … Ich zog die Türgardine ein Stück beiseite und erhaschte einen letzten Blick auf einen älteren Mann, der gerade um die Ecke bog. Oleg? Von drüben? Aber was …?

Auf meinen knirschenden Körnerpuschen stakste ich zurück in mein Zimmer, bevor Nana mich noch hier draußen erwischte. Ich kletterte zurück unter meine Decke und betrachtete das Kuvert. *Für Godje* stand da, in einer hübschen, aber etwas ungelenken Handschrift.

Ich nahm einen Schluck von meiner heißen Schokolade. Nana hatte sie sogar mit Zimtsahnehäubchen garniert, lecker! Dann riss ich mit dem kleinen Finger den Umschlag auf.

Liebe Godje,

du weißt nicht, wer ich bin. Ich kannte deine Eltern sehr gut. Deine Großmutter möchte aus verschiedenen Gründen nicht, dass wir Kontakt zueinander haben. Das respektierte ich – bis heute.

Vermutlich hast du meinem Hengst durch dein selbstloses und mutiges Handeln das Leben gerettet.

Arion ist ein regelrechter Ausbrecherkönig, und sein Ausflug zum See mit zwei Stuten, die mir zur Rehabilitation anvertraut worden sind, hätte leicht tödlich enden können. Ich weiß nicht, wie ich dir danken soll. Ich hänge so sehr an diesem Tier. Und wenn ich mich nicht täusche, dann hast auch du dein Herz an ihn verloren.

Ich hatte eine Idee, wie ich mich dir vielleicht ein klein wenig erkenntlich zeigen kann, aber sie wird deiner Großmutter nicht gefallen, und das ist ein Dilemma.

Wenn du möchtest und daran Freude hättest, würde ich dir sehr gern Reitunterricht auf unserem Hof erteilen. Aber ich möchte keinen Unfrieden mit Margarete. Wir brauchen ihr Einverständnis.

Darum: Bitte, frag sie, wenn du Interesse daran hättest. Mir hört sie nach all den Jahren leider immer noch nicht zu. Dein Klassenkamerad Fynn hat bei uns Unterricht, vielleicht hilft das …

Ach, Godje, wir hätten so viel zu erzählen, glaube ich. Bitte nimm es mir nicht übel, dass ich auf diese Weise versuche, dich kennenzulernen. Wenn du ebenso wie Margarete nicht möchtest, dass ich in dein Leben trete, werde ich dies selbstverständlich akzeptieren. Dann verzeih mir bitte, sei dir einfach meines Dankes gewiss und wirf den Brief weg.

Es grüßt dich sehr herzlich und dankbar,
Anyta Kuret

Ich ließ den Brief sinken. »Wow«, raunte ich und griff nach dem Kettenanhänger um meinen Hals. »Ihr habt euch gekannt?« Meine Eltern schwiegen. Ich las den Brief noch ein zweites und ein drittes Mal. Ganz schön viele Fremdworte. Als Erstes musste ich *Rehabilitation* googeln: »Wiederherstellung, im beruflichen, medizinischen oder sozialen Sinn.« Ich runzelte die Stirn und schlug *Rehabilitation Pferd* nach. Gleich der erste Name, der aufploppte, war Anyta Kuret. *Pferderehabilitationszentrum, ganzheitlicher Therapieansatz. Problempferd. Wiederaufbau nach Krankheit, Verletzung oder Trauma. Training, Beritt, Naturheilkunde, Psyche* … Ich überflog die Stichworte.

Noch mal wow! Das alles fand direkt nebenan statt. Wie in den Albträumen aus meiner Kindheit. Oder waren das gar keine Traumbilder gewesen, sondern womöglich … Erinnerungen?

Aber mich beschäftigte etwas anderes noch viel mehr. Anyta Kuret hatte also meine Eltern gekannt … sie nannte Nana beim Vornamen, und sie hatten sich geduzt. … Das war nicht einfach nur nachbarschaftlich, von wegen. Was gab es noch alles, das ich nicht wusste?

Reitunterricht … ich. Dabei hatte nicht ich Arion gerettet, sondern er mich. Zumindest empfand ich es so. Okay, vielleicht hatten wir uns gegenseitig aus dem Wasser gefischt, aber welchen Grund sollte der Hengst gehabt haben, zu mir ins Eis zu kommen? Meine Gedanken drehten sich im Kreis. Ein weiteres Mal überflog ich den Brief.

Reitunterricht … wow. Ich jaulte auf. Vor ein paar Wochen wäre es das Allerletzte gewesen, was ich mir hätte vorstellen können – und heute wünschte ich mir nichts mehr und war doch genauso weit davon entfernt.

Ich kam mir vor wie das urzeitliche Eichhörnchen im Film Ice Age – es hatte die goldene Eichel direkt vor den Augen, aber es kam nicht ran. Es kam einfach nie ran.

In meinem Fall war es Nana, die das verhinderte.

Erinnerungen blitzten in mir auf. Verdrängte Episoden. Längst vergessene Erlebnisse.

Als ich vier oder fünf war: Die Fußgängerzone in Hannover. Zirkusleute hatten ein Pony dabei und baten um Futterspenden. Das Pony drückte blubbernd seinen Kopf an meinen Bauch, und ich kraulte es fasziniert unter der Stirnlocke. Da war auch schon so ein Pulsieren gewesen. Ich wollte ihm meine Banane geben, aber Nana zerrte mich so heftig weiter, dass ich weinte.

Dann, ein oder zwei Jahre später: Das musste bei uns im Dorf gewesen sein. Beim Sankt-Martins-Umzug riss sich das Pferd, das die Darstellerin des Heiligen trug, von seiner Führerin los und sprang einem Auto in den Weg, das ungebremst auf uns und die nachfolgende Kindergruppe zuraste. Nana sagte, das Pferd habe sich vor der lauten Musik erschreckt und hätte mich beinahe umgebracht. Doch das stimmte nicht. Ich hatte die Angst in seinen Augen gesehen, als das Tier stürzte. Angst um mich. Ich wollte zu dem Pferd hinlaufen, es trösten, mich für meine Rettung bedanken, ihm sagen, dass alles gut würde. Aber ich war noch so klein, und Nana war stark. Was hätte ich tun sollen? Die Reiterin saß auf der Straße und weinte. Ich weinte auch und riss mich los. Das Pferd hatte große Mühe, aufzustehen. Es ächzte. Doch als es mir gelang, seinen Kopf zu berühren, brummelte es leise. Es brach mir das Herz, ich bekam einen hysterischen Anfall, als sie mich fortzerrten. Nana schüttelte mich. Sie hob mich auf ihren Arm und trug mich weg. »Siehst du. Reiten ist gefährlich! Pferde können dich töten. Vergiss das niemals.«

Ich schauderte. Es war umgekehrt gewesen. Heute konnte ich mir erklären, warum das Bein des Tieres so seltsam abgewinkelt war. Und was der laute Knall zu bedeuten hatte, bei dem Nana und ich damals am Waffelstand fürchterlich zusammenzuckten.

Und auch etwas anderes fiel mir auf. Wenn Fynn mich noch einmal fragen würde, woher meine Angst vor Pferden eigentlich kam – jetzt hätte ich die Antwort. Es war nicht meine eigene! Es war Nanas Angst. Sie hatte jede Gelegenheit in meiner Kindheit genutzt, mir einzutrichtern, was für gefährliche Monster Pferde waren. Sie hatte alles darangesetzt, mich von ihnen fernzuhalten. Aber warum nur? Warum? Ich sah Nanas Augen vor mir. Gütig, liebevoll. Und jedes Mal, wenn es um Pferde ging, überlaufend vor Sorge, Schmerz, Angst und … Hass?

Die Haustür fiel ins Schloss. »Bin wieder da-ha!«

Ich ließ den Brief unter meinem Kopfkissen verschwinden und tastete nach meiner Münze. Behutsam strich ich mit dem Finger über die Erhebung der filigranen Figur mit dem Pferd. Bevor ich mich mit Anyta Kuret darüber stritt, ob nun ich Arion oder er mir das Leben gerettet hatte – vielleicht war es einfach so, dass sie uns beide beschützt hatte, die keltische Pferdegöttin.

Nana kam den Flur herunter. Ich legte mich hin, schreckte wieder hoch und packte das Englischbuch schnell unter alle anderen Bücher auf meinem SuB – den Stapel ungelesener Bücher. Was war unverfänglich? Mein Blick schweifte umher und blieb an einem grinsenden Vampirmädchen hängen.

Och nö!

Die Tür ging auf. Stöhnend griff ich zu und schlug das Buch wahllos irgendwo mittendrin auf.

Nana lachte, als sie mich sah. »Na? Wird Zeit, dass du wieder in die Schule darfst, oder?«

Meine Sauermiene war eine grundehrliche Antwort.

Sie setzte sich zu mir und strich über mein Haar. »Geht's dir gut? Sind die Körnerpuschen noch schön warm?«

Ich nickte. »Nana? Darf ich dich was fragen?«

»Immer, mein Engel.«

»Was hast du gegen Anyta Kuret?«

Augenblicklich versteinerte ihr Gesicht. »Das sind alte Geschichten. Nichts, was dich kümmern müsste. Es sind einfach furchtbare Leute. Sei froh, dass wir mit ihnen nichts zu tun haben müssen.« Sie lächelte, aber es sah gezwungen aus. »Wieso fragst du?«

»Nur so«, log ich und rutschte unbehaglich hin und her. Ich war noch nie gut im Schwindeln. Das hatte ich von meiner Mutter geerbt, meinte Nana. Das und das Talent für Mathe.

»Raus damit«, beharrte sie. Ihre Augenbrauen zogen sich zu einem Strich zusammen. »Sie war doch nicht etwa hier, während ich fort war, oder? Das ist ja wohl –«

»Nana, nein. Ich …« Ich druckste herum. »Ich habe nur einen sehr netten Dankesbrief bekommen.«

Sie zog die Augenbrauen hoch und musste sich sichtlich beherrschen, nicht auszuflippen. »Das ist … anständig.« Geschäftig zupfte sie an meiner Bettdecke herum.

»Nana, euer Streit neulich, im Krankenhaus? Die Blumen?«

»Das war nichts, was dich kümmern müsste.« Sie sah durch mich hindurch und hob meine leere Tasse vom Nachttisch. »Soll ich dir eine heiße Schokolade machen? Mit Zimtsahne?«

»Warum willst du nicht, dass wir Kontakt haben?«, bohrte ich nach.

Nana knickte kurz ein. »Anyta Kuret und Oleg. Dein Vater hat schon nicht auf mich gehört. Pferde bringen uns kein Glück.«

»Was hat denn Papa –?«

»Gar nichts.« Sie ließ mich nicht ausreden. Der Moment war vorüber. »Es tut mir leid. Die Blumen waren schön … Ich wollte nur nicht … ich wusste nicht … herrje!«, brach es plötzlich aus ihr heraus. »Ich tue das einzig, um dich zu schützen, mein Engel, bitte glaube mir.«

»Wovor denn um alles in der Welt?« Ruckartig richtete ich mich auf.

Aber Nana hatte sich wieder gefangen und ihren Gefühlsausbruch unter Kontrolle bekommen. »Ich will nicht, dass dir etwas zustößt.« Sie stand auf. Ihre Körperspannung erklärte das Thema für beendet.

Das konnte ja wohl nicht wahr sein! Jetzt verlor ich die Beherrschung. »Dass mir etwas zustößt, so wie meinen Eltern? Ist es das? Aber was haben Pferde damit zu tun? Oder Anyta Kuret? Worum geht es hier eigentlich?«

Nana schüttelte den Kopf. »Du bist zu jung für das alles. Ich habe bereits zu viel gesagt.« Sie ging zur Tür. »Also, möchtest du nun eine heiße Schokolade oder nicht?«

Ich schlug wütend mit der Faust auf meine Bettdecke. »Nana, ich bin vierzehn! Und wenn wir schon dabei sind: Ich möchte reiten lernen – und ich lasse mir das nicht ausreden, also versuch es gar nicht erst.«

Das Geschirr klapperte kurz. Dann rutschte Nana die Tasse aus der Hand und zerbrach in tausend Scherben.

7. Aller Anfang

Anyta Kuret ließ den Umschlag sinken. »Es gibt einen Kaufinteressenten für den Hengst«, sagte sie bedächtig.

Oleg sah sie fragend an. »Ich dachte, du willst es noch einmal mit ihm probieren?«

»Das ist ja, was mich wundert. Ich habe kein Inserat geschaltet. Der Mann schreibt, er habe ihn auf der Weide beobachtet und seine Abstammung recherchiert. Er will ihn zur Zucht einsetzen und bietet hunderttausend Euro.«

Sie schluckte. »Aber er will ihn natürlich zuerst unterm Sattel sehen.«

Oleg schmunzelte. »Also Altpapier.«

»Ja«, sagte sie abwesend und klemmte den Brief zwischen ihre zu erledigende Post. »Das ist es wohl.« Dann drehte sie sich zu Oleg um. »Hast du schon etwas von dem Mädchen gehört? Von Godje?«

Der alte Stallmeister schüttelte den Kopf. »Sie wollte sich melden.« Seine Kaumuskeln arbeiteten. »Meinst du wirklich, dass das alles eine gute Idee ist?«

»Sie soll selbst entscheiden dürfen«, entgegnete Anyta Kuret scharf. »Es ist ihr *Leben, oder nicht?«*

»Du hast angefangen, es zu manipulieren, als du den Jungen hergeholt hast. Sie ist vierzehn. Und sie hat keine Ahnung, worauf sie sich damit einlässt.«

»Sie ist alt genug, sie weiß genug, und sie hat einen Draht zu Arion. Vielleicht ist sie unsere Chance. Vielleicht ist sie seine *Chance.«*

»Wie hoch ist ihre *Chance? Willst du tatsächlich das Leben von Chloes Tochter riskieren? Sie ist deine Enkelin, Anyta! Was, wenn du sie damit in große Gefahr bringst?«*

»Genau darum.« Anyta Kuret zuckte beinahe unmerklich zusammen, als der Name ihrer Tochter fiel. »Ist sie das nicht längst? Ich möchte ihr hier wenigstens das nötige Rüstzeug geben, damit sie ihre Gabe beherrschen und nutzen lernt. Wie weit käme sie sonst?«

Oleg schwieg.

»Also«, fragte Anyta Kuret nach einer Weile, »was ist? Wirst du sie unterrichten? Ich kann es nicht, du weißt das. Jedes Mal, wenn ich sie ansehe … sie erinnert mich zu sehr an … sie ist Chloe wie aus dem Gesicht geschnitten.«

»Vielleicht wäre es an der Zeit, dem Kind zu sagen, dass es zwei Großmütter hat und dass seine Mutter –«

»Nein!«, unterbrach sie ihn mit schneidender Stimme. »Ich werde meinen Schwur nicht brechen.« Sie sah wieder zum Fenster hinaus.

»Wenn sie es möchte, werde ich da sein«, knurrte er, nahm seine Mütze vom Haken und ging zur Tür. »Ich brauche frische Luft.«

Er prallte beinahe in eine Jugendliche hinein, die dick vermummelt mit erhobener Hand vor der Tür stand. Seine Fingerknöchel wurden weiß, so fest schloss sich seine Faust um die Mütze, als er die Emotionen der unerwarteten Begegnung zu verstecken suchte.

»Godje.« Er nickte ihr knapp zu.

»Hallo.« Sie lächelte schüchtern. »Ich wollte gerade klopfen. Bin ich hier richtig? Ist Anyta Kuret zu sprechen?«

»Drin«, knurrte der alte Stallmeister. »Wenn ihr mich sucht, ich bin bei den Pferden.«

Godje trat ein.

Oleg war streng, aber er wusste mehr über Pferde als alle meine heimlichen Bücher zusammen. Vor allem behandelte er sie immer als Persönlichkeiten, die einen Grund dafür hatten, sich so zu verhalten, wie sie es taten. »Unsere Aufgabe als Mensch ist es, die Ursache herauszufinden und aufzulösen«, trichterte er mir bei meinem ersten Besuch ein, während er eine Ladung Mist auf die Schubkarre wuchtete. »Wenn du reiten willst, fang am Boden an. Lerne, sie zu lesen. Sie zu pflegen. Lerne, sie zu verstehen.«

Wir fingen buchstäblich von hinten an.

Bevor ich überhaupt nur in die Nähe der kleinen Reithalle kommen durfte, misteten wir einen kompletten Stall für zehn Pferde aus. Oleg nahm sich Zeit und korrigierte jeden meiner Handgriffe. Wo ich die Forke anfasste, wie ich die Mistgabel hielt, mit welchem Schwung ich die Bollen auf die Schubkarre wuchtete. Ich bekam einen Vortrag über Strohqualitäten und die Vor- und Nachteile von Sägespänen, modernen Pellets oder Hackschnitzeln als Einstreu. Der Nachmittag war vorbei, und ich hatte mich keinem Pferd dichter als fünf Meter genähert. Trotzdem stanken meine Kleider derart nach Urin und Kot, dass ich mich zu Hause im Keller bis auf die Unterhose auszog und alles eigenhändig in die Waschmaschine stopfte.

Drei Tage lang konnte ich vor Muskelkater an mir völlig unbekannten Stellen kaum meine Arme heben. Beim Abschied sah Oleg mich an, als würde er sich fragen, ob ich wohl wiederkäme. Und ob ich das tat!

Bei meinem zweiten Besuch sollte ich einen Sattel und eine Trense auseinanderbauen. Ich putzte die Einzelteile mit spezieller Sattelseife, fettete und polierte sie und setzte sie wieder zusammen. Oleg zeigte mir alles haargenau, und dann musste ich es so oft wiederholen, bis jeder Handgriff saß und ich jeden Riemen und jede Schnalle benennen konnte. Ich biss die Zähne zusammen und pfiff auf meine schmerzenden Armmuskeln. So lernte ich alles über die Unterschiede und Verwendungsweisen von den verschiedenen Gebissen, Hilfszügeln und Bauweisen der verschiedenen Sättel. Englisch, Western, Dressur, Springen … Wieder war meine Zeit um, bevor ich ans Reiten überhaupt denken konnte. Aber immerhin roch ich diesmal angenehm nach Leder.

Als ich das dritte Mal kam, stand eine kleine braune Stute am Anbindebalken. Sie hatte einen Hinterfuß abgeknickt, hielt den Kopf gesenkt und döste. Mein Herz hüpfte, auch wenn es nicht Arion war.

Oleg stand neben dem Pferd. Demonstrativ sah er auf seine Taschenuhr.

Ich war vier Minuten zu spät. Nana hatte mich nicht weggelassen.

»Das ist Lady, und eine Dame lässt man nicht warten.«

Ich nickte und flüsterte eine Entschuldigung. Dann streckte ich die Hand aus.

Doch bevor ich mich Lady auch nur auf zwei Meter nähern konnte, brummte Oleg: »Stopp!« Er kratzte sich unter seiner

Mütze, verdrehte die Augen und brabbelte irgendwas auf Polnisch. Dann nahm er mich bei der Hand wie ein kleines Mädchen und führte mich in einem Halbkreis hinten um die Stute herum.

So begann mein Unterricht im Umgang mit Pferden: wie man richtig auf sie zugeht (ohne dass sie die eigenen Finger mit einer Möhre verwechseln könnten), wo man sie besser nicht berühren sollte, wo ihr toter Winkel ist, in dem sie nichts sehen können (und dass man darum nie von hinten direkt auf einen Pferdehintern zumarschiert wie ich) …

Nach einer Ewigkeit holte Oleg endlich einen Putzkasten. Das Ding sah aus wie unser Werkzeugkoffer im Keller. Aber er war voll mit allem, was man zur täglichen Pferdepflege brauchte. Und das schien eine Wissenschaft für sich zu sein.

Nachdem Oleg mich von Kardätsche über Striegel und Hufkratzer bis hin zu zwanzig verschiedenen Bürsten und ihren Einsatzgebieten am, auf und unter dem Pferd aufgeklärt hatte, durfte ich Lady endlich anfassen. Dann bearbeitete ich sie unter seiner strengen Aufsicht mit den verschiedenen Werkzeugen: eine Stunde lang, in genau vorgeschriebenen Kreisbewegungen, Streichel- und Massagearten, bis ich meinte, mir würden schon wieder die Arme abfallen. Lady schien es zu genießen. Oleg guckte zwar grimmig, nickte mir aber zu. So blöd hatte ich mich also nicht angestellt. Wieder war der Tag zu Ende.

Aber diesmal roch ich immerhin nach Pferd, nicht nach Mist und auch nicht nach Lederfett!

Ich mochte den Duft und die schwarzen Krümel unter meinen Fingern. Die kannte ich schon. Verträumt schnupperte ich daran.

»Zieh dir nächstes Mal diese an«, brummte Oleg. »Hier!« Er hielt mir ein paar feine Lederhandschuhe hin.

»Danke«, sagte ich erstaunt.

Oleg winkte ab. »Beim Umgang mit Pferden *immer* Handschuhe tragen. Wenn sie dir einmal den Strick durch die Finger gezogen haben, weißt du, warum.«

Am folgenden Tag wartete wieder die kleine Stute auf mich. Der Putzkasten stand neben ihr auf einem Hocker. Oleg war nicht zu sehen. Lady brummelte leise zur Begrüßung. Also ging ich auf sie zu, wie ich es gelernt hatte, und fing schon mal an. Ich bürstete und streichelte sie überall. Nur die Stelle unter ihrer Stirnlocke, dort, wo alle Pferde einen Haarwirbel haben, die ließ ich sicherheitshalber aus.

Meine keltische Brosche war immer bei mir. Ich trug sie jeden Tag unter meinem Pulli, direkt auf meiner Haut. Sie war so etwas wie ein Taschenwärmer über meinem Herzen, wann immer ich bei den Pferden war. Ich hatte keine Ahnung, wie sie das machte. Ich vermutete, dass es irgendwie mit dem Material zu tun hatte, ich war noch nie ein Ass in Physik gewesen. Also nahm ich es einfach so hin und freute mich über den Effekt. Aber ich fürchtete die seltsamen Bilder, die ich gesehen hatte, als ich Arion unterm Schopf berührt hatte. Dort fasste ich so schnell kein Pferd mehr an.

Als ich begann, Ladys Mähne mit einem grobzinkigen Kamm zu glätten, lehnte die Stute ihren Kopf an meine Brust. Damit hatte ich nicht gerechnet. Einen Wimpernschlag lang erstarrte ich. Meine alte Angst war wieder da. Ich spürte Druck auf der Brust und konnte kaum atmen. *Was war das für ein Schmerz?* Ich machte einen Schritt zurück und tastete nach dem Anbindebalken, um mich festzuhalten. Die Brosche vibrierte leicht, und doch fühlte sich etwas zentnerschwer an. Im ersten Moment dachte ich, ich hätte mein Handy in die Brusttasche gesteckt und vergessen, es abzustellen. Unwillkürlich fuhr ich mit der Hand an mein Herz. Aber da war nur die Eponafigur, angenehm warm und beruhigend. *Epona stand mir bei.* Der Schmerz war wie weggewischt, genau wie meine Angst. Ich sah Lady an. Ihre Augen schauten so unendlich traurig. Nein, in ihnen lag Schmerz, keine Traurigkeit.

Ich atmete tief durch, eine Hand noch immer an dem kleinen Amulett, und machte den halben Schritt wieder auf sie zu. Ich wollte sie einfach nur am Nasenrücken streicheln, aber sie senkte den Kopf und schob meine Hand direkt auf diese pulsierende Stelle unter ihrem Schopf. Ich keuchte. Da war wieder diese schreckliche Luftnot, schlimmer als je zuvor. Und dann kamen Bilder.

Ich sah Lady mit einem Reiter, und bei jeder seiner Bewegungen war es, als ob mir jemand die Lungen zudrückte. Es fuhr mir vom Brustbein in den Rücken, und ich hatte das Gefühl, meine Wirbelsäule würde zwischen den Schulterblättern feststecken. Ich prallte zurück und rang nach Atem. Lady stupste mich an, als ob sie sich entschuldigen wollte. Und schon war wieder alles in Ordnung mit mir und meinem Körper. Ich konnte frei atmen. Was für ein Geschenk. Erst jetzt bemerkte ich, mit welcher Anstrengung sich Ladys Brustkorb bei jedem Atemzug zwischen den Rippen hob und senkte. Wie ein Blasebalg.

»… das ist nicht meine Angst«, murmelte ich und sah ihr ins Gesicht. »Das war nicht mein Schmerz … das ist deiner! Ich habe gefühlt, was du fühlst. Bin ich ein verdammter Freak oder so was?«

Ich zerrte das Amulett aus meiner Bluse. Meine Finger zitterten, als ich Epona ungläubig betrachtete. Sie saß unschuldig auf ihrem Pferd, die Aufmerksamkeit auf ihren Begleiter oder ihre Begleiterin gerichtet. »Du machst das, oder? Das hat mit Physik jetzt aber nichts mehr zu tun …«

»Alles in Ordnung?«

Ich flog herum und steckte die Pferdegöttin zurück unter Bluse und Pulli. »Fynn? Was machst du hier?« Mein Puls hämmerte schmerzhaft gegen meine Schläfen.

»Eigentlich wollte ich Lady für den Unterricht fertig machen«, schmunzelte er. »Aber wie ich sehe, hast du sie ja schon geputzt.«

»Du kannst sie nicht reiten«, stammelte ich. Mein Magen zog sich zusammen. Ich schüttelte den Kopf und wusste nicht, wohin mit meinen Händen, mit den Bildern in meinem Kopf und dem Brausepulvergefühl in meinem Bauch.

»Doch, sicher.« Er zog die Augenbrauen hoch. »Und du sollst zusehen, hat Oleg gesagt. Willst du nicht?«

Wie sollte ich ihm das verklickern, ohne als völlig bescheuert dazustehen? Und warum machte es mir etwas aus, was er über mich dachte? Es ging um Lady, das Pferd bekam so schon kaum Luft, unterm Reiter würde es vielleicht ersticken! »Nein!«, beharrte ich ebenso stur wie hilflos. Meine Augen brannten. Fynn beobachtete mich, als hätte ich ein Insekt auf der Nasenspitze sitzen, und er wusste nicht, ob er es wegwischen oder fotografieren und auf Instagram posten sollte. Ich würde doch jetzt nicht losheulen, oder etwa doch? Endlich sah ich den alten Stallmeister über den Hof auf uns zukommen.

»Er kann sie nicht reiten«, sagte ich mit sich überschlagender Stimme, während ich auf Oleg zulief. »Das geht nicht. Sie hat Schmerzen. Ihr Rücken ist so verspannt. Sie bekommt kaum Luft ... ein Gefühl wie in einem Schraubstock. Und der Sattel passt auch nicht.« Alles, was ich gesehen hatte, sprudelte ungefiltert aus mir heraus.

»Godje? Geht's dir nicht gut?« Fynn war mir nachgeeilt. Besorgt legte er seine Hand auf meinen Arm, aber ich schüttelte sie ab.

Oleg sah Lady an. »Lass sie«, sagte er nur, ohne uns eines Blickes zu würdigen, und trat zu der kleinen Stute. Er befühlte Ladys Brust und den Bauch und glitt mit einem Finger an der Wirbelsäule entlang. Lady zuckte an mehreren Stellen, und als er am Widerrist drückte, ging sie beinahe in die Knie.

Ernst sah er erst mich und dann Fynn an. »Lauf zu Anyta. Sag ihr, sie soll den Tierarzt rufen.«

»Aber –«

»Reiten fällt heute aus«, unterbrach er Fynn ungehalten.

Fynn sah mich mit einer Mischung aus Enttäuschung und Wut an. Dann rannte er davon, um eine Mordsfliegenklatsche für das Ding auf meiner Nase zu holen – bildlich gesehen.

»... ich habe ihr Cortison und einen Bronchienweitsteller gegeben. Es müsste ihr jetzt schnell besser gehen. Wenn der Anfall vorüber ist, solltet ihr einen Osteopathen holen. War gut, dass ihr so schnell angerufen habt.« Der Tierarzt warf die leere Spritze in seinen Koffer und verabschiedete sich von Oleg und Anyta. Wir standen zu dritt um Lady herum. Ich kraulte sie zwischen den Ohren, und sie lehnte ihren Kopf an mich. »Alles wird gut«, flüsterte ich leise und hoffte, dass es stimmte. Ich verstand nur Bahnhof, aber Anyta nickte mir aufmunternd zu. Das nahm ich als positives Zeichen. »Willst du sie in den Paddock bringen?« Ich nickte begeistert, aber Oleg hielt mich zurück. »Stopp. Ich mache das. Das kann sie noch nicht.«

»Sie kann noch kein Pferd führen?« Ungläubig schaute Anyta Kuret von Oleg zu mir.

»Morgen«, sagte Oleg nur und ließ uns stehen. Dann ging auch Anyta zurück ins Haus. Sie redete nie mehr als nötig mit mir. Ich begann mich zu fragen, ob sie den Brief wirklich selbst geschrieben hatte, oder wann sie wohl meinte, dass der Zeitpunkt für unsere vielen Gespräche gekommen war. Aber ich wollte nicht undankbar sein. Und ich hätte mich auch nie getraut, irgendetwas bei ihr einzufordern. Sie wirkte so unnahbar. Und absolut Respekt einflößend. Kurz vor der Eingangstür drehte sie sich noch einmal zu mir um, aber sie sah mir nicht in die Augen. »Danke, Godje. Es scheint zu einer Gewohnheit zu werden, dass ich in deiner Schuld stehe.«

»Schon okay«, murmelte ich verwirrt. Ein bisschen seltsam waren die hier ja schon alle. Hauptsache, Fynn war nicht für ewig sauer auf mich.

Am nächsten Tag in der Schule hatten wir keine Gelegenheit zu reden. Ständig wuselte Tessa um ihn herum. In der Pause tuschelten sie miteinander und sahen immer wieder zu mir herüber. Lou meinte, ich solle mir nichts einbilden. Wenn sie gewusst hätte, *was* ich mir so alles einbildete. Meine Hand wanderte immer wieder unruhig zu meinem keltischen Glücksbringer. Aber die Pferdegöttin redete auch nicht mit mir.

Immerhin ging es Lady erheblich besser. Nana hatte sich nach dem Mittagessen hingelegt, und so nutzte ich die Gelegenheit und schlich hinaus, noch bevor ich die Hausaufgaben fertig hatte.

Lady begrüßte mich wiehernd und kam sogar ein paar Schritte über den Auslauf auf mich zugetrabt.

Wie immer war ich ein paar Minuten zu früh da. Oleg beobachtete mich vom Küchenfenster aus und trank dabei in Ruhe seinen Kaffee zu Ende, bevor er herauskam. Ich konnte ihn durch die Scheibe sehen.

Während er die Treppenstufen vom Kücheneingang heruntersteig, begrüßte er mich mit einem knappen Kopfnicken und setzte sich dabei seine Tweedkappe auf. »Grand Boy«, brummelte er. »Weißt du, wo sein Halfter hängt?«

Ich schüttelte den Kopf und beeilte mich, mit ihm Schritt zu halten, als er zielstrebig den Hof in Richtung Sattelkammer überquerte.

Im gleichen Tempo dackelte ich ihm dann mit dem Lederhalfter in der Hand zum Paddock hinterher. Mit dem Kinn wies er auf einen grasenden Apfelschimmel, neben dem Lady wie ein Pony aussah. Den sollte ich jetzt von seinem Picknick wegholen, oder was? Hilflos sah ich Oleg an. Aber der alte Stallmeister zog nur kurz eine Augenbraue hoch und widmete sich dann ausgiebig einem Fleck auf seiner Jacke. Zögernd ging ich auf Grand Boy zu.

Die Ohren des Pferdes spielten interessiert in meine Richtung, aber es hörte erst auf zu fressen, als ich auf etwa zwei Meter herangekommen war. Ruckartig hob es den Kopf. Jetzt wirkte es noch größer.

Ich atmete tief durch, und bemühte mich, anzuwenden, was ich bisher gelernt hatte. Mit leicht gesenktem Kopf ging ich seitlich auf Grand Boy zu und versuchte, dabei nicht ständig auf die malmenden und mahlenden Geräusche seines Kauapparates zu achten. Ich packte das Halfter fester. Zitternd streckte ich die andere Hand aus. Grand Boy sog schnorchelnd Luft durch seine aufgeblähten Nüstern und nahm seinen Riesenkopf zur Seite. Ich machte einen wackeligen Schritt näher auf ihn zu, und der Wallach wich beinahe gelangweilt mit zwei kleinen Tritten auf der Vorhand aus. So wurde das nichts. Ich spürte Olegs Blick in meinem Nacken, aber natürlich sagte er nichts. Er wartete einfach nur. Er hatte alle Zeit der Welt, und wenn ich es nicht schaffte, würden wir hier stehen bleiben, bis es dunkel wurde oder ich nach Hause musste, und morgen genau hier weitermachen. Und übermorgen wieder. Ich biss die Zähne zusammen.

»Du hast vollkommen recht, ich weiß nicht genau, was ich hier tue, aber ich möchte es mit dir lernen. Also komm bitte mit, okay?«, flüsterte ich dem Wallach zu. »Und lass es uns jetzt tun.« Damit öffnete ich das Halfter, trat neben seinen Hals und schaute verblüfft zu, wie der Wallach bereitwillig den Kopf neigte, um direkt hineinzuschlüpfen. Ich musste nur noch die Schnalle schließen und das breite Honigkuchenpferdgrinsen unterdrücken, als wir zusammen auf Oleg zustapften, der mit einem zufriedenen Nicken das Paddocktor für uns offen hielt. Dankbar kraulte ich Grand Boy das weiche Winterfell am Hals, während er gemütlich mit seinen pizzatellergroßen Hufen neben mir herschlurfte.

Dann bekam ich eine Lektion in der hohen Kunst des Führens: Wo stehe ich, wie gehe ich, auf welcher Höhe halte ich den Strick, welche Führposition bewirkt was – wann treibe ich, was wirkt wie eine Bremse? Wie setze ich meine Körpersprache richtig ein, und was bewirkt sie?

Oleg redete und redete und zupfte die ganze Zeit an mir herum. Aber zuvor hatte ich natürlich anderthalb Stunden damit verbracht, den riesigen Schimmelwallach am Anbindebalken zu bürsten.

Erst danach ließ er uns auf die Reithalle los, und in diesem Moment war ich wirklich froh, dass Nana mir Stiefeletten mit Stahlkappen geschenkt hatte.

Sie hatte nie ein Wort darüber verloren. Der Karton hatte einfach vor ein paar Tagen auf meinem Bett gelegen, als ich aus der Schule gekommen war.

Heute hatte ich zum ersten Mal wirklich Sorge um meine Füße und war dankbar für meine Schuhgröße 37: Je kleiner, desto geringer die Trefferquote, redete ich mir ein.

Oleg stemmte die Arme in die Hüften und kommentierte jeden meiner Schritte. Und ich hatte immer gedacht, zumindest laufen könnte ich!

»Nicht so steif, Godje. Bleib locker! Nein, mehr Körperspannung! Du bist doch kein Kaugummi!«

Mir schwirrte der Kopf. Ich hatte das Gefühl, meine Füße, Arme und sogar der Rücken machten alles, aber nicht das, was sie sollten. Es war schwierig, Oleg zufriedenzustellen.

Nach einer halben Stunde war ich durchgeschwitzt. Wir brachten Grand Boy in den Auslauf zurück. Der gemütliche Riese warf sich genüsslich in den Matsch und machte all meine Putzarbeit zunichte. Wieder war eine Unterrichtseinheit zu Ende.

Oleg kicherte vergnügt und sah dem Wallach zu, wie er sich in ein braunes Matschgespenst verwandelte. Ich dagegen bekam kaum mal ein Lob, das über ein doppeltes Kopfnicken hinausging.

»Und wann darf ich endlich reiten?«

»Wenn du so weit bist.« Er tippte sich an die Mütze und ging.

Als würden sie meine Stimmung fühlen, galoppierten Lady, Grand Boy und die anderen buckelnd und auskeilend über die Wiese und ließen stellvertretend für mich Dampf ab. Jetzt fing es auch noch an zu hageln, eiskalte Tropfen, mit Graupel vermischt. Ich hätte platzen können vor Wut. Anscheinend ließen mich wirklich alle buchstäblich im Regen stehen.

8. Höhenflüge

Margarete Philipp hörte ein Geräusch. Sie öffnete die Haustür. Auf der Schwelle lag wieder eins dieser Pakete. Nie trugen sie einen Absender. Aber sie ahnte auch so, von wem sie stammten. Sie bückte sich ächzend und hob den Karton auf. Sie war versucht gewesen, die Dinge einfach wegzuwerfen. So wie die Blumen damals im Krankenhaus, so wie das Päckchen an Godjes Geburtstag. Aber sie wusste, dass das ebenso nach hinten losgehen würde, es hatte alles nur schlimmer gemacht. Sie musste den längere Atem bewahren, ihre Machtlosigkeit, ihre Ohnmacht in Geduld und Offenheit verwandeln. Das war ihre einzige Chance, damit Godje die Tür zwischen ihnen nicht zuwarf und vermauerte.

Einzig darum hatte sie beschlossen, Godje die Geschenke nicht vorzuenthalten. Alles andere würde ihr Verhältnis zueinander nur weiter gefährden. Sie hatte ihren Fehler diesbezüglich eingesehen. Aber das hieß nicht, dass sie kampflos aufgab.

Jede Lüge kam irgendwann ans Licht. Jeder einzelne dieser Kartons zielte darauf ab, Godje ein Stück weiter von ihr zu entfremden und sie in die Arme dieser anderen Frau zu treiben. Jeder einzelne war ein Meilenstein auf diesem unvermeidlichen Weg, fort von ihrer Nana, von Godjes sicherem Hafen. Aber war er noch sicher? Sie musste sich zwingen, nicht an die Kinder zu denken, die sie bereits verloren hatte, weil sie den Dunklen alle unterschätzt hatten. Margarete Philipp schüttelte widerstrebend den Kopf. Ob es ihr nun gefiel oder nicht, sie musste die Wahrheit akzeptieren. Vielleicht musste das Kind seinen vorherbestimmten Weg ein Stück ohne sie gehen. Aber an seinem Ende würde ihre Nana auf sie warten, und dann würden sie zusammen umkehren. Ihre Nana würde da sein, wenn Godje sie brauchte. So, wie sie immer da gewesen war. Und auch das war eine Wahrheit, an der es nichts zu rütteln gab.

Sie würde ihr die aufgeschlagenen Knie verarzten, einen Kuss und ein Pflaster darauf geben und zu Gott beten, dass das Mädchen keine schlimmeren Wunden und Verletzungen überstehen musste. Die andere hatte ihr schon ein Kind geraubt. Sie würde nicht zulassen, dass es wieder geschah. Mit einer anderen Strategie. Einer leisen, stillen.

Die Sache mit dem See saß ihnen allen noch tief in den Knochen. Margarete Philipp hielt sich einen Moment am Türrahmen fest und legte die Hand auf ihr Herz. Es stach wieder, wenn sie sich aufregte. Sie zwang sich, ruhig zu atmen, den Schwindel vorübergehen zu lassen. Sie musste Godje vertrauen und hoffen, dass sie vorsichtig war. Der Rest stand nicht länger in ihrer Macht.

Mit langsamen Schritten schlurfte sie in Godjes Zimmer, legte das Paket auf dem Bett ab und zupfte ein wenig an der Tagesdecke herum.

Das Kind hatte es immer so eilig morgens. Es sollte doch ordentlich aussehen, wenn sie nach Hause kam, und nicht so dahingehuscht.

Meine erste Longenstunde war eine ziemlich wackelige Angelegenheit. Ich wusste nicht, was ich erwartet hatte. In meinen romantischen Träumen war ich mit Arion in der Nachmittagssonne über abgeerntete Getreidefelder galoppiert. Aber erstens war nicht Sommer, sondern Mitte Februar, und zweitens sollte ich mich Arion offiziell nur in Olegs Beisein nähern, und das natürlich auch nur zu Fuß.

Ich durfte meine ersten »Sitzschulungen« auf Lady nehmen. Wie ich irgendwann mitbekommen hatte, war sie Anytas eigene Stute.

Zum Glück war sie schnell wieder gesund geworden. Wenn ich gedacht hatte, laufen sei schwer – sitzen war es noch viel mehr! Oleg hatte ständig etwas zu verbessern. »Du verspannst schon wieder die Schultern.« »Lass dich einfach tragen.« »Was macht dein Kiefer gerade?« »Lehn dich nach hinten … noch mehr. Nein, noch mehr – und jetzt schau mal in den Spiegel.« Es war unglaublich. Obwohl ich das Gefühl hatte, schon beinahe auf dem Pferd zu liegen, hielt ich mich jetzt erst gerade.

»Bleib locker in den Beinen.«

»Bin ich doch.«

»Nein, du klammerst.«

»Tu ich nicht!

»Fynn! Klammert sie?«

»Ja.« Grinsend lümmelte er an der Holzbande und schaute mir zu. Wie gut, dass ich das jetzt erst bemerkt hatte. Mit hochrotem Kopf starrte ich ihn an.

»Und jetzt fass mal mit deiner Hand an die Fußspitze.« Oleg zwang meine Aufmerksamkeit weg von Fynn, und das war auch erheblich besser für mein Gleichgewicht. Oder auch nicht.

Schnaufend widersprach ich. »Dann falle ich runter!«

»Tust du nicht!«

»Fynn?«

Warum glaubte Oleg ihm mehr als mir?

»Tut sie nicht.« Mein Blick flog zu Fynn. Fynn grinste noch breiter.

Pardauz.

Ha! Hatte ich ja gesagt. Lady war sofort stehen geblieben, als ich der Schwerkraft entgegen auf den Hallenboden gesegelt war. Mit zusammengepressten Lippen rieb ich mir über die schmerzende Schulter, über die ich mich abgerollt hatte. Immerhin das beherrschte ich bereits im Schlaf.

»Okay. Tut sie doch.« Fynn versuchte, sich das Lachen zu verbeißen, hüpfte elegant über die Bande, kam mit federnden Schritten zu Lady und mir gelaufen und half mir aufzustehen. »Hast du dir wehgetan?«, gluckste er und rückte mir den Helm gerade, während ich versuchte, meine Lippen von Sandkörnern zu befreien.

»Nein«, brummte ich und klopfte mir Staub und Späne von den Klamotten. »Ich kann es nur nicht leiden, wenn andere meinen, sie kennen mich besser als ich mich selbst.«

Fynn half mir auf. Er schmunzelte. »Dann bist du runtergefallen, nur um das Gegenteil zu beweisen?«

Ich spürte Fynns Hand durch sämtliche Kleiderschichten hindurch wie eine angenehm kribbelnde Wärmflasche in meinem Rücken ruhen. Die Röte stieg bis in meine Ohren, und als hätte jemand den Stecker gezogen, fiel mir absolut nichts Schlagfertiges ein, was ich darauf hätte erwidern können.

»Hört auf zu quatschen, wir sind immer noch im Unterricht.« Oleg führte Lady an die Rampe, die als Aufsteighilfe diente, und machte eine einladende Handbewegung. »Rauf da und gleich noch mal. An deinem Körpergefühl müssen wir wohl noch eine Weile arbeiten.«

Achtzehn Longenstunden lang, um genau zu sein! Dann erst kam der große Tag meiner ersten richtigen Reitstunde, pünktlich zum Frühlingsanfang. Wenn das kein gutes Omen war!

Lady ließ sich wunderbar von mir lenken. Es war ein unbeschreibliches Gefühl, all das umzusetzen, was ich bisher an der Longe gelernt hatte. Zuerst war ich verunsichert, weil Oleg mir die Zügel in ein ganz normales Stallhalfter hakte. Aber wir brauchten kein Gebiss. Lady reagierte auf die kleinsten Gewichtsverlagerungen. Wir ritten in Schlangenlinien und Bögen durch die Reitbahn, um orange-weiß geringelte Hütchen herum und über eine am Boden liegende Stange. Sie hielt an, wenn ich ausatmete, und wenn ich mir vorstellte, dass wir weiterwollten, setzte sie das auch schon um. »Sie reagiert auf die Bilder in meinem Kopf«, rief ich Oleg aufgeregt zu.

»Natürlich tut sie das«, brummte er, als ob das vollkommen selbstverständlich wäre. »Die Gedanken sind das A und O eines guten Reiters. Wie soll das Pferd etwas umsetzen, was du dir nicht vorstellen kannst?«

Ich nickte und lutschte konzentriert auf meiner Unterlippe herum.

»Hör auf damit. Lass deinen Kiefer locker und deine Zunge drin und wechsele die Hand.« Oleg sah einfach alles, und endlich, endlich machte sich die ganze Schinderei bezahlt. Ich verstand.

Nein – ich *spürte* – mich … sie … – ich bewegte mich wie *ein* Körper in Ladys Rhythmus.

Ich konnte gar nicht mehr aufhören zu grinsen, und ich fühlte mich so sicher, dass ich begeistert nickte, als Oleg mich fragte, ob ich traben wollte. Am Ende der Stunde durfte ich sogar eine Runde galoppieren. Viel zu schnell war diese Unterrichtseinheit vorbei. Ich hätte Lady abknutschen können und Oleg gleich mit. Oder Fynn. Fynn? Wo war Fynn? Hä? Wieso dachte ich jetzt an Fynn?

»Na? Wie läuft es?«, fragte Anyta und riss mich aus meinen verwirrten Gedanken. Lautlos war sie an die Bande getreten, während ich Lady am langen Zügel mit roten Ohren trocken ritt.

»Ganz ordentlich«, brummte Oleg. »Mal sehen, ob sie morgen noch aufs Pferd kommt vor Muskelkater. Die Kleine ist ziemlich begabt – und ehrgeizig.«

Anyta nickte. »Das wussten wir ja.« Sie sah mich prüfend an. »Lass es dir nicht zu Kopf steigen, Godje.«

»Tu ich nicht«, behauptete ich. Und hätte platzen können vor Glück.

9. Alte Narben

Der Mann summte eine fröhliche Melodie, während er die Minichaps aus hellbraunem Rindsleder in das Packpapier einschlug und mit einer Kordel befestigte. Der herbe Duft nach neuem Leder stieg ihm kribbelnd in die Nase. Er kräuselte die Nasenflügel und rieb sich abwesend mit dem Zeigefinger seiner vernarbten Schreibhand über die juckende Stelle. Dann zog er mit beiden Händen den Knoten fest, betrachtete sein Werk und schob es auf dem Schreibtisch zurecht.

Die Rolle war leer. Achtlos warf er sie in den Mülleimer. Das machte nichts, er brauchte kein Papier mehr. Dies würde das letzte Geschenk sein, das er an Godje sandte. Das letzte in diesem Leben und für alle Zeiten. Es war genug jetzt.

Es war Zeit. Zeit, dass er die Schulden eintrieb, die über die Jahrtausende angewachsen waren. Zeit, dass sie endlich bezahlte. Sie alle sollten bezahlen. Mit Zinsen.

Seine Gedanken wanderten zurück in der Zeit. Weit zurück, weiter als zehn Jahre. Damals hatte er das erste Päckchen gepackt.

Mühevoll hatte er die antike Schatulle und ihren kostbaren Inhalt aus dem regennassen, halb aufgelösten Geschenkpapier gelöst. Einen kurzen Blick hinein hatte er sich damals gegönnt, nur einen Augenblick lang mit der Fingerkuppe über die Konturen der Reiterin und ihrer Begleitung gestrichen. Es hatte einen Schreckmoment lang gedauert, bis er den plötzlichen Geruch nach verbranntem Fleisch und das Zischen mit dieser Berührung in Verbindung gebracht hatte.

Erst dann hatte er das pulsierende Glühen gesehen und den Deckel zugeschlagen, in derselben Sekunde, als der brennende Schmerz sein Gehirn erreichte. Er hatte das Kästchen in dasselbe zerschlissene Packpapier zurückgelegt, es mit spitzen Fingern gefaltet und lediglich den verlaufenen Namen darauf nachgezeichnet, bevor er es zum Trocknen in ein Regal gelegt hatte. Zum Trocknen … und zum Warten.

Er lebte schon so lange in diesem Land, dass er sogar auf Deutsch fluchte: »Verfluchtes Medaillon«, murmelte er. »Verfluchte Epona.« Doch über seine Mundwinkel zuckte ein anerkennendes Grinsen. Er bewunderte ihre Macht. Nicht mehr lange, und sie würde ihm gehören. Ganz und gar, mit all ihren Schlüsseln. Den Schlüsseln zu Ruhm, Reichtum – und der Pforte zwischen Leben und Tod, die selbst für die Unsterblichen verschlossen war. Und dann würden sie endlich alle zusammen in die Heimat zurückkehren.

Er schob das Päckchen beiseite und griff nach dem verblichenen Briefumschlag auf dem Regal. Der Plan war perfekt.

Zufrieden tunkte er den Gänsekiel in das Glasfläschchen mit blauer Tinte und strich ihn am Rand ab. In schwungvollen, altertümlich anmutenden Schnörkeln schrieb er:

Für Godje

Nichts weiter. Er lehnte sich zurück, während er abwesend über die Brandnarben an seiner Hand rieb. Seine Gedanken reisten weiter zurück. Bis ins Mittelalter, zu Lady Godiva und ihrer Schimmelstute. Und weiter noch, bis zurück zum Anfang. Zu Gyde, in die Sümpfe, in die Zeit, als Epona sich noch in ihrer menschlichen Gestalt höchstselbst eingemischt hatte – stets in Dinge, die sie nichts angingen. Man brauchte

Geduld und Ausdauer, wenn man sich mit Göttern anlegte. Nun, er hatte einen sehr langen Atem bewiesen.

Und jetzt war es Zeit, sie von ihrem hohen Ross zu stürzen. Höchste Zeit.

Das Lächeln kehrte in seine von Falten zerfurchten Gesichtszüge zurück. Eine im Sack, zwei auf dem Weg.

Er war bereit für die … Kontaktaufnahme.

Ruhig und gelassen griff er nach seiner Jacke, klemmte sich das Päckchen unter den Arm und nahm die Melodie wieder auf. »Rule, Britannia, rule the waves …« Singend verließ er den Raum und zog die Tür hinter sich zu.

Die Feder im Tintenfässchen klirrte leise.

Arion schnaubte. Energisch schlenkerte er den Kopf hin und her, ungehalten darüber, dass ich ihm die Mohrrübe nicht einfach so gab, sondern darauf beharrte, dass er mir zuerst den rechten Vorderhuf auf meinen Fingerzeig entgegenstreckte und dann den linken, so wie wir es seit Wochen heimlich übten: Spanischer Schritt, so nannte man das, und wenn er dazu den Nacken wölbte, sah er aus wie ein König.

Seine lange Mähne flog durch die Luft und reflektierte das abendliche Sonnenlicht. Lachend pflückte ich ihm eine schimmernde Strähne von den seidigen Wimpern. Schmeichelnd rieb er seinen Kopf an meiner Hand. »Du wirst grau, mein Freund«, gluckerte ich. Um Arions Augen wuchsen immer mehr weiße Haare, und auch an den Flanken bemerkte ich immer neue silberne Stellen.

»Er verschimmelt.«

»Fynn!«, japste ich. »Du hast mich erschreckt. Was macht du hier?«

»Das könnte ich dich fragen«, grinste er frech.

Arion stob wiehernd davon. Bedauernd sah ich dem Hengst nach. Unsere gestohlenen Momente waren das Kostbarste auf der Welt. Noch immer durfte ich offiziell keine Zeit allein mit dem Hengst verbringen, was mich natürlich nicht davon abhielt, es heimlich zu tun. In jeder freien Minute. Und in jeder irgendwo abzuknapsenden Viertelstunde sowieso …

»Du hast ihn vertrieben«, beschwerte ich mich. »Du bist echt gemein.«

Fynn legte den Kopf schief und musterte mich amüsiert. »Du dürftest gar nicht hier sein. Was zahlst du mir, wenn ich dich und deinen schimmeligen Freund nicht verpfeife?«

»Arsch!«

»Hab ich.« Fynn lachte powackelnd und hielt mir einen Schokoriegel hin. »Du weißt aber schon, dass dein heimlicher Freund kein echter Rappe ist, oder? Das sollte keine Beleidigung sein. Ich habe neulich gehört, wie Oleg sich darüber mit Anyta unterhielt, dass er ganz schön spät dran sei mit dem Ausschimmeln.«

»Natürlich weiß ich das.«Ich runzelte die Augenbrauen und biss in die Schokolade. Ich hatte nur nicht weiter darüber nachgedacht. Das war ein Unterschied. Kein Wunder, dass ich den Grauschleier aus seinem Fell einfach nicht herausgebürstet bekam. Ich hatte mir beinahe eingebildet, dass er sich nach unseren heimlichen Putzaktionen auf der Wiese jedes Mal wälzte, um uns nicht zu verraten – was natürlich romantischer Quatsch war. Er verlor einfach nach und nach immer mehr seiner schönen schwarzen Haare und ersetzte sie durch weiße.

»Was denkst du?«, wollte Fynn wissen.

Ganz schön penetrant, der Junge. Ich hob meinen Rucksack auf und verschränkte die Arme darum, eigentlich ein eindeutiges körpersprachliches Signal, aber er ließ natürlich nicht locker. »Man kann es ja förmlich rattern hören hinter deiner Stirn.«

Er strich mir eine Haarsträhne hinters Ohr, und in meinem Magen zog sich etwas zusammen, als ich mich bei dem absurden Gedanken erwischte, dass er das mit der gleichen Zärtlichkeit tat wie ich ein paar Momente zuvor bei Arion. Das bildest du dir auch nur ein, Godje. Reine Fantasie. Aber dem hartnäckigen Kribbeln in meinem Bauch war das egal, sosehr ich mich auch bemühte, es abzuschütteln und stattdessen das Bild von Tessa in mir heraufzubeschwören. Tessa, die meine beste Freundin war, seit wir zusammen in der Sandkiste eine Schaufel geteilt hatten. Eine Schaufel … keinen Freund, Godje!

»Natürlich weiß ich das«, gab ich eine Spur schnippischer als beabsichtigt zurück.

Fynn starrte mich an. »Dass Schimmel als Rappen geboren werden«, half ich ihm auf die Sprünge und ignorierte verzweifelt mein wummerndes Herzklopfen, als er lachte. Hatte Fynn immer schon so blaue Augen gehabt? Und so lange Wimpern? Und Grübchen? Das hatte mir egal zu sein. Basta. Wir standen fast genau an derselben Stelle wie vor drei Monaten. Damals hatte Fynn meine Hand geführt, über die Nase und Stirn eines Pferdes. Mein erstes Mal. Ich zerknüllte das leere Schokoladenpapierchen und steckte es in meine Hosentasche.

»Was haben eigentlich immer alle mit Arion? Warum darf keiner zu ihm?«, platzte ich heraus. »Er ist doch auch einfach nur ein Pferd.«

Fynn lachte. »Wenn du dich das vor drei Monaten hättest sagen hören.«

Ich biss mir auf die Unterlippe. Anscheinend war ich nicht die Einzige, die diesen Moment nicht vergessen konnte.

Fynn räusperte sich. »Ich weiß nur, dass er als Fohlen schwer verletzt worden ist. Seine Mutter ist bei einem Autounfall gestorben, und Anyta hat ihn mit der Flasche aufgezogen. Mein großer Bruder hat mir das erzählt.«

Fröstelnd strich ich mir die plötzliche Gänsehaut von den Armen.

»Ist dir kalt?« Fynn sah mich besorgt an.

Mechanisch schüttelte ich den Kopf. »Ist nur eine komische Parallele, findest du nicht?« Vielleicht fühlten wir uns deswegen so zueinander hingezogen – zwei Waisenkinder, die bei ihren Großmüttern aufwuchsen, also – sozusagen.

»Oh«, machte Fynn. »Tut mir leid. Daran habe ich gar nicht mehr gedacht.«

»Nicht schlimm«, murmelte ich und sah hinüber zu Arion, der inzwischen seinen Kopf wieder ins Gras gesteckt hatte. »Und weiter?«

»Hmm.« Fynn überlegte kurz. »Weil er anscheinend enormes Potenzial hatte, gab Anyta ihn bei einem berühmten Profi namens Reinhold von Paslewitz in Beritt. Schon von ihm gehört?«

Ich verneinte stumm, aber eine eiserne Faust legte sich um meinen Magen und drückte unerbittlich zu, noch bevor Fynn weitersprach.

»Bei dieser Ausbildung in einem anderen Stall muss etwas total schief- und aus dem Ruder gelaufen sein. Als sie ihn zurückholte, war er völlig verstört und unberechenbar geworden.«

Mir wurde schwummerig. Ich machte die Augen zu und gleich wieder auf, um die Bilder zu verdrängen, die ungefragt und durcheinander auf der inneren Leinwand in meinem Kopf abliefen, während Fynn weitersprach. »Er ließ sich nicht anbinden, entkam aus jeder Umzäunung und drehte durch, sobald man ihm einen Sattel auflegte. Er galt als gefährlich – und so wurde er mit zum Grund, weswegen sie die Zucht aufgab und sich der Therapie genau solcher Pferdeschicksale verschrieb.«

Meine Augen brannten. Ich hätte heulen können. Mein Arion!

»Anyta beschloss, ihre Träume zu begraben, aus ihm einen Springchampion zu machen. Sie ließ ihn in Ruhe, damit er sein Vertrauen in die Menschen wiederfand. Aber das tat er nicht.« Fynn schwieg. Er wartete offensichtlich auf irgendeine Reaktion von mir, aber ich konnte nicht sprechen. Der Kloß in meinem Hals war zu groß. Sein letzter Satz hallte in mir nach: *Das tat er nicht …* zumindest nicht, bis ich auf den Hof kam. Mein Amulett glühte so stark, dass ich fürchtete, es würde durch meine geschlossene Jacke leuchten. Unwillkürlich hielt ich die Hand auf mein Herz. Fynn folgte meinen Fingern mit seinen Augen. Unwirsch wandte ich mich ab. Da musste ich allein durch.

Nach einem letzten Blick zu Arion, der unerreichbar weit hinten auf der Weide stand und uns beobachtete, drehte ich mich um und stapfte los in die entgegengesetzte Richtung. »Ich muss nach Hause«, nuschelte ich.

Fynn schulterte seine Schultasche und beeilte sich, neben mich zu kommen. »Kann ich dich ein Stück begleiten?«

Ich erhöhte mein Tempo, aber Fynn packte mich am Ärmel, sodass ich stehen bleiben musste. »Godje, was ist los mit dir in letzter Zeit? Warum weichst du mir aus? Hab ich was Falsches gesagt oder getan? Ich meine, du hast doch nach Arion gefragt! Oder wächst mir Gras aus den Ohren? Habe ich Mundgeruch?«

Ich wusste nicht, ob ich ihm eine scheuern sollte oder mich in seine Arme flüchten. »Wolltest du nicht mit Tessa ins Kino?«, gab ich zurück, ohne auf seine Frage einzugehen oder langsamer zu gehen.

Fynn schüttelte den Kopf. »Nein. Sie wollte das. Ich …« Er brach ab und betrachtete die Schnürsenkel seiner Sneaker, als ob er darauf einen Spickzettel verfasst hätte, der plötzlich ins Kyrillische mutiert war.

»Waaaas?«, drängelte ich ungeduldig. Ich musste wirklich nach Hause, ich musste über all das nachdenken, was Arion und mich offenbar verband. Außerdem hoffte ich, dass der Professor mir noch einmal geschrieben hatte wegen meines Epona-Amuletts. Ich hatte ihn in meiner Antwort mit tausend Fragen bombardiert. Wer war diese Göttin? Was wusste man über sie? Warum bekam gerade ich dieses Medaillon – okay, das konnte er mir auch nicht beantworten und das hatte ich natürlich auch nicht in meiner Mail geschrieben. Genauso wenig wie die Frage, warum Fynn mich so komisch ansah. Verflixt, hatte ich gerade seine Antwort verpasst?

»Ich hab Schluss gemacht«, wiederholte er geduldig.

»Du hast was?« Ich verschluckte mich hustend und blieb stehen.

Fynn wollte mir hilfreich auf den Rücken klopfen, aber ich wehrte seine Hände ab. »Scheiße, Fynn«, keuchte ich, als ich halbwegs wieder Luft bekam. »Als ob ich nicht genug Probleme hätte.« Die Kelten mussten warten, ich musste jetzt erst mal zu Tessa, meine Freundin trösten.

Seit fast drei Monaten verbrachte ich nun schon beinahe jeden zweiten Nachmittag in Anyta Kurets Rehazentrum für Pferde. Inzwischen war ich ausstaffiert wie ein Rugbyspieler. Zu den Stiefeletten mit Stahlkappen hatten sich eine Sicherheitsweste mit Rückenprotektoren, ein eigener Reithelm und – seit gestern – lederne Minichaps gesellt.

Natürlich führte ich Robby noch immer regelmäßig aus. Vielleicht waren manche unserer Spaziergänge ein kleines bisschen kürzer geworden. Dafür dehnte ich andere in die Länge – wenn wir an der Wiese vorbeikamen und Arion besuchten. Ich war mir ziemlich sicher, dass Oleg oder Anyta Kuret das mitbekamen. Aber sie sagten nie etwas, ebenso wenig wie Nana, wenn ich durch den Kellereingang nach oben kam und immer noch nach Pferd roch, obwohl ich mir angewöhnt hatte, mich bereits in der Waschküche umzuziehen und gründlich mit Deo einzunebeln, bevor ich gleich darauf duschte und alles wieder abwusch. Überhaupt wurde ziemlich viel geschwiegen in meinem Umfeld in letzter Zeit.

Fynn war nicht sauer auf mich, dass Oleg sich deutlich mehr Zeit für meine Ausbildung nahm als für seine. Zumindest versicherte er mir das ständig. Ihm glaubte ich, und doch ging ich ihm aus dem Weg, wo ich nur konnte, und vermied es, mit ihm allein zu sein. Irgendwie fühlte ich mich Tessa gegenüber schuldig, auch wenn ich nun wirklich nichts dafür konnte.

Obwohl wir uns nur noch so selten verabredeten, behauptete Tessa, ebenfalls nicht sauer auf mich zu sein. Das bekam ich jeden Tag im Schulbus zu hören. Und doch unternahm sie jetzt viel mehr als früher mit Lou und Fenja, besonders seit sie wieder Single war.

In den Pausen standen meine Freundinnen ohne mich zusammen und tuschelten. Manchmal wechselten sie das Thema, wenn ich dazukam. Sie gingen immer öfter ohne mich ins Kino, zum Shoppen oder chillten zusammen in einem der zur Wahl stehenden Kinderzimmer. Meins war nur noch selten dabei. Das alles lag an mir, und ich wusste es auch. Ich hatte wirklich kaum noch Zeit übrig und musste ihnen zwangsläufig immer merkwürdiger vorkommen. Dabei wussten sie noch nicht mal von meinem Amulett. Aber wenn Fynn ihnen auch nur ansatzweise etwas von meinen komischen Pferdebegegnungen im Hippobalance Zentrum erzählt hatte, dann konnte ich das absolut verstehen.

Ich war mir sicher, dass die anderen sich über so etwas unterhielten auf dem Pausenhof, bevor sie mich begrüßten und heranwinkten, und über Mode, die neuesten Filme, angesagtesten Youtubestars und wer die meisten Snapchatflammen hatte austauschten. Ich konnte da nicht mehr mitreden, wir drifteten immer weiter auseinander. Ich glaube, ich bekam noch nach dem Hausmeister mit, dass Tessa jetzt mit Emil zusammen war, dem Drummer aus der Schulband, der in die Parallelklasse ging. Daher also ihr neu erwachtes Interesse für Schlagzeug und dass sie mir ihre Pferdebücher vererbte.

All das machte mich einerseits traurig. Aber wenn ich in Arions dunkle Augen mit den seidigen Wimpern sah, er seinen Kopf gegen meine Schulter drückte oder wenn ich von Oleg ein zufriedenes Kopfnicken erntete, dann wusste ich, dass genau dies mein Weg war.

Ich fing an, es zu akzeptieren.

Alles zu akzeptieren.

Pferde reagierten auf mich. Allen fiel das auf. Manche scheuten, aber die meisten kamen auf mich zu und suchten meine Nähe. Ein Neuankömmling hatte gestern sogar seinem Pfleger den Strick aus der Hand gerissen und war auf mich zugerast. Er begrüßte mich wie eine alte Freundin. Früher wäre ich schreiend davongelaufen oder sogar ohnmächtig geworden. Inzwischen blieb ich einfach ruhig stehen und freute mich still.

Oleg und Anyta halfen mir, zu lernen, die Welt mit Pferdeaugen zu sehen, mich in sie hineinzuversetzen, die pferdische Denkweise zu verstehen. Das war die therapeutische Arbeit, die hier auf dem Hof stattfand: missverstandenen Tieren zu helfen. So oft lag der Schlüssel einfach in nicht erkanntem Schmerz. Schmerz der Seele oder des Körpers. Hier war ich richtig, so wie ich war. Das war der Ort, an den ich gehörte. Diese Arbeit wollte ich tun und nichts anderes. Zuhören, da sein.

Ich konnte mich in diese wunderschönen Tiere einspüren, ich wusste, wie sie sich fühlten, wenn sie nicht gesehen wurden, nicht verstanden. Wir waren irgendwie … seelenverwandt.

Und doch hatte ich noch soooo viel zu lernen!

»Drück mir die Daumen, Großer!« Arions seidige Oberlippe mit den kitzelnden schneeweißen Barthaaren war nur wenige Millimeter von meiner Nasenspitze entfernt. Ich spürte seinen Atem an meinem Gesicht, inhalierte seinen Duft nach Heu und feuchter Wärme und fragte mich, was er von dem Geruch meines Pfefferminzbonbons hielt, das ich gerade mit meiner Zunge hin- und herrollte und schließlich mit offenem Mund krachend zerknurpste. Arion stülpte die Oberlippe um und flehmte. Lachend zog ich den mächtigen Pferdekopf zu mir herunter und drückte dem Hengst einen flüchtigen Kuss auf die Wange. Plötzlich spitzte Arion die Ohren und drehte sie lauschend in die Ferne. Dann hörte auch ich den Pfiff. Das war unverkennbar Oleg. »Du musst los!«, wisperte ich und schob Arion von mir weg. »Bis später, ich erzähl dir nachher, wie es war.«

Oleg pfiff noch einmal. Ich konnte mich gerade noch ducken, als ich seinen Kopf am unteren Weidetor auftauchen sah. »Lauf, Arion!«, formte ich tonlos mit den Lippen, und endlich setzte sich der Hengst in Bewegung. Zögernd zuerst, dann trabte er mit hochgestelltem Schweif an und federte elegant über die Wiese. Natürlich nicht, ohne noch einmal Kopf und Mähne schüttelnd eine Ehrenrunde zu drehen, bevor er dann in gestrecktem Galopp durch das weit geöffnete Tor preschte.

In meinem Magen flatterte etwas herum, was keinen Ausgang fand. Mir war richtig flau, als ich mein Fahrrad wenige Minuten später an die Stallwand lehnte. Zum ersten Mal sollte ich heute springen üben. Kavalletts zwar nur, aber auch diese niedrigen, auf Holzkreuzen befestigten Stangen flößten mir ziemlichen Respekt ein.

Dann stand auch noch Grand Boy am Anbindebalken und nicht Lady. Das meinte Oleg nicht ernst, oder? Ich sollte nicht wirklich meine erste Springstunde auf diesem freundlichen Riesen bekommen?

Der Stallmeister kicherte vergnügt, als er um die Ecke bog und meinen Gesichtsausdruck sah. Anscheinend sprach der Bände.

»Nicht witzig«, murmelte ich verkniffen, während ich überlegte, wie ich Nana ein gebrochenes Schlüsselbein erklären sollte. Denn das war das Mindeste, was ich mir zuziehen würde, wenn ich mich aus der geschätzten Widerristhöhe von vier Meter vierzig abrollen musste. Wenn ich Grand Boy auf dem Rücken bürstete, musste ich mich auf einen Strohballen stellen.

»Keine Angst, Godje. Der Schmied ist da. Darum steht der Große hier. Hat sich alles etwas nach hinten verschoben.« Olegs Miene wurde ernst. »Arion hat ein paar Probleme. Er braucht –«

»Arion?«, unterbrach ich ihn. Da hörte ich meinen Schwarzen bereits angsterfüllt wiehern. »Was braucht Arion? Was ist mit ihm? Eben ging es ihm doch noch gut!« Ich wartete Olegs Antwort auf mein Eingeständnis gar nicht ab, sondern rannte bereits der schrillen Pferdestimme nach.

Anyta war es vielleicht nicht geglückt, Arions Vertrauen in Menschen wiederherzustellen. Zumindest nicht, bis ich auf den Hof kam.

Denn mir vertraute er. Und ich wollte nicht, dass das irgendwer kaputt machte.

Ich fand ihn im Stall. Arion hasste es, irgendwo angebunden zu sein. Aber jetzt war er mit Stricken auf beiden Seiten des Halfters in der Stallgasse festgemacht. Das war mehr als ungewöhnlich. Es widersprach allem, was ich von Anyta und Oleg über die Philosophie dieses Hofs gelernt hatte. Kein Zwang! Der Sinn dieser Maßnahme war natürlich offensichtlich. Durch das beidseitige Anbinden konnte er nicht mit seinem Kopf nach links oder rechts herumfahren oder sich auf der Vorhand drehen. Aber er konnte immer noch auf der Stelle tänzeln, steigen und ausschlagen, und genau das tat er, mit weit aufgeblähten Nüstern und Augen, in denen mehr Weiß als Braun zu sehen war. Zwei Helferinnen und Anyta hingen an ihm dran und redeten auf ihn ein. Sie versuchten vergeblich, ihn zu beruhigen. Er war total außer sich. Seine Brust glänzte schaumig weiß, seine Augen waren weit aufgerissen. Kein Wunder.

Ich sah mehrere Kanülen auf dem Boden liegen. Der Tierarzt bemühte sich offenbar schon länger, eine Spritze in Arions Halsvene zu bekommen. Aber jetzt gab er auf. »Das wird nichts bei dem Gezappel«, sagte er frustriert. »Die Sedierung kann nur wirken, wenn er nicht schon auf hundertachtzig ist. Und das hier ist Tacho zweihundertfünfzig.«

»Aber die Hufe *müssen* gemacht werden«, sagte Anyta. Sie ließ den Schwarzen los und bedrängte den Tierarzt, der seinen Mitarbeiterinnen das Kommando zum Rückzug gab.

»Sie sind viel zu lang und brechen schon aus. Das sehen Sie doch selbst. Er wird noch stärkere Schmerzen bekommen, und dann hält er erst recht nicht still.«

Der Tierarzt zuckte mit den Schultern und tupfte sich mit einem karierten Stofftaschentuch Schweiß vom Nacken. »Dann müssen wir eine Vollnarkose einplanen. Schießen wir ihn eben mit dem Narkosegewehr ab.«

»Aber …!«

Die Helferinnen klappten unbeeindruckt den Medikamentenkoffer ein und bauten ein mitgebrachtes Tischchen ab. Je weiter sich alle von ihm entfernten, desto ruhiger wurde Arion. Er kämpfte immer noch gegen die ungewohnte Fixierung an und tänzelte ein wenig herum, aber es war kein Vergleich zu der tobenden, geifernden Bestie von eben.

»Bitte«, sagte ich leise und löste mich von meinem Beobachtungsposten an der kühlen weiß getünchten Stallwand.

Niemand hörte. Ich räusperte mich und wiederholte etwas lauter: »Bitte. Darf ich es versuchen?« Ich ging einen Schritt auf Arion zu. Meinen Blick hielt ich gesenkt. Behutsam legte ich meine Hand auf seinen Hals und wartete einen Moment. Meine Linke ruhte auf dem Amulett über meinem Herzen, das sanft und stetig zu pulsieren begann. Ich nahm den Rhythmus auf. Einatmen … ausatmen und noch ein Schritt.

»Godje!« Oleg wollte mich zurückhalten. Anyta drehte sich zu uns um und wurde kreidebleich. »Mädchen! Komm da weg.«

Ich ging noch näher an ihn heran und konzentrierte mich ganz auf Arion. Auf seine Atmung, seinen Herzschlag. Ich achtete auf nichts anderes mehr. Es dauerte ein bisschen, bis er mich wahrnahm. Ich lauschte nach innen. Auf meinen Herzschlag, auf meine Atmung, auf Eponas Atem und Herzschlag, der uns umhüllte wie eine Schutzglocke.

Gogong … Gogong … Ganz ruhig.

Tief und langsam atmete ich ein und aus. »Ganz brav, mein Großer. Es ist alles gut.«

Endlich drang ich zu ihm durch, er wurde zumindest etwas ruhiger.

Er hörte mich.

Der Hengst sah mich an, seine aufgerissenen, angstvollen Augen zerrissen mir schier das Herz. »Es ist alles gut«, wiederholte ich murmelnd. Vielleicht dachte ich es auch nur. Ich fühlte das Pulsieren meines Medaillons – und Arion senkte den Kopf.

Ein paar Zentimeter nur. Aber das genügte für den Anfang.

Gogong … gogong … Tief ein und aus. Langsam. Atmen.

Ich spürte die vertraute Wärme meines Glücksbringers und kraulte Arion weiter. Den Hals hinauf, unter der Mähne, am Genick, im Kehlgang, hinter den Ganaschen, all die Lieblingsstellen, die ich erreichen konnte. Das Weiß in seinen Augen und die angespannten Falten darum herum verschwanden nach und nach.

Endlich nahm er den Kopf ganz herunter und schnoberte an meiner rechten Hand, die immer noch auf seiner nass geschwitzten Brust lag. Ich hatte keinen Blick dafür, was um mich herum geschah, aber es wurde ganz still. Als ob alle den Atem anhielten. Sollten sie doch. Hauptsache, uns störte keiner.

Man hätte die berühmte Stecknadel fallen hören können. Oder eine weitere Kanüle.

Er beruhigte sich immer mehr und war nur noch auf mich fokussiert, wir hielten einander mit den Augen fest, wie hypnotisiert. »Ich glaube, jetzt geht es«, sagte ich leise.

Keine Reaktion. Waren die alle weg? Endlich hörte ich etwas rascheln. Dann trat der Tierarzt ganz langsam neben mich. Arion bewegte sich etwas, und die Hand mit der Spritze verschwand wieder aus meinem Sichtfeld.

»Kannst du ihn etwas tiefer am Hals streicheln? Genau dort ist die Vene, die ich brauche.« Er hatte eine angenehme Stimme.

Ich nickte und kraulte weiter, ohne Arion mit meinem Blick loszulassen. Die Kanüle stach in die Haut. Ich sah es aus dem Augenwinkel. Arion zuckte kurz mit dem Fell, so wie er es tat, wenn er eine Fliege abwehren wollte. Ein Tropfen Blut plitschte auf den Boden. Noch einer. Mir wurde ein bisschen flau. Ich blinzelte und spürte, wie mir eine Träne über die Wange rann.

Arion zuckte nicht noch einmal. Der Tierarzt setzte die Spritze auf die Nadel und die klare Flüssigkeit darin vermischte sich mit etwas Rot.

»Sehr gut gemacht«, lobte der Mann mit tiefer, ruhiger Stimme, und ich wusste nicht, ob er nun mich oder das Pferd meinte. Was war denn nur mit meinen Knien los? Ich schwankte ein wenig, genau wie Arion. Er stützte seinen Kopf auf meine Schulter. Ich hatte ja keine Ahnung gehabt, wie schwer so ein Pferdeschädel war! Beruhigend strich ich ihm über die Stirn, unter dem Schopf, selbst völlig benebelt. Arion schnaubte wie aus weiter Ferne.

Auf einmal war da wieder dieses Pulsieren unter meinen Fingern. Und riss mich mit sich fort.

»Nein!«, vernahm sie eine ruhige Frauenstimme.

Gyde hörte ein Pferd schnauben, direkt über sich. Sie riss den Kopf hoch. Das war niemand aus dem Dorf.

Die Nebel lichteten sich. Sie schienen der Schimmelstute und ihrer Reiterin auszuweichen, sie einzurahmen. In die Mähne des Pferdes waren Blumen geflochten. Die gleichen roten Rosenblüten zierten die langen blonden Haare der schlanken Frau, die in einem fließenden hellblauen Kleid barfuß auf dem blanken Pferderücken saß. Sie streckte Gyde einen weißen Arm hin. »Steig auf!«, befahl sie, und ihr sanfter Ton duldete keinen Widerspruch.

Erstaunlich kraftvoll zog sie Gyde vor sich aufs Pferd. Das Tier wieherte und stampfte kurz mit dem Huf auf, als die ersten Hunde die Böschung erreichten. Winselnd blieben sie auf Abstand, setzten sich und warteten mit hängenden Zungen.

Dann kamen die Männer.

»Alles in Ordnung?« Der Tierarzt sah mich belustigt an. »Habe ich dich gleich mit sediert?«

Ich brauchte einen Moment, um mich zurechtzufinden, schüttelte benommen den Kopf und sah zu Arion.

Tief durchatmen.

Ich war hier im Stall, nicht in irgendeinem Moor. Niemand verfolgte mich. Das war wieder so ein Epona-Trip.

Der Hengst hatte die Augen halb geschlossen. Er war auf dem besten Weg ins Traumland.

»So schnell geht das?«, krächzte ich heiser.

»Dank deiner Hilfe. Gut gemacht, Mädchen.« Er drückte mir kurz die Schulter.

Oleg kam an meine Seite und half mir, den Schwarzen zu stützen. »Alles gut?« Besorgt sah er mich an. Ich nickte etwas wackelig, und Oleg blieb bei mir, einen Arm um meine Taille gelegt, ohne ein Wort darüber zu verlieren.

Der Tierarzt ging. Wir blieben zu zweit zurück. Mein Herz hämmerte immer noch wie wild. Ich blinzelte ein paarmal hintereinander, um den letzten Rest des Nebels in meinem Kopf zu vertreiben, um wieder ganz und gar im Hier und Jetzt anzukommen.

Da löste sich ein Schatten von der Wand am Eingang. Zuerst sah ich nur einen glühenden Punkt. Dann trat eine Stiefelspitze die Zigarettenkippe aus, die auf den Boden geschnippt wurde und verdampfte.

Oleg grunzte ungehalten. Auf dem Hof herrschte striktes Rauchverbot. Das musste der neue Schmied sein. »Na, dann können wir ja endlich«, sagte er.

Ich mochte ihn nicht. Nicht, weil er rauchte, obwohl ich das hasste. Es war die Art, wie er redete. Wie er ging, in seinen weiten, ledernen Beinschützern. Wie er Arion ansah, der schwankend döste, die Zungenspitze zwischen seinen Lippen.

Dabei ging der Mann sanft und bedächtig vor. Erstaunlich leise stellte er eine Art Dreibein vor ihn, schob mich ein wenig zur Seite und beugte sich zu Arions rechtem Vorderbein. Er klemmte sich den Huf zwischen die Beine und knipste mit einer riesigen Zange einen zentimeterdicken Rand ab. Dann feilte er ringsherum darüber und steckte die Feile zurück in seine Chaps. Jeder Handgriff saß. Er arbeitete schnell, zügig und entschlossen. Wieder rückte er mich beiseite. Anscheinend stand ich ihm immer im Weg!

Jetzt zog er Arions Fuß mit einem geschickten Handgriff vor sich auf das Gestell und feilte auch von hier alle Ränder glatt, bis der Huf gleichmäßig und glatt aussah. Der Schmied zog sich einen Handschuh aus, um sich den Schweiß von der Stirn zu wischen, und grinste mich auf eine schmierige Art von der Seite an. »Bist du hier die Pferdeflüsterin?«

Ich hatte keine Ahnung, was er meinte, und antwortete mit einem Achselzucken. Ich war abgelenkt von einer seltsam gezackten Narbe auf seinem Handrücken.

»Scheint so«, sprang Oleg für mich ein und straffte seine Schultern.

Das Grinsen im Gesicht des Schmieds erlosch. Er streifte den Handschuh wieder über, hob den nächsten Huf an und machte sich stumm ans Werk. Dann ging er nach hinten. Ich atmete vorsichtig auf. Ich hatte Gänsehaut, trotz des pulsierenden Heizofens auf meiner Brust.

10. Neue Verletzungen

Anyta Kuret saß über ein altes Fotoalbum gebeugt. Knisterndes, hauchdünnes Pergamentpapier trennte die Seiten mit den sorgfältig eingeklebten und beschrifteten Bildern. Behutsam bedeckte sie damit die kleine Familie, die zwischen Pferden in die Sonne lächelte, und blätterte weiter. Auf der nächsten Seite saßen zwei Kinder auf einem Pony. Die Größere hielt die Kleine, und beide lachten übers ganze Gesicht, die ältere Schwester mit Zahnspange, die Kleine hatte gerade die ersten Milchzähnchen. Der Vater führte das Tier und scherzte mit der Kamera. Der Schatten eines weiblichen Körperumrisses ließ vermuten, dass wohl die Mutter die Aufnahmen gemacht hatte. Anytas Hand strich bebend darüber.

Die Zeitreise ging weiter. Anyta Kuret schlug die Seiten langsam und bedächtig um, als sei das Album ein kostbarer Schatz.

Es folgten herbstliche Fotos mit der Familie in einer Kutsche. Im Winter saßen sie unter Decken in einem Pferdeschlitten, mit Hund vor dem Weihnachtsbaum, stießen mit Feuerwerk im Hintergrund in einer Silvesternacht an. So glücklich wirkten sie alle damals. So unbeschwert.

Anyta Kuret fuhr sich mit der Hand über die Augen. Sie sah Chloe so ähnlich – der Chloe von vor dem Unfall, dem atmenden, lebensfrohen Menschen, der sie damals war. Anyta konnte Margaretes Schmerz verstehen. Es musste furchtbar sein und wunderschön zugleich, jeden Tag in diesen Spiegel zu schauen … Zu Beginn hatte sie es nicht verstanden, sie dafür gehasst, dass sie ihr Godje mit einem so radikalen Schnitt entzog, dass sie die andere Seite der Familie, Godjes Erbe und ihre Aufgabe um jeden Preis vor dem Kind verbergen wollte ... Inzwischen war sie auf eine merkwürdige Art beinahe froh über diese Vereinbarung. Es war auch so schon schwer genug mit all den Entscheidungen, die sie treffen musste. Aber sie war auch eine Großmutter! Sie hatte den gleichen schmerzvollen Verlust erlitten, ebenfalls ein Kind verloren bei diesem Unfall, und nicht nur eine, sondern zwei Enkelinnen und die Pferde dazu. Warum nur begriff Margarete nicht, dass sie beide am selben Strang zogen, nämlich Godje zu beschützen um jeden Preis?

Turnierbilder folgten. Das größere der beiden Mädchen, längst ein Teenager, hielt voller Stolz Schleifen und Pokale in die Kamera, lag glücklich erschöpft neben einem an der Hand grasenden Pferd auf einer Wiese, ritt neben den Eltern und der kleinen Schwester in einer Kutsche auf einem Feldweg. Dann fehlten Fotos. Das letzte Bild zeigte einen Friedhof, ein frisches Grab, kaum zu sehen unter einem Meer aus Blumen und Kränzen in allen Farben. Ein Teddybärchen lag davor.

Anyta Kuret starrte eine Weile darauf, dann klappte sie das Album zu und trank ihren Kaffee aus, der längst kalt geworden war. Sie trug das dicke Buch dahin zurück, woher sie es genommen hatte. Die große, grob behauene Eichentruhe im Wohnzimmer, Hort von vielen schmerzlichen Erinnerungen. Ächzend senkte sich der schwere Deckel darüber. Das letzte Stück glitt er ihr aus der Hand. Donnernd knallte die Truhe zu. Anyta Kuret zuckte leicht zusammen. »Man muss die Vergangenheit irgendwann ruhen lassen«, murmelte sie und rieb sich die Schläfen. »Vielleicht hat sie ja wirklich recht, und es ist das Beste so.«

In diesem Moment brach draußen ein Höllenlärm los. Sie hörte Pferdegetrappel. Oleg, der Schmied und Godje schrien durcheinander. Anyta sprang auf und rannte nach draußen.

Arion war noch immer entspannt. Das Beruhigungsmittel tat seine Wirkung, der Hufschmied war beinahe fertig, und das war auch gut so, denn mir fiel fast der Arm ab, und ich würde morgen blaue Flecken an der Schulter haben. Arion stützte seinen Riesenschädel mit vollem Gewicht darauf ab und schnarchte leicht.

Oleg war kurz zur Reithalle hinübergegangen, um den Sprinkler abzustellen. Der hielt vor den Reitstunden den Sand feucht, damit die Pferde nicht zu viel Staub aufwirbelten und einatmen mussten.

Ohne Zwischenfälle bearbeitete der Mann auch den letzten von Arions Hufen. Sympathisch war er mir trotzdem nicht. Ich streichelte den Schwarzen um die samtweichen Nüstern und schweifte ab. Die seltsamen Bilder meiner Vision von eben gingen mir nach, verfolgten mich, mein ganz privates, gruseliges Kopfkino. War das einfach meine blühende Fantasie, die sich da Fortsetzungsgeschichten rund um meinen Glücksbringer ausspann? Zumindest hatte die Reiterin in dem seidigen Kleid so ähnlich ausgesehen wie meine Figur. Blumen im Haar und Blumen an der Mähne. Ganz schön kitschig. Gedankenverloren tastete ich nach dem Schmuckstück um meinen Hals.

Eine Bewegung lenkte mich ab. Aus dem Augenwinkel sah ich die Spiegelung des Hufschmieds im Stallfenster. Er holte aus und klatschte Arion brutal die große, schwere Feile auf die Hinterhand. Nicht nur einmal, sondern gleich mehrmals hintereinander. Sein Gesicht war hassverzerrt. War der irre?

»Lassen Sie das!« Ich schrie auf und drehte mich zu ihm, bevor ich begriff, dass ich mir das eingebildet haben musste. Denn der Hengst stand noch immer dösend neben mir, den Kopf in meine Halsbeuge versunken.

Jetzt allerdings schreckte er durch meinen Ausruf und meine hektischen Bewegungen auf. Benommen torkelte Arion, ganz kurz nur, schwankend, um seine Hinterbeine zu sortieren, von denen er eins im Dämmerschlaf abgeknickt hatte. Er fing sich. Ich konnte sehen, wie etwas hinter seinen Augen auf Instinkt schaltete, ihn wach machte, wie alle Fluchttiere, wenn sie Gefahr vermuteten. Er riss dem Schmied den letzten Huf aus der Hand und bäumte sich auf, wobei er fast das Gleichgewicht verlor. Die Stricke an seinem Halfter waren zum Zerreißen gespannt. Instinktiv machte ich einen Satz zur Seite und stützte mich an der Stallwand ab.

Der Schmied taumelte rückwärts und stieß gegen einen der Blecheimer, in denen er die Hufeisen abkühlte, wenn ein anderes Pferd beschlagen werden musste. »Verdammtes Mistvieh«, brüllte er. »Halt ihn fest!«, rief er mir zu und flüchtete selbst in die andere Richtung. *Witzig! Wie denn?*

Das Scheppern gab dem Schwarzen den Rest. Er stieg und taumelte dabei, weil das Beruhigungsmittel ja immer noch wirkte.

Diesmal taten die Panikhaken, was sie sollten. Zumindest einer der beiden: Er sprang auf. Aber ob das gut war? Arion war jetzt nur noch mit einem Seil gesichert.

Ich versuchte, den baumelnden Strick zu erwischen. Aber der Hengst warf sich in seiner Angst auf die andere Seite und riss den kompletten Haken aus der Wand. Putz und Steine fielen bröckelnd zu Boden.

Ich konnte mich gerade noch ducken, damit ich das Ding nicht abbekam. Arion galoppierte an mir vorbei die Stallgasse hinunter. Doch da stand der Schmied und riss die Arme hoch. Der Schwarze machte kehrt und raste an mir vorbei nach draußen.

Beinahe hätte er mich umgerannt. Ich verlor das Gleichgewicht, stolperte über das blöde dreibeinige Gestell und schlug der Länge nach hin. Meinen Ellbogen durchzuckte ein stechender Schmerz.

»Was ist passiert?« Oleg kam angerannt.

»Es geht wieder los!«, brüllte der Schmied und warf seine Feile auf den Boden. »Das Biest ist gemeingefährlich. In die Wurst gehört der. Das hab ich schon auf dem Hof von Paslewitz gesagt. Ihr könnt euch jemand anderen suchen. Ich riskiere meine Knochen nicht mehr!«

Reinhold von Paslewitz. In meinem Kopf machte es klick. »*Sie* haben ihn geschlagen! Damals, beim Beritt«, brüllte ich dazwischen und rappelte mich auf. »Kein Wunder, dass er so ausgerastet ist. Darum hat er diese Angst!«

Der Schmied kam drohend auf mich zu. In der erhobenen Hand hielt er immer noch die Feile. Seine Augen sprühten vor Zorn. »Sag mal, hast du sie noch alle, Kleine? Du bist ja genauso durchgeknallt wie das verrückte Vieh!«

»Mit dieser Raspel!«, ergänzte ich wütend. »Darum haben Sie sich auch heute die ganze Zeit aus seinem Gesichtsfeld herausgehalten, selbst dann noch, als er bereits sediert war.« Auf einmal ergab alles Sinn.

»Pass auf, was du sagst!«

»Das klären wir später«, unterbrach Oleg. »Wir müssen Arion einfangen, bevor noch mehr passiert. Was ist mit dir? Bist du verletzt?«

Ich sah an mir hinunter. *Schöner Mist.* Meine Hose hatte einen langen Riss quer übers Knie. Meine Handflächen waren aufgeschürft, und mein Knie und der Ellbogen brannten wie Feuer. »Geht schon«, behauptete ich und humpelte ihm nach. Der Schmied war damit beschäftigt, seine durcheinandergewürfelten Werkzeuge einzusammeln. Ich würdigte ihn keines Blickes mehr.

Arion stand auf der anderen Seite des Hofes. Zum Glück hatte er nicht versucht, in seinem Zustand über den Zaun zu setzen. Er schwitzte. Sein Atem ging schnell, er hatte den Kopf gesenkt und schwankte leicht.

»Ich hole eine Abschwitzdecke«, rief ich und lief humpelnd in die Sattelkammer, so schnell es mein puckerndes Knie zuließ. Ich wollte Oleg helfen, aber als ich mich Arion mit dem Stoffbündel näherte, wich er zurück.

»Arion?«, flüsterte ich und blieb stehen. »Ich bin's doch nur.«

»Das macht die Narkose«, meinte Oleg und nahm mir die Decke ab.

»Was hast du gesehen?« Auf einmal stand Anyta hinter uns.

Oleg gelang es, Arion einzufangen, keine große Herausforderung, denn der Hengst stand immer noch deutlich unter dem Einfluss des

Medikaments. Mit taumelnden Schritten folgte er dem alten Mann in unsere Richtung. »Sie sagt, der neue Schmied hätte Arion verprügelt.« Oleg und Anyta tauschten Blicke, die ich nicht einordnen konnte.

Mist, Mist, Mist. Wahrscheinlich flog ich in den nächsten fünf Minuten vom Hof, wenn nicht schon früher. Anyta beobachtete ohnehin schon jede meiner Regungen. Ich stand ganz oben auf ihrer Abschussliste, da war ich mir sicher, und dieses Chaos jetzt, das brachte mir sicher keine Bonuspunkte. Wahrscheinlich hatte sie es schon hundertmal bereut, mich hierher eingeladen zu haben, so selten, wie sie sich mit mir abgab. Jetzt hielten sie mich also beide für geisteskrank, und egal, was ich sagte, es würde alles nur noch schlimmer machen. Das hier zum Beispiel: »Ja, aber nicht heute«, stellte ich richtig und duckte mich unwillkürlich.

Anyta zog die Augenbrauen hoch, und mich verließ das letzte bisschen Mut. In was hatte ich blöde Gans mich da nur hineingeritten? Ich würde Arion nie wiedersehen. Mein Blick flog zu ihm. Himmel, wie ich dieses Pferd liebte. Sie mussten mir glauben. Aber wie sollten sie?

»Das muss … länger her gewesen sein.« Warum hielt ich nicht einfach die Klappe? Ich hob hilflos die Arme und redete mich weiter um Kopf und Kragen. »Ich weiß nicht, wie ich das erklären soll … es war … es ist bei diesem von Paslewitz auf dem Hof passiert, glaube ich … nein, *weiß* ich. Ich weiß es einfach, okay?« Trotzig schob ich die Unterlippe vor.

»Und wegen diesen –?« Olegs Augenbrauen waren eine einzige durchgezogene Linie.

Aber Anyta winkte ab, und er schwieg. »Von Paslewitz hat mir den Schmied empfohlen, als unserer krankheitsbedingt ausgefallen ist.« Noch immer prüften ihre Adleraugen jede meiner Bewegungen. »Sag mir, wo genau.«

Ich zeigte auf Arions Kruppe. »Dahinten.« Mein Herz klopfte so laut, dass ich kaum hörte, was sie als Nächstes sagte.

Wieder tauschte sie Blicke mit dem Stallmeister. »Das würde so einiges erklären.«

Oleg befühlte die linke Hinterhand des Schwarzen. Sofort wich er wieder aus und ging gegen das Halfter. »Da ist tatsächlich etwas«, bestätigte er und streichelte Arion. »Nicht frisch. Älter.« Oleg kratzte sich am Kopf.

Anyta nickte und sah bekümmert von Arion zu mir. »Ich hätte dir auch so geglaubt.« Sie wandte sich zu dem Pferd. »Er wird dir nichts mehr tun. Das verspreche ich.«

Hatte sie eben tatsächlich gesagt, dass sie mir glaubte? Oder hatte ich mich verhört? War das wieder so eine Halluzination? Ich konnte mein Glück kaum fassen. »Darf ich ihn in den Stall bringen?«, fragte ich schüchtern.

Oleg wollte widersprechen, aber Anyta nickte.

Ich griff nach dem Führstrick und wollte durchstarten, bevor es sich jemand anders überlegte, aber sie bekam mich an der Schulter zu fassen und hielt mich zurück. »Er vertraut dir tatsächlich. Du hast eine seltene Gabe, Godje. Es ist Zeit. Er wird kommen. Wir können nicht länger die Augen davor verschließen. Ich nicht, und niemand sonst. Rede mit Margarete. Du weißt noch nicht damit umzugehen. Nun, wie solltest du auch. Sie hat dich ja nicht … Oh, hallo, Fynn.«

Mein Kopf flog herum. »Wie lange stehst du da schon?«, platzte ich heraus.

»Alles gut.« Er hob abwehrend die Hände und lächelte schief. »Ich habe schon mitgekriegt, dass du mehr Talent hast als ich.« Aber sein Blick war … komisch … Oh nein. Er bekam das gerade völlig in den falschen Hals. Nicht das jetzt auch noch!

Anyta schüttelte genauso unwirsch den Kopf wie ich, wenn auch aus ganz anderen Gründen. »Es geht nicht ums Reiten, Fynn. Das ist nicht alles auf der Welt.« Sie drehte sich zu mir. »Wir reden ein andermal. Frag deine Großmutter. Es ist Zeit, dass sie dir einiges erklärt.«

Na klar, eine zerrissene Hose und ein verschrammtes Knie waren die besten Voraussetzungen, um mit Nana entspannt über Pferde zu reden! Außerdem verstand ich nur Bahnhof. Das war mir gerade alles zu viel. Und … »Oh je. Meine Reitstunde!« Ich sah von Fynn zu Oleg.

»Die verschieben wir aufs Wochenende«, brummte der Stallmeister. »Mach dein Pferd fertig, Fynn. Ich komme gleich.«

»Was ist denn mit Arion los? Und wie siehst du aus? Geht's dir gut?«

Ich war mir nicht sicher, aber ich nickte. Hier stand ich, genauso wackelig wie der inzwischen dunkelgraue Hengst, in dessen Nähe ich bis vor einer Stunde nie hatte kommen dürfen, hinkend und blutend, und hielt mich an seinem Halfter fest.

Kein Wunder, dass Fynn verwirrt war. Ich setzte zu einer Erklärung an, aber Oleg kam mir in seiner unvergleichlichen Art zuvor. »Schmiedetermin, bisschen turbulent, aber alles gut, er muss nur seinen Rausch ausschlafen. Komm jetzt. Er braucht seine Ruhe.«

Letzteres galt mir. Ich hob entschuldigend die Schultern, und setzte mich humpelnd in Bewegung. Ich spürte, wie Fynn uns hinterherstarrte.

Oleg trottete schweigend neben mir und Arion her. Angespannt, jederzeit bereit, einzugreifen, wenn der Hengst mich auffressen sollte. Aber Arion war immer noch benebelt. Wir brachten ihn in den Stall, in eine mit Spänen eingestreute frische Box ohne Heu. »Er muss erst wieder ganz wach sein, bevor er fressen darf«, erklärte Oleg und grunzte mir zu. »Jetzt ab nach Hause mit dir. Du brauchst eine Dusche und eine Mütze Schlaf. Viel Glück mit Margarete.« Er schielte auf meine Hose. »Das Bein solltest du kühlen. Mach die Wunde mit kaltem Wasser sauber und dann gib Honig drauf. Oder Kokosöl. Und die Pflaster täglich wechseln. Das hilft auch deinen Händen und dem Ellbogen.«

Nana war im Vorgarten, als ich nach Hause gehumpelt kam. Sie harkte das Laub vom Vorjahr von den Beeten, damit man die ersten Blümchen besser sah. Als sie mich kommen sah, richtete sie sich auf und strich sich eine Haarsträhne aus der Stirn. Sie verschränkte die Arme vor der Brust und erwartete mich, als ob sie einen sechsten Sinn dafür hatte, wenn etwas schiefgelaufen war.

»Was ist passiert?«, begrüßte sie mich ohne Umschweife.

»Hingefallen.« Wortkarg konnte ich auch! Ich wollte mich an ihr vorbeimogeln, aber sie stellte sich mir in den Weg. »Wobei? Einfach so? Willst du mir weismachen, du seist vom Fahrrad gefallen oder über deine eigenen Füße gestolpert?«

»Nein.« Ich wich ihrem Blick aus. »Es ist nicht, wie du denkst«, murmelte ich.

»Ach.« Sie zog die Augenbrauen hoch. »Und was denke ich, Frau Gedankenleserin?«

»Dass die Pferde schuld sind und dass du es ja immer gewusst hast.« Trotzig reckte ich das Kinn. »Aber so ist es nicht! Dieser Schmied ist gemeingefährlich, nicht Arion …« Das war ein Fehler. Ich biss mir auf die Zunge. Natürlich ließ sie mich nicht ausreden.

»ARION?!«, tobte sie. »Na, warte!« Nana machte auf dem Absatz kehrt und stürmte ins Haus.

Als ich sie eingeholt hatte, stand sie im Wohnzimmer und hatte bereits das alte Festnetztelefon in der Hand. »Anyta!«, schrie sie hinein. »ARION? … ERNSTHAFT? … Wir hatten eine ABMACHUNG! … SO PASST DU AUF DAS KIND AUF?! Ich habe meinen Teil erfüllt, und du?«

Die Stimme am anderen Ende der Leitung war leise – ganz im Gegenteil zu Nanas. Ich schluckte trocken und wusste nicht recht, ob ich ihr wirklich bis ins Wohnzimmer hinein folgen wollte. Ich hielt mich erst mal an der Tür fest. Mein Knie tat höllisch weh. So kannte ich sie gar nicht. Nana versuchte nicht einmal, sich zu beherrschen. Ich lehnte die Tür leise an und wollte mich dezent zurückziehen, aber irgendwie siegte meine Neugier, und ich blieb mit der Hand an der Klinke und mit dem Ohr am Türblatt kleben. Da war doch noch mehr zwischen Nana und Anyta? Das geht dich nichts an, flüsterte ein Teil von mir. Aber ein anderer Teil war schon seit Längerem vom Gegenteil überzeugt, und der gewann immer mehr die Oberhand.

»Ich will nichts davon hören!«, tobte Nana auf der anderen Seite weiter. »Diese *Gabe,* wie du es nennst, hat unseren Familien immer nur Unglück gebracht. Soll es etwa wieder so enden wie damals?«

Wovon redeten die?

»… Nein, ich glaube nicht, dass das Fergus' und Chloes Wunsch gewesen wäre! Und Eponas Zeichen ist mir SCHEISSEGAL!«

Ich zuckte zusammen. Epona … Und was hatten meine Eltern damit zu tun?

»Warum um alles in der Welt hast du ihr dieses Amulett schenken müssen?«

Moment mal, Nana dachte, dass Anyta …?

Urplötzlich schwieg Nana. Ich hielt die Luft an.

Hatte sie mich beim Lauschen erwischt?

»… Du warst das nicht? … Nein, keine Ahnung, ob sie es noch hat … am liebsten würde ich es wegwerfen.« Nana sprach erheblich leiser weiter, während sie damit fortfuhr, unruhig hin- und herzutigern. Ich hörte das Knarzen der alten Dielen und atmete flach und möglichst leise aus, ohne zu stöhnen. Mir tat wirklich alles weh.

»… aber wer denn dann? Ich meine, wer sonst hat ein Interesse daran, dass sie mit Pferden in Berührung kommt? Ich habe Jahre darauf verwendet, genau das zu verhindern. Glaubst du etwa, *Er* ist zurück? … Nein, ich bin nicht hysterisch! Du hast wissentlich die Büchse der Pandora geöffnet!«

Ich stutzte. An diesem Gespräch war ziemlich viel ziemlich merkwürdig! Nana gab zu, dass sie – Das war ja furchtbar! Und wer war Pandora? Ich musste weiter zuhören, ich konnte nicht anders.

»… Oh nein, Anyta. Das sehe ich nicht so. Ich schütze sie auf meine Art. Deine hat ja offensichtlich versagt. Du hattest deine Chance, und das war genau eine zu viel. Ich hätte sie dir nie geben dürfen. Nein, auch nicht um der Liebe unserer Kinder willen. Was weißt du schon! Es war alles gut, bevor du dich eingemischt hast!« Nana wurde wieder lauter. »NEIN … ich werde ihr NICHTS darüber erzählen. Ihre

Eltern ruhen in Frieden. Sie hatten einen Unfall. Mehr braucht sie nicht zu wissen. Und untersteh dich, daran zu rütteln! … Sie braucht keine andere Wahrheit als das … Doch! Das weiß ich in der Tat besser! … Er wird sie nicht finden, wenn sie aufhört, deinen Job zu machen! Lass sie in Ruhe mit deinen mystischen Schauergeschichten!«

Ich hörte, wie Nana das schnurlose Telefon in die Ladeschale knallte. Ihre Schritte kamen näher. Ich biss die Zähne zusammen, wetzte die Treppe hinauf, und als ich hörte, wie sie die Tür aufzog, machte ich auf dem Absatz kehrt und tat, als käme ich gerade von oben herunter. Das Protestbrennen in meinem Knie trieb mir das Wasser in die Augen, aber das fiel Nana entweder nicht auf, oder sie ignorierte es.

»Gut, dass du kommst.« Ihr Gesicht war rot und fleckig vor Aufregung, und sie wirkte kurzatmig. »Du hast eine Woche Hausarrest.«

»Ich … was?« Mir fiel alles aus dem Gesicht. »Hausarrest? Warum denn? Weil ich hingefallen bin? Weißt du, wie ungerecht das ist? Seit wann sind Strafen der Weg, um Probleme zu lösen?«

»Es ist nur zu deinem Besten«, blaffte Nana gereizt zurück. »Wir haben keine Probleme. Jetzt zieh die Hose aus. Wirf sie in die Wäsche und dann warte im Bad auf mich. Wir müssen die Wunde reinigen, bevor sich etwas entzündet.«

»Das kann ich allein«, schnauzte ich zurück. »Ich brauche deine Hilfe nicht.« Ohne Rücksicht auf das rasende Brennen in meinem Bein rannte ich noch einmal nach oben. Ich hoffte, dass meine Füße schneller waren als dieser Kloß in meinem Hals. Diesen Triumph gönnte ich ihr nicht.

In meinem Kopf drehte sich alles. Ich schloss mich im Badezimmer ein und heulte die Kacheln an. Meine eigene Großmutter hatte mich all die Jahre glauben lassen ... eine Woche ohne Arion ... – wie sollte ich ihr je wieder vertrauen? ... wieso redete niemand mit mir? Was verschwiegen die mir alle? ... Was für eine Gabe? Was für ein *Er*?

Ich putzte mir die Nase mit Toilettenpapier, weinte weiter und wiederholte das Ganze. Ich verstand nicht einmal die Hälfte. Aber eins war klar: dass Nana mich manipuliert hatte. Sie hatte es selbst zugegeben. Sie wollte mir meinen keltischen Glücksbringer wegnehmen, und um den Tod meiner Eltern rankte sich irgendein dunkles Geheimnis. Aber ich würde es schon herausfinden. Alles! Auch das Ding mit Pandora. Sobald ich hier raus war.

Nach einer Weile zog ich mir vorsichtig die Jeans aus, so weit es ging. Alter, tat das weh! Und jetzt? Der Stoff klebte fest an meinem Bein.

Halb nackt, mit heruntergelassenen Hosen, watschelte ich in die Dusche und stellte das Wasser an. Die Sachen mussten ja sowieso in die Wäsche, also konnte ich mich auch gleich komplett einweichen. Ich hatte nur nicht damit gerechnet, dass das Wasser so auf meiner Haut brannte, und zwar am meisten an den Händen, dem Ellbogen und natürlich dem verräterischen blöden Knie. Dabei hatte ich noch nicht mal mit Seife angefangen. Eine braunrote Suppe strudelte in den Ausguss.

Ich stellte den Strahl so kühl, wie ich es aushielt, griff tapfer zu Shampoo und Duschgel und wusch mir Gesicht und Haare. Vielleicht ging es leichter, wenn ich mich nicht die ganze Zeit auf den Stoff konzentrierte und auf das, was ihn an meinem Bein festhielt.

Ich schütze sie auf meine Art ... Sie braucht keine andere Wahrheit als das ... Eponas Zeichen ... Wieso reagierte Nana so auf Arion?

Woher kannte sie das Amulett? Ich hatte es ihr nie gezeigt! Spionierte sie mir nach? Wühlte sie in meinen Sachen? Aber ich trug es ja ständig, es ergab alles keinen Sinn. Irgendwas fehlte. Ich versuchte verzweifelt, Ordnung in meine Gedanken zu bringen.

Nana hatte das anonyme Päckchen schon gleich an meinem Geburtstag entsorgen wollen … Ich konnte mir einfach keinen Reim auf all das machen, was ich vorhin mit angehört hatte, es war, als ob mir eine ganze Lichterkette aufging, und trotzdem blieben zwischendurch ein paar Lämpchen hartnäckig dunkel. Am meisten beschäftigte mich, was zwischen den Zeilen gesagt worden war – oder was mir vom anderen Ende der Leitung verborgen geblieben war … Auf jeden Fall kannten meine Großmutter und Anyta Kuret einander wesentlich besser, als mir bis eben bewusst gewesen war. Das war der Hammer. Und nicht nur das: Selbst Anyta wusste anscheinend mehr als ich über den Tod meiner Eltern – von wegen, die Vergangenheit ruhen lassen! Nana verschwieg mir eine ganze Menge. Ich musste dringend mit ihr reden, sie ganz direkt darauf ansprechen. Ich war kein kleines Kind mehr, verdammt noch mal, man musste mich nicht vor der Wahrheit schützen. Das war meine Familie!

»AU!« Die Schwerkraft hatte mein vollgesogenes Hosenbein entklebt und riss den letzten Hautfetzen mit ab. Jetzt lief frisches Blut den Abfluss hinunter. »Ohhh«, stöhnte ich.

Das sah hässlich aus. Ich betrachtete die gezackten, in mehreren Farbnuancen hellrot schimmernden Wundränder und entschied, dass ich sauber genug war. Behutsam stieg ich aus der Dusche und trat auf das Handtuch, das ich mir zurechtgelegt hatte. Wenn ich ein großes Pflaster über die Schramme klebte, würde es bestimmt trotzdem gehen mit dem Reiten übermorgen. … *meine Reitstunde! Die fiel ja auch in die Woche Hausarrest! Na, das würden wir noch sehen!*

Es klopfte. »Darf ich reinkommen?«

»Nein! Hau ab! Lass mich in Ruhe!«, schrie ich die geschlossene Tür an. Erst musste ich mich beruhigen. Vorher hatte reden überhaupt keinen Sinn.

Ich hob die triefnasse Jeans auf und wrang sie aus. Dabei stieß ich an das Medaillon, das ich zum Duschen auf das Waschbecken gelegt hatte. Es fiel auf den Badezimmerteppich und gab seinen Inhalt frei. *Epona.* Einen Moment lang starrte ich sie an. Wie unschuldig und göttlich sie da auf dem Pferd saß, und wie hingebungsvoll ihr Gefährte und sie einander betrachteten.

»*Du* hast mir das alles eingebrockt! Mein ganzes Leben ist ein einziges Chaos!«, zischte ich und hob sie auf. Mit aller Kraft holte ich aus. Ich wollte sie gegen die Wand schleudern. Aber es ging nicht. Das hatte sie nicht verdient. Und meine Eltern erst recht nicht. Die hingen ja mit drin, buchstäblich.

Im letzten Moment lenkte ich den Wurf gegen die Bademäntel, die an der Tür hingen. Epona wurde sanft aufgefangen und landete auf meinem Pulli. »Verdammt, verdammt, verdammt!«, heulte ich.

Ich riss das Schubfach mit dem Verbandsmaterial auf und wühlte eine Schere und Pflaster heraus. Und wohin hatte Nana schon wieder mein Kokosöl geräumt? Das benutzte ich normalerweise für meine Haare, damit sie nicht so splissten, und es stand *immer* auf der Ablage. *Immer!* Ohhhhh, ich war so wütend! So verletzt … enttäuscht … alles auf einmal.

11. Wahrheiten

»… Du kannst es nicht aufhalten. Es passiert, ob du willst oder nicht. Du kannst sie nur schützen, wenn du ihr die Wahrheit sagst. Was, wenn er sie sucht … und findet? Denn das wird er!« Anytas Stimme überschlug sich.

»Er wird sie nicht finden, wenn sie aufhört, deinen Job zu machen! Lass sie in Ruhe!« Zitternd vor Zorn drückte Margarete Philipp auf die rote Taste. Dann knallte sie das Telefon in die Ladeschale. Am liebsten hätte sie es zum geschlossenen Fenster hinausgeworfen. Sie starrte den Hörer an. Sie musste sich beherrschen. Anytas Worte hallten in ihren Ohren nach. Sie hatte Kopfschmerzen. Ihr Puls raste, und ihr war schwindelig. Setzen. Sie musste sich setzen. Aber das ging nicht. Sie durfte jetzt nicht an sich denken. Godje war verletzt worden. Sie fuhr herum und starrte die geschlossene Tür an, als könnte die ihr Auskunft darüber geben, was im Verborgenen lag. Wo steckte das Kind? Hatte Godje etwas von dem Telefonat mitbekommen? Laut genug war es gewesen. Lieber Gott, hoffentlich nicht. Lass nicht zu, dass dieses ganze Drama von vorn beginnt. Lass es bitte nicht zu! Sie hätte das Amulett gleich entsorgen sollen, noch bevor Godje das Päckchen geöffnet hatte, schalt Margarete sich. Sie hatte gewusst, was es enthielt, als sie die geschwungene Handschrift erkannt hatte. Nach all der Zeit …

Und doch hätte sie geschworen, dass Anyta etwas damit zu tun hatte. Das Verrückte war, sie glaubte ihr, dass es nicht so war. Und wenn

Anyta die Wahrheit sagte, wenn sie nichts mit dem Päckchen zu tun hatte, dann stimmte vielleicht auch das andere, was Anyta gesagt hatte. Dass er sie finden würde, früher oder später. So wie er Chloe gefunden hatte. Und Cora.

Was war das für ein Schmied? Womöglich einer von seinen Handlangern? Anyta achtete immer auf feinfühlige und verständnisvolle Pferdemenschen … Nein, das war lächerlich. Jetzt sah sie schon Gespenster.

Margarete Philipp stöhnte leise und schüttelte den Kopf. Sie hätten wegziehen sollen. Damals. Als noch Zeit war. Am besten, Godje ließ sich eine Weile nicht auf dem Hof blicken. Sie musste es ihr klarmachen. Und zwar so, dass sie nicht wagen würde, sich darüber hinwegzusetzen. Kurz und schmerzlos. Sie musste es auf sich nehmen, dass Godje sie dafür hassen würde … nein! Sie schüttelte den Kopf. Nein, das würde sie nicht ertragen! Das nicht.

Vor ihren Augen tanzten Punkte, ihr wurde schummerig. Kleine, kalte Schweißperlen traten auf ihre Stirn, als sie sich mit Mühe am Tisch festhielt und schwer auf den nächstgelegenen Stuhl fallen ließ. Sie wusste, dass Anyta recht hatte. Godje musste gewappnet sein! Sie musste lernen, viele Dinge lernen. Es war zu spät. Sie musste mit ihr reden, ihr alles sagen. Aber wie?

Margarete Philipp wischte sich abwesend mit einem Papiertaschentuch über Stirn und Mund. Eins nach dem anderen. Eine Woche Hausarrest hatte sie ihr auferlegt, und dabei würde sie bleiben. Das musste genügen, um zu sehen, ob … ob es eine Reaktion von der anderen Seite auf die Vorkommnisse gab. Danach war es an den Kureten. An Anyta. Und dann … Sie schloss die Augen.

»Dann stehe uns der Himmel bei.«

Ich hatte mich in meinem Zimmer eingeschlossen. Wenn sie Hausarrest wollte, konnte sie ihn kriegen. Wir würden ja sehen, wer mehr darunter litt.

Nana hatte mich belogen. All die Jahre. Und sie hatte ganz offensichtlich nicht vor, mir die Wahrheit zu sagen, woraus auch immer die bestand.

Aber ich war kein Kind mehr. Ich würde schon selbst herausfinden, worum es hier ging. Und ich ließ mich nicht von Arion trennen! Im Gegenteil zu Nana war er immer ehrlich zu mir gewesen. Er war mein Freund.

Ich fuhr meinen Computer hoch und fütterte die Suchmaschine zum x-ten Mal mit dem Begriff *Epona.* Zuerst fand ich die üblichen Hinweise zu einem Computerspiel. Das war sie nicht. Bei den Bildern tauchten zahlreiche moderne keltische Amulette auf, esoterischer Schnickschnack – keins war auch nur annähernd so schön wie meins. Es war, wie dieser Professor Schwarz geschrieben hatte: Wenn es echt war, war es offenbar ziemlich selten und unbekannt. Mein Posteingang blinkte. »Aufs Stichwort«, murmelte ich und überflog die Nachricht. Er hatte mir schon wieder gemailt und bat darum, sich das Amulett einmal ansehen zu dürfen. Ich zögerte, ihm zu antworten. Später. Irgendwann. Der Typ nervte inzwischen.

Ich war mir mittlerweile auch ohne seine Hilfe sicher, dass meine Brosche etwas ganz Besonderes und Einzigartiges war – so etwas hatten sonst nur Filmhelden oder Figuren in Büchern. Und irgendwie hatte ich auf einmal Angst, dass er mir das Amulett wegnehmen könnte. Weil es eine Antiquität war mit historischer Bedeutung oder so was. Gab es da ein Gesetz? Durften Wissenschaftler so etwas? Egal.

Ich klickte die E-Mail weg und scrollte weiter. Vielleicht stand ja im Netz irgendwo etwas, das ich noch nicht wusste. Aber die wenigen Fakten wiederholten sich. Immer wieder wurde Epona als Beschützerin der Pferde und der Pferdemenschen genannt, aber auch als Göttin der Fruchtbarkeit, der Wiedergeburt und des Überflusses, des Krieges und sogar als Vermittlerin zwischen dieser Welt und der Anderswelt erwähnt. Das war das Jenseits, an das die Kelten glaubten.

Außerdem galt sie als Überbringerin von Albträumen. Mir rieselte ein Schauer den Rücken hinab. Ich dachte an die Visionen von dem verfolgten Mädchen, die ich nicht nur einmal gehabt hatte.

Dargestellt wurde Epona als Pferdefigur, als Stute mit Fohlen, als Frau zu Pferd, allein oder mit ihrem Gefährten … genau wie auf meinem Glücksbringer. Nachdenklich knetete ich ihn zwischen meinen Fingern. Es ging noch weiter. In der Spätantike war Eponas Feiertag der 18. Dezember … Das war der Todestag meiner Eltern, mein eigentlicher Geburtstag.

Als einzige keltische Göttin wurde sie von den Römern vereinnahmt und lange Zeit quasi in ganz Europa verehrt, von Schottland bis Gallien. Sie soll die Schlüssel zu allen Türen der Unterwelt besessen haben. Und letztlich wurde sogar Stuttgart nach ihr benannt, der Stutengarten, in dem eines der wichtigsten und bekanntesten Epona-Heiligtümer belegt ist.

Ja. Das wusste ich alles schon.

Mehr aus Langeweile googelte ich den Namen Arion. Gattung einer Wegschneckenart. Ich kicherte. Eine Schnecke war der Schwarze ja nun nicht gerade. Dann gab es einen griechischen Dichter, dem Delfine das Leben gerettet hatten. Schon besser. Und … oh – mir stockte tatsächlich für einen Moment der Atem – Arion war ein unsterbliches, sprechendes Wunderpferd. *Das* klang nach meinem Schwarzen – Arion war der Sohn der griechischen Götter Demeter und Poseidon. Ich las weiter.

Demeter hatte eine ältere Tochter namens Persephone. Die wurde von Hades in die Unterwelt entführt, und obwohl sie trauerte, baggerte Poseidon sie ständig an. Damit er sie in Ruhe ließ, verwandelte sie sich in ein Pferd. Aber Hades fand sie – sie wurden Eltern von Arion, dem Pferd, und von Despoina, einem Mädchen, dessen eigentlicher Name nie genannt wurde. So verstand ich das, was ein antiker griechischer Historiker namens Pausanias aufgeschrieben hatte (wie witzig, dass es in der Antike schon Leute gab, die sich mit Geschichte beschäftigten).

Der Text ging noch ein bisschen weiter. Demeters zweiter Name war Chloe – wie der meiner Mutter. Manche Quellen vermuteten, dass der Kult um die keltische Epona sich irgendwann mit dem um Demeter vermischte und verwischte. Hmm.

Und wer war Pandora, wenn ich schon dabei war? Warum überraschte es mich nicht, dass sie auch zu den antiken Göttinnen gehörte? Allerdings ging es in den Artikeln vor allem um die sprichwörtliche Büchse der Pandora. Darin war das Unheil der Welt, Leid, Krankheit und Tod – aber auch die Hoffnung verborgen.

Blablabla … nur eine Redensart. Ich lehnte mich zurück und rieb mir über die Augen. Zu viel uralte, staubige Geschichte. Ich hätte jetzt gern einen Kakao getrunken. Aber ich saß in meinem Zimmer fest. Den Schlüssel hatte ich von innen umgedreht, aber so schnell würde ich nicht klein beigeben und hinaus zu Nana gehen. Meine Handflächen und der Ellbogen brannten immer noch ein wenig, und das Bein puckerte unangenehm.

Es klopfte.

»Ich will dich nicht sehen!«, blaffte ich die Tür an.

»Es tut mir leid. Ich habe überreagiert.«

»Nana, du kannst mich nicht ewig einsperren. Ich will mit Pferden zusammen sein. Mit Arion. Ich kann ihm helfen.«

»Godje, nein! Das ist viel zu gefährlich!«

Trotz der Dämpfung durch das Holz hörte ich das panische Zittern in Nanas Stimme. Aber ich ging nicht darauf ein. »Warum versuchst du mit allen Mitteln, mich von diesem Hof fernzuhalten?«

»Was hast du vorhin alles gehört?« Jetzt klang Nana erschrocken und zunehmend besorgt.

Ich schüttelte den Kopf, auch wenn sie das nicht sehen konnte. »Was hat es mit diesem Geheimnis auf sich? Und was haben meine Eltern damit zu tun?«

»Das kann ich dir nicht sagen. Du musst mir vertrauen.« Sie klang, als ob sie mit den Tränen kämpfte, und das konnte ich noch nie gut ertragen.

Mein Kinn zitterte. Ich schniefte. »Aber wie kann ich das noch, Nana?«

»Ich liebe dich, Godje. Ich würde nie etwas tun, das dir schadet.« Ihre Stimme brach, und ich hatte einen dicken Kloß im Hals. Wie gern hätte ich die Tür aufgerissen und wäre ihr in die Arme geflogen. Aber es ging nicht. Es ging einfach nicht.

»Ich *muss* mit Pferden zusammen sein, Nana. Ich muss einfach. Kannst du das nicht verstehen?« Meine Augen liefen über, und ich presste mir eine Hand in den Mund, damit ich nicht laut losplärrte wie eine Fünfjährige.

Eine Weile blieb es still. Ich hörte bis hierher, wie schwer sie atmete. Dann klapperte Geschirr. Sie ächzte schwer und räusperte sich. »Ich habe dir ein Tablett mit Essen vor die Tür gestellt. Lass es nicht zu lange stehen. Es wird kalt.«

Nana zog die Woche mit dem Hausarrest durch. Sie brachte mich mit dem Auto zur Schule und holte mich wieder ab. Die Sehnsucht nach Arion fraß mich auf. Wenn wir auf der Fahrt an den Weiden vorbeikamen und ich mir den Kopf nach ihm und den anderen Pferden verdrehte, nahm ich im Rückspiegel Nanas geblähte Nasenflügel und schweigend zusammengepresste Lippen wahr. Aber das hielt mich nicht davon ab.

Ein paarmal stahl ich mich heimlich auf den Dachboden, in der Hoffnung, dass ich ihn von dort oben wenigstens auf der Weide erspähen könnte. Einmal sah ich ihn. Allein, wie immer. Er blickte nicht in meine Richtung, natürlich nicht, woher hätte er auch wissen sollen, wo ich wohnte? Der Hengst stand in der Nähe des Tores, Blick und Ohren auf den Ausgang gerichtet. Er wartete auf mich, aber ich würde nicht kommen. In mir zerbrach etwas.

Ein paarmal klingelte das Telefon, aber nie bekam ich mit, wer es war oder worum es ging. Nana sprach superleise, ging in ihr Schlafzimmer oder die Küche – und sie machte neuerdings die Türen hinter sich zu.

Am dritten Tag rief Tessa an. Keine Voicemail, ein echter Anruf: Es musste also dringend sein. Ich wunderte mich vor allem, weil es kurz nach halb vier war – vor nicht einmal vierzig Minuten hatten wir in Mathe nebeneinandergesessen und danach noch im Auto. Nana hatte angeboten, sie mitzunehmen, und die beiden redeten und lachten und redeten, während ich stumm neben meiner ältesten Freundin saß und das unerreichbare Grün an uns vorüberzufliegen schien. »Ich hab das mit den Variablen nicht verstanden«, begann sie. »Kannst du's mir noch mal erklären? Ich komme rum, und danach gebe ich ein Eis aus, okay?«

»Du hast in der letzten Arbeit 'ne Eins geschrieben«, erinnerte ich sie. Irgendwas war da faul. »Außerdem habe ich Hausarrest. Das weißt du.«

»Deine Nana hat's erlaubt.«

»Hat sie Angst, dass ich vereinsame?«

»Jetzt sei nicht so, sie macht sich wirklich Sorgen.«

Ich schwieg.

»Hör mal, ich weiß, dass ich in der letzten Zeit nicht die beste Freundin war, okay? Tut mir leid. Ich verbringe eben so viel Zeit wie möglich mit Emil, das verstehst du doch, oder?«

Ich dachte an Arion und verzog den Mund zu einem schmerzlichen Grinsen. »Besser, als du glaubst.«

»Also geht da was mit Fynn?« Tessa sprudelte los, als hätte jemand den Wasserhahn aufgedreht. »Hab ich's doch gewusst! Oh, das freut mich für dich. Ich hab schon gedacht, du würdest irgendwie komisch auf mich Rücksicht nehmen, aber ich bin schon lange drüber weg, ehrlich. Das brauchst du ni–«

»Nein«, würgte ich sie ab. »Da läuft nichts. Wir sind einfach nur Freunde.«

Tessa kicherte.

Dann glaubte sie mir eben nicht. Ich zuckte unwillkürlich mit den Achseln. »Du, ich muss Schluss machen. Lass uns morgen reden, okay? Wir können ja mal wieder ins Kino gehen, wenn ich … den Kopf wieder etwas freier habe.«

Meine Wut verwandelte sich in Trotz. Na gut. Sieben Tage würden reichen, damit mein Bein und die Hände heilten. Ich schmierte sie täglich mit dem Kokosöl ein. Am achten Tag lag meine Reithose gewaschen, gebügelt und geflickt auf meinem Bett. Ich zog mir die Pferdeklamotten an und marschierte auf Anytas Hof.

Sie freute sich, mich zu sehen. Aber ihr Blick war streng. »Weiß Margarete, dass du hier bist?«

Ich nickte.

»Und sie ist einverstanden mit dem Unterricht?«

Ich hob die Schultern.

»Warte hier.« Anyta ging ins Haus.

Ich überlegte tausend Dinge, die ich sagen oder tun könnte, wenn Nana es mir verbieten sollte. Abhauen zum Beispiel, mich auf dem Heuboden oder bei Fynn verstecken. Wie lange konnte man wohl durchhalten, wenn man sich von Futtermöhren ernährte?

Als Anyta wiederkam, rief sie Oleg zu: »Sie sagt, es ist okay.«

Dann legte sie mir kurz die Hand auf die Schulter und sah mich ernst an. »Du brichst Margarete das Herz. Ist es das wert?«

Ein bisschen verkrampft nickte ich und starrte geradeaus. Ich zwang mich, nicht zu blinzeln, sonst hätte ich womöglich losgeheult.

Anyta musterte mich und nickte. Ein leichtes Lächeln umspielte ihre Lippen. »Das habe ich nicht anders erwartet.« Ihre Antwort irritierte mich einen Augenblick, genau wie das Lächeln. Aber ich hatte beschlossen, über nichts mehr nachzudenken, das nicht unmittelbar mit Arion zu tun hatte. Mit ihm zusammen zu sein war alles, was ich wollte. Darauf bündelte ich all meine Energie. Nichts anderes war wichtig. Ich blendete alles aus.

Die beiden ließen mich jetzt auch offiziell mit Arion arbeiten. Na ja – arbeiten war vielleicht zu viel gesagt. Aber ich durfte ihn bürsten und Bodenarbeit machen – parallel zu meinen Reitstunden. Neben Lady und Grand Boy bewegte ich unter Olegs Anleitung inzwischen auch einige Pensionspferde. Das waren dann weniger Reitstunden für mich als Therapieeinheiten für die Pferde. Und immer öfter gesellte sich auch Fynn zu uns. Gemeinsam gymnastizierten wir die Pferde – ritten über Stangen, machten Biegeübungen, und beide hörten mir aufmerksam zu, wenn mich das Gefühl überrollte, dass irgendwo etwas klemmte. Fynn. Er half mir, damit klarzukommen, meine Angst wegzuatmen, wenn ich spürte, was die Pferde spürten. Und er stellte keine blöden Fragen, die ich ihm eh nicht beantworten konnte.

Wir waren ein eingespieltes Team geworden. Ich beschrieb Oleg, was ich wahrnahm, wenn ich ein Pferd sanft berührte, seine Muskeln abstrich, wenn ich mit ihm durch die Halle ging oder es über den Platz führte. Fynn hielt mich einfach nur fest, wenn es zu schlimm war, was ein Pferd erlebt hatte. Wenn mich die Bilder verfolgten und ich Tränen weinte, die nicht meine waren. Oder wenn ich eine Brust brauchte, gegen die ich mit meinen Fäusten schlagen konnte, bis mir die Luft wegblieb. Er ließ mich gewähren, nie lachte er mich aus.

Fynn lebte mit seiner Mutter zusammen, die mit ihrem Mann aus England hergezogen war, als Fynn noch gar nicht auf der Welt war. Dann hatte er sie sitzen lassen und war verschwunden, und sein älterer Bruder war auch schon lange ausgezogen und machte ein Staatsgeheimnis aus seiner Adresse. Vielleicht verband uns auch das: die speziellen Familienkonstellationen. Das Einzige, was unausgesprochen zwischen uns stand, war mein keltisches Geheimnis. Das sonderbare Amulett, der geheimnisvolle Schlüssel zu all dem, was ich sah und spürte. Darüber konnte ich einfach nicht mit ihm reden. Meine Angst, ihn darüber zu verlieren, war zu groß, und ich war einfach nur froh, dass er mir keine Fragen stellte, die ich ihm nicht beantworten konnte. Er nahm mich so, wie ich war.

Manchmal lagen wir einfach nur stundenlang auf der Wiese und hörten den Pferden beim Grasen zu. Und es war genau, wie Oleg sagte: Mit Pferden zusammen sein, das war so viel mehr, als einfach nur zu reiten. Diese tiefe Verbundenheit, die ich dann fühlte, erfüllte mich – auch wenn es echt blöd klingt – mit Frieden.

Der brach allerdings schnell auseinander, wenn ich dann nach Hause kam. Die Stimmung dort war immer noch frostig.

Nana machte sich große Sorgen. Das war sonnenklar. Selbst ein Blinder mit Krückstock hätte es gesehen. Aber ihre ständigen Warnungen machten mich müde. »Setz den Helm auf.« »Zieh die

Weste an.« »Halt dich von Arion fern.« Gerade Letzteres konnte und wollte ich ihr auf keinen Fall versprechen.

Also vermieden wir die Themen Pferde, Anyta, Oleg und Hof, so gut wir konnten. Nur blieb ansonsten wenig übrig, wovon ich erzählen mochte. Unsere Unterhaltungen beim Essen beschränkten sich auf »Wie war Schule?« und »Gut«. Zwischen uns war eine Kluft entstanden, und wir wussten beide nicht richtig, wie wir sie überwinden sollten. Immerhin ließ sie mich machen. Dafür war ich ihr dankbar. Aber ich hatte ihr auch nicht wirklich eine Wahl gelassen.

Manchmal lud mich Anyta auf einen Tee ins Haus ein. Dann blieb ich noch ein bisschen nach dem Bewegen und dem Versorgen der Pferde. Oder ich kam früher, direkt nach der Schule. Sie bot mir sogar an, mir bei den Hausaufgaben zu helfen. Aber dann hätte ich ein noch größeres schlechtes Gewissen gegenüber Nana gehabt. Und gegenüber Fynn, mit dem ich immer noch das Alleinsein mied, zumindest außerhalb von Anytas Hof.

Mit Fynn konnte ich schweigen und mit den Pferden sein … alles andere war verwirrend. Ich blickte in Arions Augen und sah sein Bild vor mir. Die Grübchen, wenn er lachte, weil er mich wieder einmal erfolgreich auf den Arm genommen hatte. Die Adern an seinen Unterarmen, die hervortraten, wenn er einen Heuballen für mich trug. Unbewusst strich ich mir über den Bauch, der sofort unhörbar blubberte, sobald ich an ihn dachte.

Mit Arion war alles einfacher. Er war mein allerbester Freund. Ihm konnte ich mein Herz ausschütten, wenn ich Kummer hatte oder mir den Kopf darüber zermarterte, was das nun mit Fynn und mir war – oder auch nicht. Egal, wie kompliziert, Arion hörte zu. Er war da. Ich lernte von ihm alles über traumatisierte Pferde. Und er lernte mehr und mehr, mir zu vertrauen. Gedankenverloren strich ich ihm über die Stirn, die inzwischen fast weiß war. Mein Schwarzer wurde immer heller. Den Stichelhaaren im Gesicht und an den Flanken waren nach dem Durchhaaren im Frühling helle Inseln in den Achseln, in der Sattellage und an den Schultern gefolgt. Inzwischen überzog seinen ganzen Körper ein blaugrauer Schimmer.

Arion blubberte genießerisch und rieb seinen Kopf an meiner Handfläche. Dann drehte er sich um und sprengte mit ein paar mächtigen Sätzen ans andere Ende der kleinen, überdachten Longierhalle, in der wir gerade ein bisschen Freiarbeit machten. Okay, was Menschenkram anging, da musste ich meine Antworten wohl selbst finden.

»Hast ja recht«, sagte ich lachend und nahm spielerisch die Verfolgung auf.

Arion war so schön wie ein Gemälde, ich hätte ihn immer nur anschauen können, aber dazu fehlte mir die Zeit, denn ich musste jeder seiner Bewegungen mit meinem Körper beantworten, und er war naturgemäß erheblich schneller als ich. Ich liebte diesen Ort, er lag ein wenig abgeschieden im Windschatten der übrigen Gebäude. Es gab keine Seitenwände, nur ein niedriges Mäuerchen, das die Einstreu begrenzte, und darüber einen zweireihigen, stabilen Holzzaun aus runden, weißen Holmen. Man konnte alles sehen, was draußen passierte, und doch hatte man hier hinten seine Ruhe.

Arion folgte mir ohne Halfter oder Strick und machte jeden meiner Schlenker und Richtungswechsel mit, sogar rückwärts durch einen Flattervorhang, den ich uns gebastelt und über dem Hufschlag aufgehängt hatte.

»Also, was meinst du?« Oleg riss mich aus unserem Spiel. Ich hatte nicht bemerkt, wann er dazugekommen war. Er stand am Zaun und trug einen braunen Ledersattel über dem Arm. »Willst du es versuchen?«

»Was denn versuchen?«, fragte ich verdutzt und blieb stehen, um Luft zu schnappen. Aus dem Augenwinkel nahm ich wahr, dass Arion ebenfalls abgebremst hatte und wie ein Schatten dicht hinter mir stehen geblieben war. Der Wind strich sanft durch den Flattervorhang und bewegte die rot-weißen Bänder.

Oleg klopfte auf den Sattel. »Leg ihm den mal auf. Es wird Zeit, dass er sich an das erinnert, was er sonst noch kann.«

»Du meinst, ich soll –?« Mir stockte der Atem.

Oleg atmete tief aus. »Eins nach dem anderen. Erst wollen wir sehen, wie er auf den ersten Schritt reagiert.«

Ich wischte mir die Hände an meiner Reithose ab und nahm den Sattel über die Absperrung entgegen. Arion wich ein paar Tritte zurück. Unsicher sah er mich an.

»Alles gut, mein Großer«, versprach ich. »Schnuppere einfach. Lass dir Zeit.«

Der Hengst machte ein schnorchelndes Geräusch mit den Nüstern. Schließlich kam er einen Schritt näher. Ich legte ein Leckerli auf die Sitzfläche. Arion scharrte mit dem Huf und spitzte die samtweichen Lippen. Ich musste lachen. »Nein, das musst du dir schon holen. Ich geb's dir nicht.« Er schüttelte seine stellenweise immer noch lackschwarze Mähne und tänzelte um mich herum. Aber schließlich siegten Neugier und Appetit. Mit weit vorgestrecktem Kopf und langem Hals schnappte er sich die Belohnung. Ich platzierte ein weiteres Leckerli. Diesmal traute er sich schneller heran.

Er begann zu schnuppern und zu schnobern, leckte mit der Zunge über das Leder und kaute auf der Strippe eines Steigbügelriemens herum. Ich drehte ihm den Rücken zu und begann wieder loszulaufen. Neugierig trottete Arion mir hinterher. Als ich stehen blieb, blieb auch er stehen. Ich drehte mich ein bisschen einwärts und straffte die Schultern, sodass meine Körpersprache ihn am Weitergehen hinderte. Dann umrundete ich ihn. Er kaute aufgeregt, und es kostete ihn sichtlich Überwindung, nicht auszuweichen. Aber er hielt es aus, auch als ich ihn mehrmals wie zufällig mit dem Sattel berührte. Überschwänglich lobte ich ihn, streichelte ihn am Hals und legte den Sattel zurück auf den Zaun.

Oleg beobachtete jede unserer Regungen. »Das war gut. Lass uns mal sehen, wie er auf die Satteldecke reagiert.«

Die war überhaupt kein Problem. Ich konnte ihn damit am ganzen Körper abreiben, die Decke ausschleudern, herumwirbeln und auf seinem Rücken liegen lassen. »Jetzt den Sattel dazu?«, fragte ich.

Oleg nickte mit geschürzten Lippen. »Aber bleib vorsichtig.«

Ich nickte, legte mir den Sattel auf den Unterarm und begann wieder das Spiel von vorhin. Arion schnupperte neugierig am Sattel und verhielt sich ganz ruhig, als ich damit erneut um ihn herumwanderte. Ich atmete aus und hob den Sattel an, um ihn sanft auf den Pferderücken gleiten zu lassen. Aber das Leder hatte noch nicht die Decke berührt, da stand der Hengst senkrecht auf den Hinterbeinen. Ich hörte ein zischendes Geräusch. Aber bevor ich verstanden hatte, dass es von seinen Vorderbeinen stammte, die dicht an meinem Kopf vorbeiruderten, zog Oleg mich bereits am Kragen aus der Gefahrenzone und schob mich hinter sich. Im nächsten Moment tobte Arion buckelnd und bockend durch den

Longierzirkel, keilte nach dem Sattel aus, der jetzt im Sand lag, und auch in die Luft nach uns. So schnell war ich noch nie durch die Holme nach draußen geklettert.

Schließlich pfefferte Arion den Sattel mit einem gezielten Huftritt gegen den Zaun. Ich bückte mich, um ihn durch den Zwischenraum zu ziehen, und hob ihn auf. »Das sagt wohl deutlich, was er davon hält.«

Oleg kratzte sich über die Bartstoppeln. Wir sahen Arion dabei zu, wie er sich prustend und schnaubend wälzte, um Stress abzubauen. Dann stand er auf, schüttelte sich und blieb in einigem Abstand zu uns schwer atmend stehen.

»Ich dachte, er wäre schon weiter und endlich darüber hinweg.« Oleg nahm mir den Sattel ab, legte ihn über den Zaun und klopfte den Staub von den ledernen Pauschen.

»Worüber hinweg?«, fragte ich abgelenkt. Meine Eponabrosche machte pulsierend auf sich aufmerksam. Ich spürte die zunehmende Wärme auf meiner Haut.

»Der Beritt damals. Er hatte Satteldruck. Aber erst der Chiropraktor hat festgestellt, dass er enorme Schmerzen auch in der Wirbelsäule gehabt haben muss. Da war einiges verschoben, als ob er –«

»… sich damit überschlagen hätte«, beendete ich den Satz. Oleg hatte mir mal erklärt, dass Chiropraktoren im Gegensatz zu normalen Chiropraktikern eine wesentlich bessere und längere Ausbildung an der Uni durchliefen, aber das war grade total nebensächlich. Ich rieb mir über die Lider, um die Bilder wegzuwischen, die vor meinen Augen aufgeploppt waren: Arion mit scharfer Kandare im schaumigen Maul, mit viel zu eng verschnallten Riemen geknebelt, den Kopf mit Schlaufzügeln durch die Kandare bis auf die Brust heruntergezogen.

Das war verboten! Er hatte keine Möglichkeit gehabt, dem Druck des Reiters zu entgehen, außer zu steigen oder sich hinzuwerfen.

»Wie furchtbar«, stöhnte ich. »Was haben sie dir nur angetan?« Ich lehnte mich über den Holm, und Arion kam leise blubbernd zu mir. Er rieb seinen Kopf an meiner Schulter, so ruhig und zärtlich, als ob der Ausraster eben nie geschehen wäre.

12. Eis, Eis, Baby

Anyta Kuret ließ das Schreiben sinken. »Wir haben noch drei Monate«, sagte sie leise.

»Und dann?« Oleg sah sie über den Rand seiner Kaffeetasse an.

»Dann wäre der perfekte Zeitpunkt für ein Wunder. Wir bekommen den Kredit nicht weiter gestundet. Wenn ich die Raten nicht zahlen kann, pfänden sie uns den Hof buchstäblich unterm Hintern weg.«

»Mit allem, was sich darauf und darin befindet?«, brummte Oleg und rührte sich einen Löffel Zucker in den Kaffee.

»Ich schätze, sie fangen bei den beweglichen Gütern an«, flüsterte sie. »Das ist so üblich.«

»Das heißt, sie versteigern die Pferde«, übersetzte er.

Anyta nickte. »Es sei denn, wir kommen ihnen zuvor.«

»Du weißt, dass –«

Sie unterbrach ihn unwirsch. »Er will die anderen nicht. Er ist einzig an Arion interessiert. Der Hengst ist das Teuerste, was ich besitze. Ich habe geschworen, dass ich ihn nie verkaufen würde, erst recht nicht ihm. Aber vielleicht kann ich diesen Schwur nicht halten.«

Oleg stellte seine noch fast volle Tasse in die Spüle und ließ kaltes Wasser hineinlaufen. »Also bauen wir uns ein Wunder.« Er setzte seine Mütze auf und ging nach draußen. Im Türrahmen hielt er noch einmal inne. »Die Sonne scheint. Nimm dir ein Beispiel daran. Jeden Tag geht sie unter. Aber am nächsten geht sie wieder auf, als ob nichts geschehen wäre, und macht ihren Job von vorn.«

»Und den macht sie gut«, sagte Anyta Kuret leise. Sie wischte sich eine Träne von der Wange wie eine lästige Fliege. Entschlossen steckte sie das Schreiben von der Bank zurück in den Briefumschlag. Dann ging sie zum Telefontischchen hinüber. Sie zog das Ablagefach auf und holte das alte Adressbuch heraus. Hauptsache, die Nummer stimmte noch.

Ich hatte eine Idee. Aber die war so gewagt, dass ich davon lieber weder Oleg noch Anyta etwas erzählen wollte. Die hätten mich für verrückt erklärt – und schlimmer noch: Sie hätten es mir garantiert verboten.

»Du willst was?« Fynn sah mich an, als hätte ich ihm vorgeschlagen, auf einem Einrad nach Mexiko zu fahren.

»Ich will ausprobieren, ob Arion mich ohne Sattel reiten lässt«, wiederholte ich und versuchte, dabei total gelassen auszusehen, obwohl mir das Herz selbst schmerzhaft gegen die Rippen hämmerte.

»Arion? Ohne Sattel?« Er warf seinen Schwamm so schwungvoll in den Seifeneimer, dass wir beide Spritzer abbekamen. Wir saßen in der heißen Junisonne auf dem Hofplatz, reinigten Pferdeputzzeug und tranken Limo.

»Ja.«

Kopfschüttelnd angelte Fynn nach einem verkrusteten Hufkratzer und schlug den Dreck ab. »Und warum soll ausgerechnet ich dabei zuschauen, wie du dich umbringst?«

»Tessa und die anderen können kein Blut sehen.« Ich lächelte zuckersüß. »Und irgendjemand muss ja meine Einzelteile aufsammeln und zu Nana rüberbringen.«

Er riss die Augen auf. »Weiß sie etwa davon?«

»Bist du verrückt?«

Wir starrten uns an. Fynn senkte den Blick als Erster. Er zuppelte Ewigkeiten an dem Lederbändchen des Hufkratzers herum. Dann sah er endlich hoch. »Gut. Ich mach's.«

»Jaa!« Jubelnd schlang ich meine Arme um ihn – und rückte gleich wieder einen halben Meter ab.

Er grinste. »Dafür hab ich aber was gut.«

»Das klären wir, nachdem wir wissen, ob ich überlebe.«

Er seufzte. »Einverstanden, du Pferdeflüsterin.«

»Jetzt fang du auch noch an.« Spielerisch zielte ich mit meinem Striegel nach ihm. Aber er duckte sich kichernd, und wenn nicht, ich hätte ihn sowieso nicht getroffen. Meine Wurffähigkeiten kamen gleich nach Spanisch. Ich war mehr der Mathetyp.

»Braucht ihr noch lange?«

»Hi, Maria! Das ist ja eine Überraschung!« Ich strahlte sie an. Es war das erste Mal, dass eine meiner Freundinnen sich hierher verirrte, seit Tessa nicht mehr mit Fynn zusammen war.

Sie musterte uns und begrüßte mich mit einer angedeuteten, steifen Umarmung. »Ihr stinkt nach Pferd. Alle beide.« Dann wandte sie sich an Fynn. »Ich dachte, wir wollten Eis essen gehen? Du hast gesagt, heute würde es dir passen.« Die Art, wie sie *wir* sagte und mich dabei ansah, ließ keinen Zweifel, dass dies kein Dreierdate werden sollte. Anscheinend hatte nicht nur ich grünes Licht von Tessa bekommen, und ich hatte meine Chance ungenutzt verstreichen lassen. Wer nicht will, der hat schon. Trotzdem versetzte es mir einen Stich.

Fynn glotzte ungläubig auf seine Uhr. »Oh Mist. So spät schon?« Entschuldigend sah er mich an.

Ich winkte ab. »Alles okay. Ist ja nicht mehr viel. Ich räume das auf. Na los, haut ab.«

»Kommst du denn nicht mit?« Erstaunt sah Fynn zwischen Maria und mir hin und her. Maria schaute auf ihre Stiefelspitzen und zeichnete damit kunstvolle Kreise in den Sand. Kunst war ja auch nicht so meins.

»Ich habe keine Zeit«, schwindelte ich. »Hat Maria dir das nicht erzählt?«

Ich fing einen dankbaren Blick von ihr auf. Sie ging Fynn voraus zu den Fahrrädern.

Auf halbem Weg drehte er noch mal um und kam zu mir zurück. »Ich weiß, dass du gelogen hast. Dann zucken deine Augen nämlich immer. Ich find's blöd, dass du nicht mitkommst.« Er zwinkerte mir zu. »Morgen am Round Pen? Halb drei? Aber wenn du überlebst, musst *du* mit mir Eis essen gehen.«

Ich nickte und wurde rot. Keine Ahnung, warum.

Fynn wartete meine Antwort gar nicht ab, sondern rannte zurück zu Maria. Also hatte er es vielleicht gar nicht mitbekommen. Hoffentlich. Die beiden winkten mir zu und radelten vom Hof.

Das passte mir gar nicht. Also, Eis mochte ich schon. Aber – lieber Himmel. War ich eifersüchtig?

»Godje?«

Ich fuhr herum. Anyta stand am Fenster und winkte mich herüber. »Du sollst nach Hause kommen. Deiner Großmutter geht's nicht gut.«

Als ich ankam, stand ein Notarztwagen vor der Tür. Ein Mann in weißen Hosen und weißem T-Shirt kam heraus und lächelte mir aufmunternd zu. »Bist du die Enkelin?« Ich nickte benommen.

»Was ist passiert?«

»Alles im grünen Bereich. Sie muss auf ihr Herz aufpassen und sich ein paar Tage schonen. Sorg dafür, dass sie nichts hat, worüber sie sich aufregt. Wird schon wieder.« Der Nächste, der mich anzwinkerte. Was war denn heute los? Ich ließ den Arzt stehen und rannte ins Haus.

»Nana?« Sie lag mit geschlossenen Augen auf dem Sofa. In ihrer Armbeuge klebte ein Pflaster, und auf dem Wohnzimmertisch standen allerlei Fläschchen und Tabletten.

Die Hauswirtschafterin, die seit Neuestem zweimal in der Woche im Haushalt half, kam gerade mit einem Wasserglas aus der Küche. »Lass sie schlafen«, bat sie.

»Ich bin wach«, widersprach Nana und setzte sich auf.

»Wie geht es dir?«, fragte ich und kniete mich neben sie. Sie strich mir liebevoll eine Haarsträhne aus dem Gesicht, ihre Hand zitterte leicht.

Sie sah so zerbrechlich aus, und ich schämte mich für all den Streit und die meisten Gedanken, die ich in den letzten Wochen gehabt hatte.

»Ich will dich nicht verlieren«, rutschte es mir heraus, und das war die Wahrheit.

»Ach was«, wehrte Nana ab. »Ich hab nicht vor, verloren zu gehen.«

Die Haushälterin machte ein undefinierbares Geräusch. Nana verscheuchte sie mit einem Stirnrunzeln. Widerwillig verschwand sie in der Küche und räumte laut klappernd die Spülmaschine aus.

»Mein Kreislauf spinnt ein bisschen rum. Aber ich habe den Doc davon überzeugen können, dass ich mich hier zu Hause viel besser erholen kann als in einem langweiligen Krankenhaus. Vielleicht habe ich meine Medikamente ein bisschen zu unregelmäßig genommen und mich ein wenig überanstrengt. Aber jetzt haben wir ja Tilda.« Sie nickte mit dem Kinn in Richtung Küche und zwinkerte mir lächelnd zu. »Sogar auf Rezept.«.

»Ich hab immer nur an mich gedacht«, sagte ich. Meine Augen schwammen.

»Und das ist auch gut«, schimpfte Nana. Ihr Ton wurde ernst. »Pubertät muss so. Jetzt hör auf, dir Vorwürfe zu machen. Aber vielleicht siehst du jetzt ein, dass uns Anyta und diese verflixten Pferde beinahe auseinandergebracht hätten.«

Ich starrte sie an. »Die *Pferde* sind doch nicht schuld daran …«

Sie schüttelte stur den Kopf und zupfte eine Fluse von ihrer Wolldecke. »Das muss aufhören. Versprich mir, dass das wieder aufhört. Dann kann ich sicher schnell gesund werden. Ich mache mir einfach zu große Sorgen um dich. Das wird nicht gut enden.« Sie nahm meine Hände und hielt sie fest.

»Nana, ich …« Was sollte ich sagen? Ich konnte doch nicht …

Meine Gedanken flogen zu Arion, zu Lady und all den Patienten, denen Anyta und Oleg wieder auf die Beine halfen. Ich dachte an all das, was sie mir beigebracht hatten, und daran, wie sich mein

Leben innerhalb des letzten halben Jahres komplett gedreht hatte, und riss mich aus ihrem Klammergriff.

»Ich hab dich furchtbar lieb, Nana …« Meine Stimme war mehr ein Krächzen. Ich hatte einen Kloß im Hals von der Größe eines Fußballs, und ich konnte nur noch unscharf sehen. Wütend wischte ich mir die Tränen vom Gesicht. »Aber die Pferde sind mein Leben.« Ich stand auf und ging wie betäubt in mein Zimmer. Ich klammerte mich an der Eponabrosche um meinem Hals fest. Sie pulsierte warm und beständig. Ich musste an das Mädchen im Sumpf denken. *Ich war nicht allein. Ich musste nur Vertrauen haben. Dann würde alles gut. Natürlich würde es gut enden.* Zumindest hoffte ich das.

Nana schlief, als ich mich hinausschlich. Nur die Haushälterin streckte ihren Kopf aus der Küche. »Ich bin mit Fynn verabredet«, erklärte ich. Und als sie mich verständnislos ansah, fügte ich hinzu: »… ist ein Schulfreund … Hausaufgaben … und wir wollen ein Eis essen … später.« Ich lief schon wieder knallrot an. Schwindeln konnte ich einfach nicht. Sie nickte und zwinkerte vergnügt. Die Dritte heute, die mich anzwinkerte! Ich verdrehte die Augen und zog leise die Tür hinter mir zu, um Nana nicht zu wecken.

Meine Reitsachen hatte ich in meinen Rucksack gestopft. Ich hatte beschlossen, die künftig in der Sattelkammer zu lagern. Dort konnte ich mich prima umziehen. Dann roch ich auch nicht so nach Pferd, wenn ich nach Hause kam. Ich wollte Nana wirklich nicht beunruhigen. Aber ich musste das tun, was sich richtig anfühlte. Für mich. Für die Pferde. Ich wurde gebraucht auf diesem Hof. Ich konnte helfen. Ich konnte Arion helfen.

»Du bist dir sicher?«

Ich nickte. Entschlossen trat ich einen Schritt auf den Grauen zu. Ich schluckte die Riesenmenge Spucke hinunter, die auf einmal in meinem Mund war, und zwang mich, ruhig zu atmen.

»Wir haben einfach Spaß zusammen, so wie immer, okay?«, flüsterte ich ihm zu und kraulte seinen Hals unter der Mähne. Das Amulett auf meiner Brust pulsierte warm und beständig vor sich hin. »Alles gut«, versprach ich uns beiden.

Arion sah mich erwartungsvoll an. Ich begann unser übliches Begrüßungsspiel. Dazu streichelte ich ihn von allen Seiten, bat ihn mit kleinen Gesten, meinen Fingern auszuweichen oder auf mich zuzukommen. Zwischendurch hüpfte ich neben ihm auf und ab, hielt mich dabei spielerisch an seinem Widerrist fest und beobachtete seine Reaktion darauf. Selbst als ich mich vom Boden abdrückte und bäuchlings auf seinen Rücken legte – alles cool.

Etwas außer Atem sah ich zu Fynn. Er hielt den Daumen hoch. Also machte ich weiter.

Ich schickte Arion in beiden Richtungen und allen Gangarten auf dem Hufschlag außen um mich herum. Der Hengst spielte immer mit einem Ohr in meine Richtung und kaute, aufmerksam und zufrieden. Was würde ich mir als Nächstes von ihm wünschen?

Fynn brachte mir einen Hocker und meinen Helm herein. Arion trabte völlig gelassen weiter, auch als ich mich draufstellte. Er war so wunderschön! Und total entspannt. Ich war unglaublich stolz auf ihn.

Nun war es Zeit, ihn für den nächsten Schritt zu mir zu rufen. Ich ließ meine Schultern hängen, drehte mich ein wenig von ihm weg und neigte den Kopf. Sofort bremste der Graue ab. Schnaubend kam er auf mich zu. »Du bist ein Goldstück«, lobte ich ihn und streichelte ihm über die Nase. »Dann wollen wir mal, oder?« Ich hob die beiden Führstricke auf, die ich mir als Zügel zusammengeknotet hatte, hakte sie auf beiden Seiten des Stallhalfters ein und warf sie über seinen Kopf.

Mit fliegenden Fingern schloss ich den Kinnriemen meiner Reitkappe. Dann legte ich in Zeitlupe ein Bein über seinen Rücken.

Arion stand wie eine Eins.

Ich zwang mich, weiter zu atmen. Immer schön ein und aus. Regelmäßig und langsam. Bis tief in den Bauch, betete ich vor mich hin. Solange du tief und ruhig atmest, vermittelt ihm das Vertrauen, es zeigt ihm, dass alles in Ordnung ist.

Der Hengst kratzte sich mit der Schnute am Vorderbein und schüttelte sich gelangweilt die Mähne aus dem Gesicht.

Vorsichtig ließ ich mich auf seinen Rücken gleiten.

Arion zuckte nicht einmal.

Ich packte ein Büschel silberner Mähnenhaare, schnalzte leise und verlagerte mein Gewicht minimal nach hinten. Das genügte. Ohne zu zögern, trat er an und ging in kräftigem Schritt unter mir los. Seine Ohren waren wie Antennen auf mich ausgerichtet.

Das Gefühl, seine warmen, kraftvollen Muskeln unter mir zu spüren, war unbeschreiblich.

»Wahnsinn«, hörte ich Fynn leise sagen.

»So würde ich das auch bezeichnen.« Das war Olegs Stimme. Ach, du Sch… Erschrocken flog mein Kopf zu ihm herum. Seit wann stand er da?

Fynn hob die Schultern und schnitt eine entschuldigende Grimasse.

Arion geriet für einen Moment aus dem Takt. Seine Rückenmuskeln wurden zu einem Brett. Er verspannte sich. Erschrocken hielt ich die Luft an.

»Konzentrier dich«, befahl Oleg. »Nicht klammern. Locker sitzen. Mach noch einen Richtungswechsel, und dann komm runter da. Das reicht für heute. Und atme, Herrgott noch mal, atme aus!«

»Alles gut«, flüsterte ich dem Pferd zu, entließ die Luft aus meinen Lungen und sog neue durch die Nasenflügel bis tief in meine Brust. Mein Herz schlug mir bis zur Kehle hinauf. Arion entspannte sich, sobald ich wieder ruhig wurde. Ich atmete aus, legte mich ein winziges bisschen in die Kurve, und wir wechselten durch den Zirkel, als hätten wir nie etwas anderes gemacht.

Überglücklich ließ ich mich von Arions Rücken auf den Boden gleiten. Auch wenn meine Knie ein bisschen wackelten, als ich ihm das Halfter abstreifte – ich hatte ein dämliches Grinsen im Gesicht, das ich einfach nicht kontrollieren konnte. Ich drehte mich zu den anderen, ganz egal, wie grimmig Oleg mich fixierte. Fynn erwiderte mein Strahlen und riss den Daumen hoch, geschickt in Olegs totem Winkel.

Arion nahm meine Bewegung als Signal, dass er entlassen war. Er schlurfte zwei Schritte durch den tiefen Boden in der Mitte, schaufelte mit den Vorderhufen ein bisschen Sand auf und ließ sich mit wohligem Stöhnen nieder, um sich ausgiebig zu wälzen.

Ich tauchte unter dem Zaun durch und wappnete mich für mein Donnerwetter.

»Seit wann geht das hier schon so?«, polterte Oleg los, sobald ich vor ihm stand. »Bist du lebensmüde? Du reitest noch nicht mal ein halbes Jahr und meinst, du kannst den Hengst kontrollieren? Begabung hin oder her – spinnt ihr?«

Fynn zog stellvertretend den Kopf ein. »Das war das erste Mal«, murmelte er.

Oleg sah zu mir. »Ist das wahr?«

Ich nickte kleinlaut. »Er hat nur einfach Angst vor Sätteln und Trensen. Er hat seine Erlebnisse und die Schmerzen vom Beritt und vor dem Schmied damit verknüpft. Nicht mit dem Reiten an sich.«

Oleg wischte sich mit den Händen übers Gesicht. Kopfschüttelnd sah er mich an. »Du weißt wirklich nicht, was du da tust, oder?«

Ich hob ängstlich die Schultern. Würde er mich jetzt vom Hof jagen? Aber das würde ich nicht mit mir machen lassen! Ich würde mit Anyta reden. Ich würde immer wiederkommen, egal, wie oft er mich fortschickte. Wenn es sein musste, würde ich –

»Morgen um zwei will ich euch in der großen Halle haben. Arion und dich.«

»Was?« Entgeistert starrte ich ihn an.

»Jetzt bring das Pferd auf die Koppel, und dann will ich dich für heute hier nicht mehr sehen. Ich muss nachdenken. Gute Besserung an Margarete … oder nein … sag besser nicht, dass du … Ach, du machst ja sowieso, was du willst.«

Hatte ich das richtig gehört? Ich sollte morgen Arion in der Halle reiten? »Aber –«

Fynn zupfte an meinem Ärmel. »Halt einfach die Klappe«, zischte er mir zu. »Und jetzt komm. Ich hab mir mein Eis verdient.«

13. Göttinnen und Schokolade

»Lass es sie mit Arion versuchen.«

Anyta Kuret starrte aus dem Fenster. Ihr Blick ging über die Weiden, die Halle, den Hof. Ein paar Hühner stritten sich um einen frisch gefallenen Haufen Pferdeäpfel. Sie stoben auseinander, als ein dicker Mercedes mit Pferdeanhänger auf den Hof fuhr. Anyta winkte abwesend lächelnd dem Fahrer und seiner Begleitung zu. »Na gut«, sagte sie nach einer Weile.

»Die Stolzenbergs sind da, um DaVinci abzuholen. Sag ihnen, ich komme gleich. Ich muss noch kurz telefonieren.«

Sie drehte sich erst um, als Oleg die Tür hinter sich zugezogen hatte. Dann ging sie zum Kamin hinüber und hob die daraufstehende antike goldene Uhr an. Mit einem leisen Seufzen zog sie die Visitenkarte darunter hervor. »Es tut mir so leid«, raunte sie.

Stockend wählte Anyta Kuret die Nummer, die handschriftlich in dunkelblauer Tinte auf der Rückseite der Karte stand.

Es tutete. Lange. Doch gerade als sie erleichtert auflegen wollte, klickte es. »Hallo?«

»Ich bin es.«

Dann kamen die Männer. Sie traten mit wurfbereiten Waffen aus dem Nebel. Ihre Mienen waren hasserfüllt und kämpferisch, ihre Augen funkelten mordlüstern. Doch als sie die Schimmelstute und ihre Reiterin sahen, änderte sich alles. Sie wichen zurück. Der Erste beugte die Knie. Die anderen taten es ihm nach. Einer von ihnen war Gydes Onkel. Sie sah, wie seine Kiefermuskeln arbeiteten, als wolle er den Knochen durchbeißen. Aber er senkte den Kopf, so wie alle anderen. Unsicher standen sie da, wagten nicht, die Dame auf dem Pferd anzusehen, verharrten in der Bewegung. Sie wirkten fassungslos, eingeschüchtert, wussten nicht, was sie tun sollten. Einer nach dem anderen ließen sie die Waffen fallen oder schleuderten sie von sich. Noch nie hatte das Mädchen die Männer so erlebt.

Die Hunde dagegen wedelten mit den Ruten und winselten aufgeregt.

Gyde wagte kaum zu atmen. Unwillkürlich rückte sie etwas auf Abstand von der Dame hinter sich. Denn eine Dame musste sie sein. Doch die Fremde legte ihr beruhigend die Hand auf den Unterarm. Wo ihr langes blondes Haar das Mädchen streifte und die verletzte Haut berührte, schlossen sich die Wunden, und die Kratzer verblassten. Nur ein angenehmes Kribbeln blieb zurück. Das Mädchen zitterte. Gyde wäre am liebsten abgestiegen und fortgerannt. Aber sie kam nicht vom Fleck. Sie vergrub ihre Finger in das samtige Fell der Stute.

Die lebendige Wärme der Stute beruhigte sie etwas. Doch ihr Atem ging weiter stoßweise, und das Herz hämmerte unregelmäßig in ihrer Brust.

»Gib sie uns heraus!«, wagte ihr Onkel endlich zu sprechen. Trotzig reckte er sein Kinn.

»Nicht, das ist Epona«, raunte einer in der Menge. »Lass gut sein. Gehen wir.«

Ich schreckte hoch. Über uns im Kirschbaum zwitscherten ein paar Amseln. Die Sonne schien, und ein paar Wolken dümpelten träge im blauen Himmel. Arion rupfte emsig das saftige Gras der Sommerweide und schlug ab und zu mit dem Schweif nach ein paar allzu vorwitzigen Fliegen.

Überall Ruhe und Idylle – und ich war fix und fertig. Es war das erste Mal seit Wochen, dass ich wieder diesen inneren Film gesehen hatte. Nein, falsch, nicht einfach nur angesehen – ich war mittendrin gewesen. Auch jetzt noch fühlte ich das warme Fell der Schimmelstute unter meiner Hand. Dabei hatte ich Arion nicht einmal berührt. Das war neu. Bis eben hatte ich gedacht, ich wäre sicher vor diesen Bildern, solange ich kein Pferd unter der Stirnlocke kraulte. Dem war offenbar nicht so. Nicht mehr. Vielleicht war es wie bei einer Krankheit, die sich langsam ausbreitete und neue Symptome zeigte? Ich schauderte.

Ich hatte mich mit meinen Spanisch-Hausaufgaben auf die Wiese zurückgezogen und musste weggedämmert sein. Das konnte schon mal passieren bei so vielen unregelmäßigen Verben. Ich kriegte diese Vergangenheitsformen einfach nicht in meinem Schädel sortiert.

Mein Mund war trocken, und im Magen war mir ganz flummig. Ich klaubte meine hinuntergerutschten Arbeitsblätter zusammen, bevor sie weggeweht wurden, und klappte das Spanischbuch zu. Das wurde jetzt eh nichts mehr.

»Epona«, murmelte ich. Arion spitzte die Ohren und kam zu mir. Freundlich stupste er mich mit seinem riesigen, immer heller werdenden Schädel an. Das war seine Art, mir zu zeigen, dass er gestreichelt werden wollte. Ich musste lachen. »Eigentlich bist du auch nur ein zu groß geratener Schoßhund, oder?«

Ich atmete tief durch. »Was würdest du tun, wenn du etwas wissen willst, aber nicht weißt, ob du das, was du dann findest, wirklich wissen willst? Verstehst du, was ich meine?«

Arion schnaubte, und ein feiner Sprühregen ging auf meinen Unterarm nieder. »Iieh! Du Waschbär.« Ich rieb mit dem Arm über sein glänzendes silbernes Sommerfell und machte mich sauber. »Ach, was soll's«, sagte ich und holte mein Smartphone heraus. *Gyde* tippte ich ein. »Friesischer Vorname. Bedeutung: Gott.« Ich runzelte die Stirn. Aha? Was bedeutete eigentlich Godje, wenn ich schon mal auf so einer Seite war? »Friesischer Vorname. Bedeutung: Gott« stand da. Das war ja ein komischer Zufall. Oder hatte sich die Seite aufgehängt? Ich versuchte es noch zweimal, mit demselben Ergebnis. Dann rief ich eine andere Seite auf. »Goda, Gode, Godelind, Godiva, Godja, Godje …«, die Liste ähnlich klingender Vornamen war schier endlos. Gyde war einer der letzten. Ich kehrte zu einem anderen Namen zurück, bei dem mein Medaillon sanft vibriert hatte. »Godiva«, murmelte ich und folgte dem Link.

Als Erstes ploppten Bilder einer Schokoladenfirma auf. Das gefiel mir! Wovor hatte ich eigentlich Angst gehabt? Schokolade. Sehr gut. Kein Wunder, dass mein Herz bei diesem Namen schneller geschlagen hatte. Ich scrollte weiter und kicherte nervös. Das wattrige Gefühl in meinem Bauch kehrte ohne weitere Vorwarnung zurück: Das Logo dieser Schokoladenfirma zierte eine langhaarige, nackte Frau auf einem Pferd. Ich wählte die nächste Seite aus, und dann fuhr mein Magen Achterbahn, mir wurde schwindelig, und doch konnte ich nicht aufhören zu lesen.

Es ging um eine Lady Godiva. Sie hatte im elften Jahrhundert gelebt und wurde heute noch in der Grafschaft Coventry in

England verehrt. Weil sie ihren Mann dazu gebracht hatte, dem hungernden Volk die Steuern zu erlassen.

Dem Earl Leofric war die Not der Menschen egal gewesen. Ich sah ihn vor mir, er war auf einmal da, in meinem Kopf begann die nächste ganz private Filmvorstellung.

Ein großer, dicker Kerl in prächtig bestickter, mittelalterlicher Kleidung mit komischen Strümpfen. Godiva kniete vor ihm und flehte. Aber er verhöhnte sie und sagte, die Steuern würde er erst senken, wenn sie splitterfasernackt durch die Stadt ritt. Seine Kälte kroch mir unter die Haut. Die Härchen an meinen Unterarmen stellten sich auf.

Die Szene wechselte, und da war sie: auf einem prächtigen, mit Blumen geschmückten Schimmel, barfuß und nackt. Ich fühlte die Kälte und den Wind, genauso wie die Wärme des Pferdekörpers an ihren Beinen. Und ich roch den Gestank der Abfälle auf den Gassen.

Die Hufe des Schimmels sanken bei jedem Schritt in den Matsch ein. Sie kamen langsam voran.

Godiva reckte das Kinn nach oben und sah geradeaus. Ich wusste, dass sie einen Fixpunkt am Horizont suchte, an dem sie sich festhalten konnte. Ihre Hände waren in die weiße Mähne ihres Pferdes gekrallt. Ich spürte, dass seine Wärme ihr Halt und Kraft gab. Sie hatte furchtbare Angst. Sie schämte sich, aber sie hatte ihr Ziel fest im Blick.

Alle Leute, an denen sie vorbeikam, sahen beschämt weg oder drehten sich um. Mütter hielten ihren Kindern die Augen zu. Ein in Lumpen gekleideter Vater knuffte seinem barfüßigen Sohn mit den Fingerknöcheln gegen den Kopf. Der kleine Tom hatte zwischen den Fingern hervorgeschielt. Beide verbeugten sich tief.

Aber ihr Mann, der dicke Earl, war am meisten beeindruckt. Er stand an einem großen glaslosen Fenster – vielleicht war es auch ein Balkon, das konnte ich nicht so genau erkennen – und sah schweigend auf den Marktplatz herab. Er würde sein Wort halten. Die Steuern wurden erlassen.

Vor meinen Augen wurde es gleißend hell, und ich war wieder auf der Weide. Die Sonne schien mir ins Gesicht, und ich strich mir Gänsehaut von den Armen. Verwirrt blinzelte ich und sah Arion an.

Er stand ganz dicht neben mir, den Kopf gesenkt, und blubberte leise, als wollte er wissen, ob alles in Ordnung war. Aber nichts war in Ordnung. Dieses andere Pferd … auch wenn es schneeweiß war … auf mich hatte es wie ein eineiiger Zwillingsbruder von Arion gewirkt – oder eine Schwester.

»Hast du das auch gesehen?«, fragte ich heiser und kraulte ihn am Kinn. Arion behielt es für sich.

Wieder einmal blieb ich allein mit all meinen Fragen. Ich öffnete das Medaillon und starrte auf das kleine keltische Amulett, das warm und weich in meiner Handfläche pulsierte. *Was sollten mir all diese Bilder sagen? Was hatten sie mit mir zu tun? Mit meinen Eltern? Ich brauchte so dringend jemanden zum Reden. Aber wem konnte ich wirklich vertrauen?*

Nana wollte ich nicht belasten. Es ging ihr zwar gesundheitlich wesentlich besser. Aber sie hatte mir auch immer wieder deutlich zu verstehen gegeben, dass sie nicht mit mir über Pferde, Anyta Kuret oder über die Vergangenheit sprechen wollte. Und ich war mir mehr als sicher, dass das auch für das Mittelalter und … noch frühere Zeitebenen galt.

Wir waren uns fremd geworden. Ich konnte so wenig mit ihr teilen. Das machte mich sehr traurig.

Anyta Kuret wiederum beharrte darauf, dass sie Nana nicht vorgreifen wolle – es war wie bei einer Katze, die sich im Kreis drehte und versuchte, in ihren Schwanz zu beißen. Ich hatte keine Chance!

Und meine Freunde? Ich war ihnen so schon spooky genug. Und dass Fynn mich seit Neuestem bewunderte, wollte ich auch nicht mit meinen Wahnvorstellungen aufs Spiel setzen. Ich bekam jetzt jeden Tag Reitunterricht. Oleg gab uns manchmal Doppelstunden. Er hatte akzeptiert, dass ich bis auf Weiteres Arion eben ohne Sattel ritt. Dadurch verbrachten Fynn und ich noch mehr Zeit bei und auf den Pferden und miteinander. Das war schön. Punkt.

Ich schaute auf meine Uhr und rappelte mich auf. »Na, komm, Großer, sonst schlafe ich hier noch ein, und wir verpassen unsere Reitstunde. Stress mit Oleg ist das Letzte, was ich gebrauchen kann. Lass uns gehen. Das geht sonst von deiner Massagezeit ab.« Arion trottete brav neben mir her in Richtung Hof.

»Ach, hier seid ihr!« Fynn kam uns entgegengelaufen und öffnete das Koppeltor. »Wir sollen uns beeilen. Anyta hat irgendwelche wichtigen Gäste, und die sollen uns beim Reiten zusehen.«

Ich schluckte. Ich würde Arion mein Leben anvertrauen – das hatte ich ja im Winter bereits getan, wenn man so wollte. Aber Zuschauer und Fremde? Das waren gleich zwei Dinge, die mich sehr nervös machten. Doppelt nervös also.

»Wir schaffen das, oder? High Five!« Fynn grinste mich an und hob seine Hand.

Ich verzog meine Mundwinkel zu einem verunglückten Lächeln und schlug ein. »Und was wollen die?«

Er zuckte mit den Schultern. »Keine Ahnung. Geht wohl um Geld.« Er grinste. »Um viel Geld, glaube ich. Anyta sah ziemlich nervös aus – und sie hat ein Kleid an.«

»Ein Kleid?« Ich grinste zurück. »Das muss ich mir anschauen. Na, dann.«

Arion hasste Sättel immer noch. Aber wir hatten einen guten Kompromiss gefunden. Oleg hatte mir eines Morgens eine Art dick gepolsterte Reitdecke aus Teddyplüsch mit Pauschen und Steigbügeln hingelegt. »Baumlos. Probier mal«, brummte er, als ob das alles erklären würde.

Das Ding war federleicht und sah aus, als hätte ein Designer die Zeichnung einer wenig begabten Sechsjährigen zum Vorbild genommen. Arion fand den baumlosen Fellsattel toll. Ich saß wie auf Wolken. Der einzige Nachteil war, dass man super im Gleichgewicht bleiben musste, denn wenn nicht, rutschte man zusammen mit dem Ding unter den Pferdebauch. Das erlebte ich einmal, und das reichte mir – vor allem Fynns Gelächter dazu.

Wieder hatte ich etwas gelernt. Der *Baum* war so etwas wie eine Klammer, die einen normalen Sattel dort hielt, wo er hingehörte: im vorderen Drittel des Pferderückens, links und rechts vom Widerrist. Aber Arion mochte nun mal keine Bäume auf seinem Rücken. Dafür wurde meine Balance vom Reiten ganz ohne Sattel immer besser.

Ich atmete tief durch, ignorierte meinen rasenden Puls und meine heißen Ohren und führte Arion unter den interessierten

Blicken von fünf Menschen hinter dem Zaun entlang auf den kleinen Springplatz. Ich lenkte ihn zu einem quaderförmigen Hindernisblock, den wir hier draußen immer als Aufstiegshilfe benutzten.

Sobald ich auf ihm saß, wurde alles gut. Einer der Gäste machte anscheinend eine Bemerkung. Ich hörte Gemurmel und dann Anytas Antwort, klar und deutlich: »Das machen wir immer so. Unsere Reiter müssen nicht beweisen, was für Akrobaten sie sind. Wir schonen lieber den Rücken der Pferde.«

Wir ritten los. Zunächst mit ein paar Aufwärmrunden im Schritt, außen um den Platz herum. Ich versuchte, mich nicht an Fynn zu hängen, sondern wählte die untere Hälfte des eingezäunten Rechtecks, etwas weiter weg von den Menschen. Arion sollte sich erst in Ruhe an die Zuschauer gewöhnen können – und mir tat das auch gut.

Sein Sommerfell glänzte wie poliertes Silber. Ich wusste, was für einen tollen Eindruck er machte, und bat ihn, seinen Hals schön rund zu biegen. Arions Mähne flog im Wind, als wir mit weit ausladenden Schritten am langen Zügel an den Leuten vorbeitrabten.

»Der Hengst ist ein Paradebeispiel dafür, wie wir hier arbeiten«, schnappte ich auf. »Er galt jahrelang als unreitbar und gefährlich. Das Mädchen hat den Durchbruch erzielt. Wie Sie sehen, reitet sie ihn nur mit Halfter, ohne Gebiss und auf einem Sattelkissen.«

Ich lächelte in mich hinein. »Anyta gibt mit uns an«, wisperte ich Arion zu. »Ich glaube, sie ist superstolz auf dich.«

Seine Ohren spielten wie Antennen in meine Richtung, als ich ihm mit den Fingern über die seidigen Mähnenhaare am Widerrist kraulte.

»Wollen wir ihnen mal zeigen, was wir können?« Er war mit seiner Aufmerksamkeit komplett bei mir und ich bei ihm. Darum sahen wir auch nicht den Sportwagen auf den Hof fahren, als wir angaloppierten.

Es war keine große Sache. Nur für einen Moment blendete uns der gleißende Chrom und lenkte mich ab.

Arion machte einen Satz zur Seite. Nichts Schlimmes, ich hatte ihn sofort wieder, er verließ sich auf mich. Aber ich verlor einen meiner Steigbügel.

Nervös sah ich zu Fynn. Lady und er zogen weiter oben entspannt und gleichmäßig ihre Schaukelpferdzirkel. Ich schloss für einen Moment die Augen. Das konnten wir auch. Wir waren so oft ganz ohne Steigbügel geritten, alles kein Problem. Wiederhaben wollte ich das Ding trotzdem. Ich hangelte mit dem Fuß nach dem klappernden Metall. Aber ich bekam es nicht zu fassen. Wieso kam ich da nicht rein? Vor uns lag eine Pfütze. Oleg hatte den Platz gewässert, damit die Gäste nicht vollstaubten.

Perfekt für uns, ein Spiegel!

Unauffällig dirigierte ich Arion in diese Richtung, um mein Spiegelbild als Orientierungshilfe zu nutzen.

Und dann traf mich fast der Schlag: Es war nicht da. Und Arions auch nicht.

Was ich stattdessen für einen Sekundenbruchteil im Wasser aufblitzen sah, war ein ungesatteltes schneeweißes Pferd mit Rosenblüten in der Mähne.

»Oh bitte, nicht jetzt«, flüsterte ich panisch. Noch eine Vision konnte ich jetzt wirklich nicht gebrauchen. Das Amulett auf meiner Brust glühte warnend. Aber das begriff ich erst hinterher.

Bis zu diesem Moment hatte ich keine Ahnung, welchen Lärm ein Ferrari machen kann, wenn jemand den Motor abwürgt und gleich danach beim Start das Gas aufheulen lässt. Arion auch nicht. Die Härchen an meinem ganzen Körper standen senkrecht, genau wie das Pferd unter mir. So hoch war er noch nie gestiegen. Aber so sehr hatten wir uns auch noch nie erschrocken.

Arion tat, was alle Fluchttiere in so einer Situation tun: Er folgte seinem Instinkt und floh – möglichst schnell und weit von der möglichen Gefahrenquelle weg. Mir blieb nur, mich eisern festzuhalten, damit er mich mitnahm. Im gestreckten Galopp rasten wir quer über den Platz.

Immerhin hatte ich auf einmal meinen Steigbügel wieder. Mein Blick flog zu Oleg. Er verzog keine Miene. Nur sein Zeigefinger deutete einen Kreisbogen an.

Irgendetwas in mir verarbeitete den Hinweis.

Kreisbogen.

Natürlich.

Das war das Erste, was man lernte, wenn es darum ging, ein durchgehendes Pferd wieder unter Kontrolle zu bringen.

»Ganz ruhig, Arion. Ist schon wieder gut«, redete ich auf ihn ein und bemühte mich gleichzeitig, ihn zu einem Zirkel zu überreden und möglichst ruhig weiterzuatmen. Er ließ sich tatsächlich lenken. Er achtete auf mich. Es gelang!

Nur leider sprang uns da eine ziemlich hohe Hecke mitten in den Weg. Zumindest kam es mir so vor. Und jetzt? Ich schloss die Augen.

14. Der Mann im Ferrari

Der rote Ferrari bog im Schritttempo in den kleinen Stichweg ein. Der Mann am Steuer war nicht zum ersten Mal hier. Allerdings lag sein letzter Besuch schon eine Weile zurück. Damals war Winter gewesen. Jetzt trugen die Bäume Blätter, und die Vögel sangen. Zumindest vermutete er das. Der Motor des Sportwagens war das einzige Geräusch, das er hörte. Er sah sie auf den Zweigen sitzen und aufgeschreckt davonstieben, als er sich näherte. Er nahm es ohne Regung zur Kenntnis. Sein Wagen hatte diese Wirkung auf viele Tiere.

Der Mann zog die Handbremse an und nahm den Gang heraus. Es lohnte nicht, den Motor auszuschalten. Es würde nicht lange dauern.

Er stieg aus und griff nach dem braunen Umschlag, den er in der Innentasche seines schwarzen Sakkos bei sich trug. Einen kurzen Moment lang betrachtete er ihn.

Das Papier war verwittert. Lange war es der Sonne ausgesetzt gewesen. Aber das machte nichts. Die blaue Schrift war frisch. Und auf den Inhalt kam es an. Er würde sein Ziel erreichen und seinen Zweck erfüllen.

Nur zwei Worte standen darauf.

Für Godje.

Nichts weiter.

Das genügte.

Wie immer.

Die Briefkastenklappe in der Haustür schlug leise klimpernd hinter dem Umschlag zu. Der Mann ging zurück zu seinem Fahrzeug und kletterte hinein. Er hatte noch ein weiteres Ziel, gleich nebenan. Der Motor heulte auf, als er Gas gab. Zwei Krähen stiegen schimpfend von einer hohen Kiefer auf. Was kümmerten ihn die Vögel?

Ich musste an den alten Skifahrerwitz denken. Die schworen, dass ihnen der Baum, den sie unfreiwillig umarmt hatten, ganz plötzlich mitten auf die Piste gehüpft war. Genau solch ein Rätsel der Natur war mir diese Hecke auf dem Reitplatz. Die gehörte hier nicht hin. Wir waren nur noch drei Galoppsprünge entfernt. Zu nah, um zu bremsen oder auszuweichen, wenn ich nicht Arions oder meine Gesundheit riskieren wollte. Ich hing am Leben. An meinem und an seinem. Also war abspringen auch keine Option. Oder doch?

Es ist erstaunlich, wie viele Wahrnehmungen, Gedanken und Entscheidungen innerhalb von drei Galoppsprüngen nebeneinander Platz finden. Ich kam mir vor, als hätte ich bewusstseinserweiternde Drogen genommen. Zumindest stellte ich mir die Wirkung ähnlich vor.

Dieser Mann im Anzug, der nun aus dem blöden Ferrari stieg, hatte keine gute Chemie. Er verströmte etwas Dunkles, und das lag nicht nur an seinem schwarzen Anzug. Wie bescheuert außerdem, so etwas bei diesem Wetter anzuziehen!

Noch zwei Galoppsprünge.

Die drei Leute, die bei Anyta und Oleg standen, das waren Geldgeber. Vielleicht für einen Kredit. Vielleicht wollten sie etwas kaufen.

Den Hof? Arion? Das wusste ich nicht, aber wie unser Ritt hier ausging und was sie davon hielten, das würde unsere Zukunft beeinflussen. Ich spürte es. Und ich sah es an Anytas ängstlichem Blick und der Art, wie sie ihre verschränkten Arme vor dem Bauch knetete.

Nur noch ein Galoppsprung.

Olegs Blick konnte ich nicht deuten. Ich musste eine Entscheidung treffen. Wenn wir stürzten, würden wir uns alle Knochen brechen. Zumindest ich, da war ich mir sicher.

Ich hörte eine Stimme in meinem Kopf, die ich schon einmal wahrgenommen hatte: »*Vertrau ihm. Glaub an ihn. Dann wird alles gut.*«

Also vertraute ich.

Und glaubte.

Ich schloss die Augen.

Arion drückte sich kraftvoll ab.

Er flog. Die Zeit blieb stehen. Eine Sekunde lang. Zwei. Ich spürte den Wind in meinen Haaren.

Und wir landeten – weich wie geschmolzene Schokolade.

Mein Herz hämmerte so heftig gegen meine Rippen, und ich keuchte so laut, dass ich Fynns Indianergeheul nur aus weiter Ferne hören konnte.

Dann stimmte ich mit ein. Arion legte daraufhin noch mal einen Zahn zu, aber als ich ihn beruhigend streichelte, verlangsamte er schließlich sein Tempo und fiel in einen ruhigen Trab. Er war schweißnass. Auch mir klebte alles am Körper. Ich gab ihm die Zügel lang, und nach zwei weiteren Runden um den Platz konnte ich ihn endlich zum Schritt durchparieren. Arion schnaubte. Fynn trabte auf uns zu. »Crazy Shit, was 'ne Show.«

So konnte man's auch sehen. Ich schlug erleichtert in seine erhobene Hand ein. Insgeheim war ich den Tränen nah und heilfroh, dass ich nicht sofort absteigen musste. Meine Knie zitterten wie angeschubster Wackelpudding.

»Interessant«, sagte eine Stimme hinter uns, und ich bekam sofort eine Gänsehaut. Selbst Fynn guckte komisch. Es war der Typ im Anzug. An seiner linken Hand glänzte ein fetter blauer Siegelring. Affig.

Unverhohlen musterte der Mann Arion und mich und nickte. Anscheinend gefiel ihm, was er sah. Was bildete der sich ein? Der konnte doch nicht einfach auf den Reitplatz laufen?! Ich machte den Mund auf, um etwas zu sagen. Doch als er Oleg mit strammen Schritten auf sich zumarschieren sah, tippte er sich kurz an den Hut, schlenderte betont gelassen zu seinem Wagen zurück, sprang elegant über die kniehohe Absperrung und stieg ein.

Diesmal war ich gewarnt, als er den Motor startete. Arion tänzelte ein bisschen herum und prustete, aber er hörte auf mich und ließ sich schnell wieder beruhigen.

»Gut gemacht«, lobte Oleg schnaufend, als er uns erreichte. »Was wollte der?«

»Keine Ahnung«, sagte Fynn an meiner Stelle.

Der alte Stallmeister war grau im Gesicht. Wegen unseres gigantischen Heckenhüpfers oder wegen des seltsamen Kerls?

»Wer war das?«, fragte ich und eroberte mir mit etwas Mühe die Zügel zurück, die Arion mir fast vollständig aus der Hand gekaut hatte. Die beiden Pferde kasperten miteinander herum. Fynns Stute quietschte empört und tänzelte, als Arion an ihren Nüstern schnupperte.

Oleg winkte ab. »Niemand von Bedeutung. Reitet die Pferde noch ein paar Runden im Schritt trocken und dann bringt sie auf die Ausläufe am Haus zurück.« Er zwinkerte uns zu, ganz offensichtlich bemüht, locker zu wirken, und schob die beiden Tiere mit einer Geste auseinander. »Auf zwei verschiedene, bitte. Ich glaube, Anyta möchte ein Wörtchen mitreden, was den Nachwuchs unseres Champions angeht.« Ich Schaf. Vor lauter Hecken und Siegelringtypen hatte ich gar nicht registriert, dass Arion mehr als interessiert an Lady war.

»Ha, ha«, machte Fynn ironisch, schenkte mir einen Seitenblick und entfernte sich mit seiner Stute.

Ich war insgeheim froh, dass ich dadurch einen Moment für mich gewann. Ich musste erst mal zur Ruhe kommen und mich sortieren. Das war alles ganz schön viel auf einmal. *Sprach* Epona jetzt etwa schon zu mir? War sie so eine Art Schutzengel für mich? Oder für Arion? Oder drehte ich einfach nur durch? Wer war dieser Typ? Oleg schien ihn zu kennen und nicht besonders zu mögen … Was lief hier?

Mein Hirn qualmte. Allein kam ich nicht weiter. Verstohlen musterte ich Fynns Rücken auf dem anderen Zirkel. Ich wusste, dass er schon lange geduldig darauf wartete, dass ich ihn tiefer ins Vertrauen zog. Wenn ich nur nicht so eine Angst davor entwickelt hätte, dass er mich als Freak abstempeln würde, sobald er wusste, womit meine Pferdeversteher-Fähigkeiten wirklich zusammenhingen. Das von den anderen Visionen, denen mit Gyde und der Schimmelreiterin. Und von meinem magischen antiken Amulett.

Nicht Fynn, sagte eine Stimme in mir. Doch eine zweite widersprach, und der stimmte ich zu. Ich jedenfalls würde schreiend vor mir davonlaufen.

Ich biss einmal davon ab, dann hielt ich Arion meine letzte Möhre hin. Knurpsend und schmatzend zermalmte er sie. Pferd müsste man sein. Seine Welt war schon längst wieder in Ordnung. Vielleicht sollte ich mir von dieser Haltung eine Scheibe abschneiden. Vielleicht aber auch nicht. Arion wollte gekratzt werden. Jetzt. Völlig in Gedanken rubbelte ich ihm über die Stirn unterm Schopf, und er schubberte sich genüsslich an meinen Fingern. Der kleine Haarwirbel pulsierte. Es war zu spät, meine Finger zu lösen. Dann begann die Welt, sich um mich zu drehen.

»Nicht, das ist Epona«, raunte einer in der Menge. »Lass gut sein. Gehen wir.«

»Epona«, nahmen andere den Namen auf und reichten ihn ehrfürchtig weiter.

Der Onkel schlug die Arme fort, die an dem grob gewebten Ärmel seines Leinenhemdes zupften und ihn fortziehen wollten. Breitbeinig blieb er stehen.

Epona sprach leise, mit verhaltenem Zorn. »So geht ihr mit meinen Geschenken um? Sie ist mein. Ich bin sie, und sie ist ich, seit dem Anbeginn der Zeit und über alle Zeiten hinaus.«

Gyde wand sich. Sie verstand nicht, um was es hier ging. Das alles war noch viel unheimlicher als ihre Flucht durch den nächtlichen Sumpf.

Aus dem Augenwinkel nahm sie eine plötzliche Bewegung wahr. Sie erstarrte. »Vorsicht!«, krächzte sie heiser.

»Ich sagte: Gib sie mir zurück.« Der Onkel hatte seinen Speer aufgehoben und hielt ihn drohend in die Höhe.

Genauso plötzlich, wie die Bilder gekommen waren, verschwanden sie wieder, und ich wurde in die Gegenwart zurückgeschleudert.

Arion war mein Fels in einem aufgewühlten Meer. Keuchend hielt ich mich an ihm fest. Der Hengst stand ganz still. Ich wartete, bis mein Puls sich wieder beruhigt hatte und die Doppelbilder vor meinen Augen verschwanden. Mir war übel. Das alles war mehr als gruselig.

»Godje?« Anytas Stimme schallte körperlos über die Anlage. Grübelnd und erschöpft verabschiedete ich mich von meinem wunderbaren grauen Traumpferd und trat die Suche an. Hatte ich mir nur eingebildet, dass sie mich gerufen hatte? Der dicke Mercedes, mit dem unsere geladenen Zuschauer gekommen waren, stand immer noch mitten auf dem Hof. Aber es war kein Mensch zu sehen. Der Putzplatz lag verlassen da, Fynn oder Oleg hatten bereits die Sachen weggeräumt.

Ich wollte noch schnell die Krümel vom Hufeauskratzen wegfegen, da ging die Tür auf, und alle traten hinaus.

»Dann sind wir uns also einig?«, hörte ich Anyta fragen, und einer der Männer bestätigte das und gab ihr die Hand. »Von uns aus ist der Handel perfekt. Wir haben genug gesehen und alles, was wir brauchen«, sagte er.

Sie begleitete die beiden Anzugträger und die Frau im Kostüm zum Wagen. Ihre Anstrengungen, mit den spitzen, hohen Absätzen nicht in den Fugen des Kopfsteinpflasters hängen zu bleiben, sahen extrem albern aus. Aus dem Augenwinkel sah ich, wie Oleg grußlos an der Gruppe vorbeistapfte und ein paar Meter weiter irgendetwas auf Polnisch vor sich hin murrte. Welche Laus war ihm denn über die Leber gelaufen?

Oh, Shit, jetzt hatten sie mich bemerkt. »Ah, da ist ja das Pferdetalent!«, begrüßte mich einer der Typen. Jetzt war es zu spät zum Wegschleichen. Das hätte ich mir früher überlegen müssen.

Mist. Ich nickte halbherzig.

»In der Tat! Da ist sie.« Anyta kam gut gelaunt zu mir herüber, legte einen Arm um meine Schulter und stellte mich vor. »Das ist Godje Philipp Sie ist nicht nur eine begnadete Reiterin, wie Sie ja feststellen konnten – sondern vor allem auch ein Therapietalent. Sie versteht, wie gepeinigte Pferde denken und fühlen – und ich hoffe, dass ich ihr«, sie lächelte gewinnend in die Runde, »mit Ihrer freundlichen Unterstützung nach dem Schulabschluss einen wirklich guten Job bei uns anbieten kann.« Jetzt zwinkerte sie mir zu, während sie weiter mit den Stadtmenschen redete. »Ausgebildet ist sie ja quasi schon.«

Was? Ich konnte gerade noch verhindern, dass ich ein komisches Geräusch von mir gab oder mir die Kinnlade hiunterklappte.

Wenn sie das ernst meinte, was sie eben gesagt hatte, dann … Wie cool! Megacool!

Die Frau in den High Heels lachte. »Na, wenn das keine Referenz ist! … Eine Spitzenempfehlung«, raunte sie mir erklärend zu, als sie meinen verständnislosen Blick sah. »Wirst du den Hengst begleiten?«, fragte sie. »Du hast ja tolle blaue Augen. Sind das Kontaktlinsen?«

Ich schüttelte den Kopf. Jetzt begriff ich wirklich gar nichts mehr. Ich starrte Anyta an.

»Wenn sie es einrichten kann«, antwortete sie an meiner Stelle und legte mir eine erstaunlich kühle Hand in den Nacken. Sie lächelte, aber ihre Augen und der feste Griff ihrer Finger warnten mich. »Im Moment muss sie viel für die Schule lernen.«

»Ja, das geht natürlich vor«, erwiderte die Frau fröhlich.

»Wohin denn begleit–?«, setzte ich an.

Der Druck verstärkte sich noch. »Später«, sagte Anyta leise und wir winkten den dreien zu, als sie ins Auto stiegen. Da erst ließ sie mich los.

»Was sind das für Leute? Was habt ihr verhandelt?«, drängte ich, als sie endlich aufhörte, dem Fahrzeug hinterherzuschauen, und sich zu mir umdrehte. Ich rieb mir über den schmerzenden Nacken.

Auf einmal hatte ich ein komisches Gefühl.

Ein ganz komisches.

Jetzt kam auch noch Fynn angelaufen. »Was ist denn mit Oleg los?«

Anyta verdrehte die Augen. »Nichts! Himmel, manchmal muss man Entscheidungen treffen, die zum Wohle aller sind, richtig?«

Sie sah mich an. Ihre Augen leuchteten wieder, aber ihre Stimme war immer noch eine Spur zu schrill. »Die Leute waren von der Bank. Sie haben unseren Kredit aufgestockt, weil sie unser Zentrum hier für förderungsfähig erachten. Und mehr als das: Wir stehen kurz davor, einen Projektpreis zu bekommen, mit dem die regionale Wirtschaft und die Ausbildung von jungen Talenten unterstützt werden soll. Sie haben sich für uns entschieden. Für dich, Godje. Es muss nur noch ins Reine geschrieben werden. Ein Grund zum Feiern, oder?«

»Es geht um mich?« Ungläubig schüttelte ich den Kopf. »Müsstest du mich da nicht zuerst fragen?«

»Und wo ist der Haken?«, mischte sich Fynn ein. »Es hat doch einen Grund, wenn Oleg sich auf sein Fahrrad setzt und ohne ein Wort davonbraust. Das hat er noch nie getan.«

»Es gibt keinen«, widersprach Anyta heftig. »Er hat eben manchmal seine Launen.«

Ich zuckte zusammen. Sanfter fuhr sie fort: »Dieses Geschäft bringt nur Vorteile – für uns alle. Wir können investieren mit dem Geld: Ich träume schon so lange von einem Therapieschwimmbecken für die Pferde. Wir könnten Margarete fragen, ob du auf dieses fantastische Pferdeinternat gehen darfst. Ich könnte das bezahlen –«

»Ich will aber gar nicht weg von hier«, schnitt ich ihr das Wort ab. »Ich will bei Arion bleib…« Es durchfuhr mich eiskalt. »Moment mal! Was meinte die Frau vorhin mit *den Hengst begleiten*? Was hast du mit ihm vor? Ist er Teil eures Deals? Du willst ihn doch nicht etwa verkaufen?« Ich machte einen Schritt rückwärts. »Er ist mein Freund! Das kannst du nicht machen!«

»Wer redet denn von verkaufen, Liebes? Das würde ich niemals tun. Hast du so wenig Vertrauen in mich? Die Bank tritt als

Sponsor für Arion auf. Wenn er sich weiter so gut entwickelt, kann er sich immer noch einen Namen im Sport machen und später in der Zucht. Er ist damals mit Auszeichnung gekört worden, aber wir konnten das ja nie weiterverfolgen. Du hast ihm eine wunderbare Zukunft ermöglicht! Die könnten wir ihm hier nie bieten.«

Ihre Worte prallten an mir ab. »WOHIN?«, bohrte ich laut nach, den Tränen nah. Fynn trat neben mich.

»Liebes, was soll das?« Sie wollte mir eine Hand auf die Schulter legen, aber ich schüttelte sie ab. Anyta seufzte. »Sie bringen ihn morgen nach Gut Hardenberg. Dort bleibt er für zwei Monate zur Turniervorbereitung. Einer der Herren war der Leiter dieser Deckstation. Er ist prämiert, das weißt du doch. Es ist seine große Chance!«

»MORGEN?!« Mein Herz setzte einen Schlag lang aus. Dann hämmerte es doppelt so schnell weiter. Ich schüttelte heftig den Kopf. »Das kannst du nicht machen, Anyta. Das ist doch genau das, was wir nie wollten! Er sollte niemals wieder unter Druck gesetzt werden. Sie werden ihn nicht verstehen. Er mag immer noch keine richtigen Sättel, geschweige denn ein Gebiss. Er wird wieder zusammenbrechen. Seine Seele hat jetzt schon einen Riss. Bitte tu das nicht!«

Anytas Miene verhärtete sich. »Ich bin dir keine Rechenschaft schuldig, Godje. Es ist zu eurem Besten. Ich habe lange überlegt, glaube mir. Und nach dem, was ich heute gesehen habe, ist es das einzig Richtige – für euch beide. Das Gut ist nicht weit weg. Wir werden ihn jederzeit besuchen können. Und jetzt entschuldigt mich. Ich habe noch viel zu erledigen.« Sie wendete sich ab und marschierte ins Haus.

Ich sank in die Knie. Meine Beine wollten mich einfach nicht länger tragen, und die Tränen strömten aus mir heraus, ohne dass ich es verhindern konnte.

Fynn hockte sich neben mich. Hilflos streichelte er meinen Rücken.

»Ich habe ihn verraten«, schluchzte ich. Meine Stimme versagte. »Oh Gott, Fynn! Ich habe Arion verraten«, krächzte ich noch einmal. »Er hat mir vertraut! Er würde alles für mich tun, und ich habe ihn ins offene Messer laufen lassen.«

»Das stimmt doch nicht«, widersprach Fynn. »Du hattest ja keine Ahnung, was sie vorhatte. Sie hat *dich* verraten, uns alle … irgendwie.«

Ich heulte Rotz und Wasser. Fynn hielt mir ein Taschentuch hin. Und dann ein zweites. Nach einer Weile fragte er: »Und was willst du jetzt tun?«

Das war genau der Punkt, der alles noch schlimmer machte.

Ich hatte keine Ahnung. »Was kann ich denn tun?«, schniefte ich und zupfte mir ein drittes Taschentuch aus seiner Packung.

Fynn hob langsam die Schultern und starrte ins Leere. »Ich weiß es leider auch nicht.« Dann legte er den Kopf schief. »Wir könnten die Pferde klauen und abhauen, wenn du willst … Ich müsste nur vorher noch einmal kurz nach Hause und die Katze füttern.«

»Ihr habt eine Katze?« Ich musste lächeln. »Das wusste ich gar nicht.« Er holte sein Handy heraus und zeigte mir das Bild einer getigerten Plüschnase mit Knopfaugen. »Das ist Olly.«

»Süß«, sagte ich. Wir schwiegen wieder. »Sag mal, ist Maria nicht allergisch?«

Fynn zuckte mit den Achseln. »Sie ist gegen manches allergisch. Genau wie Tessa.«

»Oh«, machte ich und scharrte mit meiner Fußspitze im Sand. »Nicht schlimm.«

»Okay?« Was wollte er mir damit sagen?

»Ich bin nicht interessiert, da läuft nichts.«

»Aber …? Ach egal.« Ich hatte gerade echt andere Sorgen.

Fynn nickte. Wir stierten vor uns hin. Mein Rücken berührte immer noch seine Schulter. Ich spürte jeden seiner Atemzüge.

»Ich muss dann auch los«, sagte ich nach einer Weile und stand auf. »Wir sehen uns in der Schule. Vielleicht habe ich bis dahin einen Plan … Ach, und … danke.«

Als ich nach Hause kam, war Nana nicht da. Auf dem Küchentisch lag ein Zettel, dass sie mit der Haushaltshilfe in die Stadt gefahren war. Das Essen stand auf dem Herd. Ich brauchte es nur warm machen. Aber großen Hunger hatte ich nicht. Stattdessen holte ich mir ein Eis aus der Tiefkühltruhe und blätterte abwesend den Stapel mit der Post durch. Vielleicht konnte ich mich mit ein paar Prospekten ablenken. Ein mattbrauner Umschlag fiel mir entgegen. Das Papier kam mir irgendwie bekannt vor. Mein Herz schlug schneller. Das war doch das gleiche wie … wo kam das denn her?

Ich versenkte mein angelutschtes Eis im Komposteimer und rannte die Treppe hinauf in mein Zimmer.

Für Godje stand in frischer königsblauer Tinte auf dem Kuvert in meiner Hand.

Keine Briefmarke, kein Absender.

Genau wie damals bei meinem keltischen Amulett.

Ich bückte mich unters Bett. In dem Schuhkarton mit meinen Schätzen, weit hinter den vergessenen einzelnen Socken und Staubflusen, da bewahrte ich die zerschlissene Verpackung meines anonymen Geburtstagsgeschenks auf.

Irgendwie hatte ich die fixe Idee entwickelt, die Eponafigur wäre ein Geschenk meiner Eltern, quasi aus dem Jenseits. Und dass die Schrift auf dem Packpapier die meiner Mutter oder meines Vaters wäre. Ich verglich den verblichenen Schriftzug mit den fein geschwungenen dunkleren Tintenlinien meiner heutigen Post. Ich bildete mir zumindest eine gewisse Ähnlichkeit ein. Auf jeden Fall war das Material identisch. Aber was sollte mir das sagen?

15. Über alle Zeiten hinaus

»Wir bekommen Besuch.« Cora hielt sich an der Anrichte fest. Vor ihren Augen verschwamm alles zu hellem Licht. Dann wurde ihr Blick wieder klar. Sie atmete schwer, und ihr Puls raste. Die Konturen der Küche kehrten zurück und auch der Garten draußen mit dem Vogelhäuschen und dem Blick auf das weite Naturreservat dahinter. Krächzend flog der Rabe vom Fensterbrett auf und erhob sich in den blauen Himmel.

Cora wischte sich einen dünnen Schweißfilm von der Oberlippe. Sobald sie sich wieder unter Kontrolle hatte, bückte sie sich, um die Scherben aufzuheben.

Sie hatte ein Glas aus dem Schrank nehmen wollen, als es passiert war.

»Wer kommt denn?« Ihr Mann Aides schloss die Tür der Abstellkammer und ging mit Kehrblech und Handfeger neben ihr in die Knie. »Und wann?« Er sah sie liebevoll an. »Du bist ja ganz blass … Doch hoffentlich nicht der Gerichtsvollzieher, oder?« Er lachte kurz. Dann schoss seine Hand mit dem blauen Siegelring nach vorn. »Vorsicht, Liebes!«

Cora ließ sich die Scherbe abnehmen, mit der sie sich geschnitten hatte. »Nicht schlimm«, sagte sie. »Ich habe es gar nicht gemerkt.« Ihr Blick folgte dem kleinen Blutstropfen, der von ihrem Finger auf die Glassplitter plitschte. Es sah auf eine bizarre Art hübsch aus, wie er sich im Licht der Deckenlampe spiegelte und in tausend funkelnde Facetten zerbrach.

Aides stand auf. »Lass mich das machen. Ich hole dir ein Pflaster.«

Cora nickte. »Und danach sollten wir vermutlich das Gästezimmer herrichten.«

Ich warf mich ruhelos im Bett hin und her. Die ganze Nacht ging das schon so. An Schlaf war nicht zu denken. Das leise Ticken meines Weckers machte mich irre. Sollte ich die Schule schwänzen, einfach mitten in der Nacht hinüber auf den Hof schleichen und mit Arion abhauen? Aber wohin? Und was dann? Zum x-ten Mal knipste ich meine Nachttischlampe aus und wieder an. Ich griff nach dem Prospekt aus dem rätselhaften Umschlag, den ich eben erst zurückgelegt hatte.

Es war nichts weiter drin gewesen.

Nur dieser Flyer.

Ein Demeterbetrieb: ökologische Landwirtschaft und Ferien auf dem Bauernhof. *Idyllisch gelegen inmitten eines Naturreservates*, hieß es da. *Demeter.* Da war sie wieder, die griechische Göttin, die mit meiner Epona verbunden war. Ansonsten hielt ich das Ganze eher für einen schlechten Scherz des Universums. Was sollte das alles? Stand ich wirklich so dicht vor der Leinwand, dass ich das vollständige Bild nicht sehen konnte? Ich bekam die Puzzleteile einfach nicht zusammen. In was für eine mysteriöse Sache war ich hier hineingeraten?

Nachdenklich knetete ich mein Amulett. Aber diesmal schwieg Epona sich aus. Mit etwas mehr Schwung als nötig schnipste ich das Medaillon auf den Nachttisch. Es rutschte ein ganzes Stück weiter, ditschte an meinem Wecker an und sprang mit einem leisen Klick auf. Seufzend beugte ich mich hinüber, um es zu schließen.

Freundlich aber tot wie immer lächelten sie mich an, Chloe und Fergus Philipp Mein Blick glitt hinüber zu dem Flyer und blieb an einem Foto hängen. Da sah ich es. Das geflüsterte *Gute Nacht!* blieb mir in der Kehle kleben.

Ich war wirklich blind gewesen! Jetzt wusste ich, was ich zu tun hatte!

Wenn die Nacht schon zäh vorbeigeschlichen war – der Schultag toppte das noch um Längen.

Als der Schulgong uns endlich entließ, war ich die Erste auf dem Pausenhof. Den ganzen Weg zum Hippobalance Zentrum rannte ich.

Und prallte atemlos zurück, als ich um die Kurve in der Einfahrt bog. Da stand ein riesiger Transporter. Jetzt schon?

Die Rampe war aufgeklappt. Drei Männer kämpften mit gutem Zureden, Longe und Seil damit, Arion in das gähnende Loch zu bugsieren. Sein schweißnasses Fell glänzte wie Stahl. Immer wieder wich er rückwärts aus, trabte auf der Stelle und keilte einmal sogar voller Wut und Angst nach hinten.

Ich zog den Kopf ein. Aber es folgte kein Schmerzensschrei. Ich wusste, was sie versuchten. Sie wollten ihn dazu bringen, den Transporter als Zufluchtsort zu wählen, indem sie ihm alles außer der Rampe unangenehm machten. Aber das funktionierte nicht.

Nicht bei Arion. Druck erzeugte bei ihm immer nur Gegendruck. Und Oleg wusste das. Warum sagte er nichts?

Der alte Stallmeister saß mit einer Tasse Kaffee auf der Bank vor dem Haus und sah sich das Treiben teilnahmslos an.

»Das wird so nichts. Lasst ihn«, rief ich wütend. »Lasst ihn in Ruhe.«

Das ging ja gut los.

»Godje!« Anyta stellte sich mir mit verschränkten Armen in den Weg. »Was willst du? Uns unterstützen oder –?«

Jetzt, als er mich sah, legte Oleg seine Zeitung beiseite und fiel ihr ins Wort. »Sie wird dir genauso wenig dabei helfen wie ich«, erklärte er trocken und winkte mich zu sich herüber. Es war das erste Mal, dass ich die beiden uneinig erlebte. Und das war gewaltig untertrieben. Zwischen ihnen war eine unsichtbare Mauer errichtet, mit einem Graben davor, so tief wie der Grand Canyon.

Gespannt sahen die beiden mich an. Wo würde ich stehen?

Ich blieb, wo ich war, und ließ meinen Rucksack fallen. »Sag ihnen, dass sie aufhören sollen«, forderte ich mit fester Stimme.

»Dann willst du es versuchen?« Anytas Stimme klang skeptisch, aber auch hoffnungsvoll. Sie lockerte ihre Arme und sah mich direkt an.

In meinem Nacken spürte ich Olegs Blick. Ich wägte ab. Verdammt, verdammt, verdammt. Das hatte ich für heute Nacht geplant. Es war zu früh! »Wenn ich es nicht schaffe, wird er mir nie wieder vertrauen«, erklärte ich nach einer Weile. »Ich habe eine bessere Idee.«

Anyta zog die Augenbrauen hoch. »Nämlich?«

»Du hast gesagt, es ist nicht weit nach Hardenberg. Ich könnte ihn dorthin reiten.«

»Auf keinen Fall«, widersprach Anyta sofort.

Oleg fluchte leise vor sich hin. Er stand auf und kam zu uns. »In Herrgotts Namen«, brummte er. »Warum nicht? Ich kann sie begleiten.«

Mein Herz rutschte mir bis in die Kniestrümpfe. Nein, nein, nein! So hatte ich das nicht gedacht! Musste denn jetzt alles schiefgehen?

»Ich auch«, ertönte eine weitere Stimme hinter uns.

Fynn. Der auch noch! Ich hätte heulen können.

Er keuchte. »Ich bin den ganzen Weg hinter dir hergerannt. Hast du mich nicht gehört?«

Ich schüttelte den Kopf. Mein schöner Plan löste sich in heiße Luft auf. In verflucht heiße Luft, die mir den Atem nahm und den Boden unter den Füßen wegzog.

Und jetzt?

Würde ich Arion gleich noch einmal verraten? Wie kam ich denn bloß aus dieser Nummer wieder heraus? In Wirklichkeit hatte ich nie vorgehabt, meinen Grauen auszuliefern und nach Hardenberg zu reiten! Was sollte ich tun?

Verdammt, Epona! Wo steckst du, wenn man dich braucht? Ich brauche dich nämlich ganz, ganz dringend, und zwar JETZT! Sonst ist alles verloren! Alles!

Aber die keltische Brosche lag kühl auf meiner Haut und schwieg.

Es war wahnsinnig anstrengend, mir die Verzweiflung nicht anmerken zu lassen. Und es klappte natürlich nicht. Das Wasser stand mir in den Augen, und meine Knie zitterten. Kraftlos stolperte ich zu Arion und hielt mich an ihm fest. Ich durfte ihn nicht verlieren. Nicht so. Nicht heute. Aber was konnte ich dagegen tun?

Zum Glück fassten alle meine Reaktion als ganz normalen Abschiedsschmerz auf.

»Du bist ein tapferes Mädchen, Godje«, drang Anytas Stimme wie durch wabernden Nebel zu mir.

Fynn sah mich ganz komisch an. Als ich seinen Blick abfing, sah er schnell weg, aber gleich darauf spürte ich seine Augen wieder auf mir ruhen, und auch Oleg und Anyta musterten mich. Anyta unverhohlen und skeptisch – der alte Stallmeister besorgt und abwartend.

Jetzt gab es kein Zurück mehr. Ich musste das durchziehen. Mein Plan war zum Scheitern verurteilt. Es war komplett aussichtslos, aber am Ende würde ich wenigstens die Gewissheit haben, dass ich wirklich alles versucht hatte, und ich konnte noch ein wenig Zeit mit ihm verbringen, bevor … nein, ich durfte das nicht zu Ende denken. Woher sollte ich sonst die Kraft nehmen für das, was uns nun bevorstand?

Mit zittrigen Fingern nahm ich den Männern Arions Führstrick ab. Ein paar Runden führte ich ihn einfach über den Hof bis hin zum Reitplatz, Hauptsache, weit weg von dem Transporter. Ich wechselte mehrmals die Richtung, ließ ihn über Stangen treten und gab ihm kleine Aufgaben, damit er abgelenkt war und sich ein wenig beruhigen konnte. Es schien zu funktionieren, er nahm endlich den Kopf herunter und riss ihn nicht gleich in der nächsten Sekunde wieder hoch, sobald er ein fremdes Geräusch hörte.

Anyta sprach mit den Leuten, und endlich klappten sie die Rampe hoch und fuhren davon.

Ich atmete durch. »Das hätten wir schon mal«, flüsterte ich ihm tränenerstickt zu und streichelte ihn. »Und den Rest schaffen wir auch. So oder so.« Ich hätte es so gern erlebt, wie er als Schimmel aussehen würde. Ich versuchte, ihn mir schneeweiß vorzustellen, als Eponas Pferd oder das von Lady Godiva. Aber es wollte mir nicht gelingen. Arion sah mich an, und mir brach das Herz. Dieser riesige Hengst vertraute mir so sehr. Arion würde mir überallhin folgen! Unwillkürlich richtete ich mich ein wenig auf.

Zusammen hätten wir wahrscheinlich keine drei Minuten gebraucht, um in diesen Transporter zu steigen. Oleg wusste das. Warum hatte er nichts gesagt? Nun, ich würde es ganz bestimmt niemandem auf die Nase binden. Nachdenklich suchte ich ihn mit den Augen.

Fynn hatte in der Zwischenzeit Putzsachen, Zaumzeug und unsere Helme geholt. Oleg brachte gerade Grand Boy und Charly, einen alten Wallach, der inzwischen sein Gnadenbrot hier bekam, von der Koppel mit.

Schweigend bürsteten wir die Tiere. Anyta beobachtete uns eine Weile. Dann verschwand sie im Haus.

Oleg griff als Erster nach seinem Sattel.

»Wie weit ist es bis zu diesem Gut Hardenberg?«, fragte ich irgendwann.

»Fünfundzwanzig Kilometer etwa. Rechne mit gut drei, vielleicht vier Stunden im Sattel, wenn wir zügig vorankommen. Ich packe uns etwas zu trinken und zu essen ein.« Er deutete auf seine leere Packtasche und ging in die Küche. »Ich hab noch was im Rucksack von der Schule«, rief ich ihm hinterher.

Fynn sah mich mit großen Augen an.

Noch nie hatte ich so lange im Sattel gesessen. Fynn auch nicht. Aber ich würde es noch weiter hinauszögern, solange ich konnte.

Und vielleicht geschah ja unterwegs doch noch ein Wunder. Ich durfte nicht aufgeben, auch wenn ich fühlte, dass alles verloren war. Fast alles. Ich konnte ihn besuchen. Anyta hatte es selbst gesagt. Es war nicht weit. Fünfundzwanzig Kilometer waren ein Klacks. Ich hatte ein Fahrrad. Mein Kinn zitterte. Trotzig wischte ich mir übers Gesicht.

»Hast du die Katze gefüttert?«, scherzte ich. »Wird wohl etwas länger dauern.«

»Um Olly mache ich mir keine Gedanken«, sagte Fynn. »Deine Nana bringt dich um, wenn sie davon erfährt«, unkte er. »Wahrscheinlich uns beide.«

»Sie muss ja nichts davon wissen«, sagte ich. *Sie wird mich noch wegen ganz anderer Sachen killen*, dachte ich. Aber dazu musste ich erst einmal wieder nach Hause kommen. Und das würde erheblich länger dauern als die beiden glaubten. War jetzt der Zeitpunkt, um Fynn einzuweihen? Aber wie? Anyta ließ uns nicht aus den Augen.

Oleg kam zurück. Ich zurrte meinen Helm fest und setzte den Rucksack auf. Dann führte ich Arion an die Aufsteighilfe, und wir saßen nacheinander alle drei auf.

Anyta sah uns argwöhnisch nach. Ich spürte ihre Augen wie Dornen in meinem Rücken. Nie wieder würde ich ein Wort mit ihr sprechen, wenn das hier vorüber war.

Oleg legte ein rasches Tempo vor. Irgendwie wollten wir wohl alle Abstand zwischen uns und das Zentrum bringen. Ich suchte fieberhaft nach dem richtigen Moment, um zu fliehen, aber die beiden hatten mich in ihre Mitte genommen, und in dieser Ecke des Waldes kannte ich mich nicht aus. Dazu hätte ich mein Handy mit den GPS-Daten benötigt. Doch das steckte im Rucksack. Ich brauchte also einen Vorwand für eine Pause. Ritten wir wenigstens in die richtige Himmelsrichtung? Ich hatte keinen blassen Schimmer.

Mein T-Shirt klebte mir am Rücken. »Können wir eine kurze Pause machen?«, rief ich zunehmend verzweifelt nach vorn.

»Gleich kommen wir an einen Bach mit einer Furt«, erklärte Oleg. »Da können die Pferde trinken und wir auch.«

»Okay.« Nichts war okay. Ich musste mit Fynn reden. Dann konnte er Oleg vielleicht ablenken und ich –

»Und haaaaalt!« Oleg hob seinen Arm. Wir fielen in Schritt und parierten durch. Vor uns lag das kleine Flüsschen, von dem Oleg gesprochen hatte. Er stieg ab, schob die Steigbügel hoch und ließ Charly trinken. Der alte Wallach atmete angestrengt. Die Pause tat ihm gut. Ich fragte mich, wie er die ganze Strecke auch noch zurück schaffen sollte.

Auch Fynn ließ sich vom Pferd plumpsen, machte breitbeinig ein paar Schritte und streckte sich. Arion wanderte langsam knapp hinter Grand Boy die Böschung hinab und trank mit gierigen Schlucken.

Ich nahm Schwung und wollte ebenfalls abspringen, aber Oleg bremste mich aus.

Er schnallte die Packtasche hinter mir an Arions baumlosem Sattel fest. »Hier ist Proviant drin, etwas Geld und eine Karte von der Gegend«, fing er an. »Wir wissen alle drei, dass du nicht nach Hardenberg reiten wirst, und ich werde dich bestimmt nicht aufhalten.« Er legte seine schwielige, vernarbte Hand auf meine. »Das habe ich einmal versucht, vor sehr langer Zeit, und ich habe meine Lektion gelernt.«

Ich runzelte die Stirn und versuchte, mich zu erinnern. Aber mir fiel nichts ein. Oleg zwinkerte mir belustigt zu. Dann zeigte er auf die Furt. »Du reitest darüber. Nach einem Kilometer gabelt sich der Weg. Rechts geht es in Richtung Naturreservat. Links führt der Weg weiter nach Hardenberg.«

Woher wusste er von dem Naturreservat? Ich nickte völlig verdattert. »Aber –«

Er fuhr mir über den Mund. »Fynn sieht besser aus, wenn ihm der Kopf nicht abgerissen wurde, und ich brauche meinen Job. Also werden wir Anyta erzählen, dass du uns an der Furt einfach abgehängt hast. Charly kann nicht mehr so schnell. Kein Wunder also. Ich hätte ein anderes Pferd wählen sollen, ein dummer Fehler, der Aufregung geschuldet. Und Fynn ist noch kein so geübter Reiter.«

»He!«, widersprach Fynn beleidigt. Aber auf Olegs grimmigen Blick nickte er kleinlaut.

Oleg grinste verhalten. »Wir werden hier ein bisschen rasten und dann gemütlich im Schritt zurückreiten. Das muss als Vorsprung für dich genügen. Ich will heute Abend Fußball gucken und den Anpfiff nicht verpassen.« Er strich Arion zum Abschied liebevoll über den Hals.

Ich wusste überhaupt nicht mehr, was ich denken sollte, und konnte nur verwirrt den Kopf schütteln.

»Folge deinem Herzen. Der Rest findet sich. Und mach dir um deine Nana keine Sorgen. Ich bringe ihr das Ganze schonend bei.«

Schuldbewusst biss ich mir auf die Unterlippe. An Nana hatte ich gerade am allerwenigsten gedacht.

»Du rufst niemanden an, Margarete nicht, und Anyta schon gar nicht. Ihr bleibt unsichtbar. Verstanden?«

»Wir schreiben morgen Mathe«, mischte sich Fynn ein.

Oleg versetzte ihm eine Kopfnuss und wandte sich wieder zu mir. »Das kläre ich auch. Jetzt mach, dass du davonkommst, und vergiss nicht, dein GPS nachher auszuschalten, wenn du fürs Erste nicht geortet werden willst.«

Ich sah von ihm zu Fynn, der mir jetzt aus heiterem Himmel ein Netz mit zwei Schokoriegeln, einem Apfel, einer Banane und zwei Trinkpäckchen entgegenstreckte. »Anscheinend hatten wir beide die gleiche abgefahrene Idee«, setzte er zu einer Erklärung an. »Du solltest mir endlich vertrau–« Ich würgte ihn mitten im Wort ab, indem ich mich zu ihm hinüberbeugte und auf die Gefahr, vom Pferderücken direkt in den Bach zu rutschen, mitten auf den Mund küsste. Fynn hielt die Luft an. Ich schloss die Augen. Seine Lippen schmeckten leicht salzig und ganz weich, ein bisschen wie meine Lieblingstoffees. Kurz löste Fynn seine Lippen von meinen. Ich spürte seinen Atem auf meinem Mund. Dann küsste er mich noch einmal. Lange.

Oleg räusperte sich.

Widerstrebend lösten wir uns voneinander. »Ich schreibe dir«, versprach ich mit klopfendem Herzen und rutschte mich verlegen auf Arions Fellkissen zurecht. Dann spannte ich meine Waden an und schnalzte mit der Zunge. Arion nahm seinen Kopf aus dem Wasser und durchquerte, ohne zu zögern, mit mir den Bach.

Wir drehten uns nicht mehr um. Meine Augen schwammen schon wieder. Meine Lippen vibrierten, das Amulett glühte heiß, und ich spürte immer noch die Berührung von Olegs kalter Narbe auf meiner Hand. Es war eine uralte Brandwunde. Ich hatte ihn nie gefragt, wie er sich die zugezogen hatte, schoss es mir durch den

Kopf, als das vertraute Wirbeln in meinem Kopf begann und ich mich in Arions Mähne festkrallte, um nicht den Halt zu verlieren.

»Ich sagte: Gib sie mir zurück.« Der Onkel hatte seinen Speer aufgehoben und hielt ihn drohend in die Höhe.

Eponas Hand schnellte vor. Die Waffe verbrannte in einer einzigen Stichflamme zu Ruß und Asche. In derselben Sekunde heulte Gydes Onkel auf. Er ging in die Knie. Wimmernd hielt er seine verletzte Hand. Rauch stieg auf, und der Geruch von verbranntem Fleisch hing in der Luft.

Die Schimmelstute machte bedächtig kehrt und trug Epona und Gyde in den Nebel.

»Das ist nicht das Ende!«, schrie er ihnen hinterher. »Wir sehen uns wieder!«

Unbehelligt und ruhig traten sie in die Morgendämmerung und verschmolzen damit und miteinander.

Ich bin sie
Und
Sie ist ich
Seit dem Anbeginn der Zeit
Und
Über alle Zeiten hinaus.

Epilog

Der Morgen dämmerte bereits, als wir langsam über den knirschenden Kies die von Holundersträuchern gesäumte Einfahrt hinaufritten. Ich glitt zu Boden, ließ Arion unter einem Apfelbaum grasen und ging ein bisschen taumelig vor Müdigkeit und von dem ungewohnt langen Ritt auf das Wohnhaus zu. Im Fenster brannte eine Kerze. Leise Musik drang zu mir heraus.

Unsicher klopfte ich an die Tür. Als ob es alles erklären würde, hielt ich den alten Prospekt in der Hand.

Frischer Brötchenduft umfing mich, als eine junge Frau stürmisch die Tür aufriss. Es war die auf dem Foto im Flyer. Sie sah ein bisschen so aus wie meine Mutter – vielleicht auch wie ich, in zehn oder zwölf Jahren?

»Hallo«, sagte sie warmherzig und strahlte mich an. »Ich bin Cora. Wie schön, dass du da bist, Godje. Wir haben dich bereits erwartet.« Sie umarmte mich überschwänglich. Dann schaute sie mir wieder in die Augen. Sie schien über etwas nachzudenken. »Du erinnerst dich nicht mehr an mich, oder?«

Verdattert schüttelte ich den Kopf.

Ein Mann trat neben sie, legte ihr den Arm um die Taille und begrüßte mich mit einem Kopfnicken und einem offenen Lächeln.

»Das ist Aides, dein Schwager.« Cora lachte. »Na, komm erst mal rein. Es gibt viel zu erzählen. Frühstück ist gleich fertig.«

In meinem Kopf wirbelten die Gedanken durcheinander. Schwager? Hieß das etwa …? Dann war Cora also wirklich …?

Aides nickte belustigt. »Sie ist deine Schwester. Möchtest du Kaffee oder Tee? … Ach, Quatsch … heiße Schokolade mit einer Prise Zimt, richtig?«

Glossar

Ein bisschen Hintergrundwissen zu den vielen Göttern und Namen

Arion ist ein unsterbliches Wunderpferd aus der griechischen Mythologie. Der Hengst ist zugleich der Bruder der **Despoina** (Das bedeutet jedoch nur »Gebieterin«. Ihr eigentlicher Name war streng geheim und wurde nirgends genannt.). Die Eltern der beiden Geschwister sind der Meeresgott Poseidon und die Göttin **Demeter**.

Demeter, die auch den Beinamen Chloe (»die Grünende«) trägt, hatte zusammen mit **Zeus** noch eine ältere Tochter, die von **Hades** (auch Aides geschrieben) in die Unterwelt entführt wurde: **Persephone**, die auch Kore genannt wird.

Manchmal wird Demeter sitzend mit einem Pferdekopf abgebildet. Andere Darstellungen zeigen sie mit einer Fackel in der einen Hand, die andere ruht auf Despoina, auf deren Knien ein Stab liegt. Ein anderer Beiname Demeters war **Daeira** (»Göttin«).

Anytos war Despoinas Erzieher und einer der sogenannten **Kureten**. Ob diese nun wirklich neun wilde, waffenklirrende Dämonen waren, oder doch eher besonders weise und erfindungsreiche Männer aus den Bergen Kretas – das ist umstritten, es gibt beide Überlieferungen.

Epona ist eine keltische bzw. gallische Göttin, deren Kult in der Antike in ganz Europa verbreitet war. Sie wurde meist mit Pferden, oft aber auch mit einem Füllhorn dargestellt. Ihr Feiertag ist der 18. Dezember. Epona soll auch die Schlüssel zu allen Türen der Unterwelt besessen haben. Sie galt als Führerin in die keltische Anderswelt, also ins Jenseits. Die Römer übernahmen die keltische Pferdegöttin und verehrten sie als Schutzmacht der Pferde und der Reiterei im Allgemeinen. Ihre Heiligtümer, Bildnisse und auch Pferde wurden zu ihren Ehren mit Rosen geschmückt.

Der antike griechische Schriftsteller Plutarch erwähnte den Gott Mars (oder Teutates, wie ihn die Kelten nannten) als Vater von Epona und eine Schimmelstute als ihre Mutter. Demnach wäre Epona das Kind von Teutates und der gallischen bzw. altkeltischen Muttergöttin **Rigani** oder **Rigatona**, die in Wales auch als **Rhiannon** bekannt war und oft auf einem Schimmel reitend dargestellt wird. Auch Rhiannon wird von den Historikern zurückgeführt auf die gallische Göttin Epona.

Lady Godiva ist keine Göttin, sondern war eine britische Adelige, die ca. 1085 starb. Seit dem 13. Jahrhundert existiert die Legende über ihren nackten Ritt durch Coventry. Damit wollte sie ihren Mann **Leofric** dazu bringen, die hohen Steuern zu senken, die er über seine Untertanen verhängt hatte.

Der Name **Godje** bedeutet übersetzt »die kleine Gute« oder einfach »Gotteskind«.

Wendy
Spannende Reportagen,
Comics und vieles mehr!
4 SÜSSE PFERDE-POSTER
WENDYS Sommer-Pferde-POSTER
4 POSTER FÜR DICH!
KEINER SPRINGT HÖHER!
STYLISHES SET!
BEAUTY-BAG
SÜSSES ARMBAND
60 STICKER
KANN ALLES ... außer Galopp!
WAS BIN ICH?
Friese und Berber: feurig & sanft
20 x 100 € Gutscheine ZU GEWINNEN!
JEDE AUSGABE MIT SUPER EXTRA!
Alle 3 Wochen neu im Handel!
to: Slawik

NORDLICHT

Ausgerechnet Island – Schnee, Eis und Kälte! Die 15-jährige Elin ist alles andere als begeistert, als sie mit ihrer Mutter nach Island reisen muss. Und dann ist auch noch ein Ausritt auf Islandpferden geplant! Dabei ist für Elin eigentlich ganz klar: Pferde und Reiten, das war mal! Doch als sie auf Island ankommt, spürt sie sofort eine besondere, geheimnisvolle Verbindung zu der Insel. Ein wunderschönes Pferdeabenteuer im Land der Elfen, Feen und Trolle mit einem Hauch Romantik!

Band 1: Im Land der wilden Pferde
ISBN 978-3-505-14126-3

Band 2: Im Bann der wilden Pferde
ISBN 978-3-505-14176-8

Band 3: Die Magie der wilden Pferde
ISBN 978-3-505-14231-4

Karin Müller
Nordlicht
Je 224 Seiten, gebunden
€ 10,00 [D]

www.schneiderbuch.de

Schneiderbuch
EGMONT

Leseprobe aus Nordlicht, Band 1

1. Steine sind okay

Ich verziehe die Mundwinkel. Dann strecke ich meinem Smartphone die Zunge heraus, schmiege mein Gesicht an die schmale, schwarz-grün lackierte Dose und mache einen Schnappschuss von uns beiden. Das neue Traumpaar! Ich stelle die einzeln verpackte Spreewaldgurke zurück. Mein Blick gleitet suchend über das Regal. Mom steht an der Kasse. Mit irgendeiner Zeitschrift und Kaugummis. Wir haben noch Zeit. Ich husche mit den Fingern über das Display meines Handys. *#Sauregurkenzeit #imdutyfree* tippe ich als Bildunterschrift in meinen Insta-Account. Und: *#Icelandsucks.*

Eine Sekunde später die erste Reaktion von Mara: der tränenlachende Smiley, daneben der Affe, der sich die Augen zuhält, und darunter:

ra.Ma.: *Stell dich nicht so an, Elin. Du bist noch nicht mal da. Gib deiner Mom ne Chance!*

Ich schicke den grün kotzenden Smiley zurück und den Haufen Scheiße mit Augen hinterher.

Im Ernst: Kann man sich 'ne beknacktere Idee vorstellen, als in den Zeugnisferien fünf Tage nach Island zu fliegen? Im Winter??? Mom hat eine Riesenüberraschungsshow abgezogen. Ganz geheim, zum Geburtstag, weit, weit weg, tralalala. Alles, was ich in den Ferien tun will, ist ausschlafen und meine Ruhe haben. Und ganz bestimmt nicht in ein winziges dunkles Land kurz vorm Nordpol fahren, welches das *#Eis* schon im Namen hat!

Ich beobachte die zierliche blonde Frau in Jeans und Parka, die mir von der Kasse aus hysterisch zuwinkt, und muss gegen meinen Willen lächeln. An der Waschmaschine vor zwei Tagen hat sie sich verplappert: »Du willst doch nicht etwa diese dünne Hose mitnehmen nach Island!« Wir erstarren beide. Sie steht mit dem Rücken zu mir. Pause. »Also … ich meine … in Berlin ist es grade so kalt wie in Island.« Sie lächelt lahm.

Ziemlich lahm, finde ich. Aber ich spiele mit. Berlin hatte sie mir immerhin verraten. Irgendwas in mir hofft, dass ich mich verhört habe. Wenn ich schon nicht ausschlafen kann, dann doch bitte wenigstens shoppen in unser aller Hauptstadt. In Deutschland ist es kalt genug. Aber Fehlanzeige. Von Berlin kriege ich nur den Flughafen und einen Duty-Free-Laden mit sauren Gurken zu sehen. »Ich hab nichts anzuziehen«, maule ich.

Sie dreht sich zu mir und lächelt dieses nervig verschmitzte Mütterlächeln. »Das werden wir ändern. Versprochen, Schatz.«

Kack-Idee. Zumal wir nur mit Handgepäck fliegen, war günstiger. Genau wie Berlin als Abflughafen. Dabei wäre Hamburg viel näher gewesen.

Unser Flug wird aufgerufen. Missmutig trotte ich hinter Mom her zum Check-in. Mom ist Spezialistin für kleine Koffer, und bisher haben wir es noch auf jeder Reise geschafft, ohne nennenswertes Shoppingergebnis – sprich: anständiges Übergepäck – wieder nach Hause zu fahren. London, Paris, Rom, Stockholm … dieses Reykjavik wird keine Ausnahme bilden. Aber ich sage nichts.

Noch nicht.

Ich bin müde.

Ausgerechnet Island. Früher wäre das was für mich gewesen. Früher!

Aber jetzt? Was soll ich da? Und superteuer soll es dort auch sein.

Wir sitzen im Flieger. Die Maschine ist nur halb voll. Kein Wunder, denke ich mir. Mom reicht mir einen Kaugummi gegen den Ohrendruck beim Start. Ich schalte mein Handy auf Flugmodus, stöpsele meine Kopfhörer ein und stelle meine Playlist auf Shuffle.

Irgendwann ruckelt Mom an meinem Arm.

»Was?«, frage ich und lege den kleinen Reiseführer beiseite, den ich vor lauter Langeweile überflogen habe.

»Schau mal raus. Wir landen gleich. Ist die Landschaft nicht wunderbar?« Sie zeigt aus dem kleinen, dick verglasten Fenster. Ich beuge mich möglichst umständlich über sie und erspähe weit unten Schnee und Eis, dazwischen zerklüftete Felsen und drum herum das Meer. »Wahnsinn«, rutscht es mir heraus, und das klingt nicht so sarkastisch, wie ich es gern hätte.

Ich habe nur einen Trailer von *Game of Thrones* gesehen. Ist auf Island gedreht worden. Rick, der in Englisch neben mir sitzt, hat mir haarklein erzählt, wie jemand einen von diesen Schattenwölfen und ein Pferd getötet hat. Mir ist sofort schlecht geworden. Wieso gucken Leute sich so was an? Staffelweise? Hat ihm irre Freude bereitet, mir die Einzelheiten auszumalen. »Ist doch bloß ein Film, Schnittlauch. Was bist du nur für ein Sensibelchen?! Alles Ketchup! Hat dir deine Mama das nicht erklärt?« Mara hat ihn für mich vors

Schienbein getreten. Ich kann es nicht leiden, wenn die Jungs mich Schnittlauch nennen. Aber aus Trotz habe ich mir damals die Haare noch mal nachgefärbt. Jetzt wächst das Grün langsam raus und verblasst.

Wir setzen zur Landung an, und ich habe Tränen in den Augen. Wegen eines computeranimierten Viehs, das ich nur zwei Sekunden in einem völlig verwackelten Filmausschnitt gesehen habe? Quatsch. Weil ich noch viermal nicht ausschlafen kann und dann wieder in die Schule muss! Und weil irgendwas von dieser eisigen Insel da unten ausgeht, das ich nicht verstehe. Für einen winzigen Moment habe ich den unverwechselbaren Geruch eines Pferdes in der Nase. Einen Duft, der längst verflogen sein müsste, obwohl er sich in mein Herz gebrannt hat.

Mir entfährt ein Geräusch, das meine Mutter offenbar als Seufzer interpretiert. »Hab ich doch gleich gesagt«, sagt sie zufrieden, bietet mir einen neuen Kaugummi an und lässt sich in ihren Sitz zurückfallen. »Island ist jetzt genau richtig.«

Eisig ist es. Was habe ich denn auch anderes erwartet in diesem Land? Nichts! Ich ziehe meinen orange-blauen Kuschelschal so hoch aus dem Kragen meines Parkas, dass er eine komplette Einheit mit Mütze und Jacke bildet, und warte. Wenn ich jetzt versuchen würde, meine Zehen in den Stiefeln zu krümmen, würden sie abbrechen und bei jedem Schritt als kleine Eiswürfel darin herumklirren. Abgefroren. Wie gut, dass ich nie in Betracht gezogen habe, Primaballerina zu werden. Das wäre es dann bereits mit der Karriere. Aus und vorbei. Im hohen Norden an den Winter verloren.

Mein Herz schlägt glücklicherweise eher für Pferde. Schlug, korrigiere ich mich. Reiten kann man auch mit abgefrorenen Zehen. Will ich aber gar nicht mehr. Das ist abgehakt. Niemand von meinen Freundinnen reitet noch. Aus dem Alter sind wir raus.

Ich stehe hinter einem verglasten Windschutz. Das ist der Wartebereich für die Transferbusse vor dem Flughafengebäude. Mom hat so ein Kurztrip-Island-Pauschal-Schnäppchen-Paket für uns erstanden. Mit Walbeobachtung und Nordlichter-Tour. Nur der Transfer zum Hotel war leider nicht mit drin. Den organisiert sie jetzt gerade, und das dauert anscheinend etwas länger.

Ob auf Island Koffer geklaut werden? Ich betrachte unser spärliches Gepäck zu meinen gefrosteten Füßen. Zwei Köfferchen in Kabinenmaßen, dazu mein Rucksack und Moms Laptoptasche. Sie kann nicht ohne. Aber das ist ein anderes Thema. Ich atme tief durch und bereue es sofort. Selbst durch zwei Schals hindurch habe ich das Gefühl, meine Bronchien überziehen sich mit Reif. Außer mir ist niemand so blöd, hier draußen herumzustehen. Also wird auch keiner was stehlen.

In einiger Entfernung sind ein paar Flughafenmitarbeiter mit dem Umladen von Sperrgepäck auf Rollwagen beschäftigt. Die wollen mit Sicherheit nicht noch mehr schleppen. Ich sehe mich um. Plattes Land, dazwischen Schneeverwehungen und Felsen und dann wieder: Weite. Eigentlich müsste man von hier das Meer sehen können. Meer mag ich. Auch auf Island.

Ich schenke unserem Zeug einen grimmigen Blick, so als wollte ich ihm einschärfen, sich nicht von der Stelle zu bewegen. Dann schlittere ich vorsichtig über den Asphalt auf die andere Straßenseite. Ein Stück weiter hört der Begrenzungszaun auf. Von da geht der Blick über Felder. Oder sind es Wiesen? Unter dem Schnee kann man das allenfalls vermuten.

Schön sieht das aus hier draußen. Magisch irgendwie. Menschenleere Weite. Wie geschaffen für … Ich bilde mir das Trommeln von unzähligen Hufen ein und wische schnell den Gedanken weg. Wo war ich? Pflanzen. Ich schätze, hier ist es viel zu kalt, um außerhalb von Gewächshäusern etwas anderes als Eisblumen anzubauen. Essen die hier oben nicht ohnehin nur Gammelhai und Knäckebrot? Ich zerre mein Smartphone aus der Jackentasche und nehme ein Video von der Umgebung auf. Zu blöd, dass man dafür die Handschuhe ausziehen muss.

Und dann entdecke ich sie.

Die plüschigen Hintern in den Wind gedreht, scharren sie mit kleinen Hufen die Schneedecke auf, um etwas zu knabbern zu finden: eine Gruppe waschechter Islandpferde.

Natürlich bleibt mein Blick an ihnen kleben. Ich bilde mir ein, dass sie mich ebenso neugierig betrachten. Mein Herz sticht wieder. Wie vorhin im Flugzeug. Ich spüre, wie es gegen die Schichten aus Pullover, Schal und Jacke klopft, als ob es rauswill. Aber ich lasse es nicht hinaus. Ich zwinge mich, den Blick zu lösen und mich abzuwenden. Mein Herz soll gefälligst bleiben, wo es ist. Und bloß die Klappe halten.

Ein paar Meter vor mir hat sich offenbar jemand die Mühe gemacht, ein paar Feldsteine zu einem mannshohen Turm aufzuschichten. Da will ich näher ran. Sieht beeindruckend aus. Vielleicht hat der Erbauer auch auf seinen Transferbus gewartet? Jedenfalls war seine Aktion bestimmt gut gegen drohendes Erfrieren. Ich mache noch ein paar Bilder und stecke das Handy wieder ein. Scheiß auf die Nachwelt, mir sterben die Finger ab, schnell wieder die Handschuhe anziehen.

Mit der Stiefelspitze taste ich über etwas direkt vor mir, das aussieht wie ein Maulwurfshügel im Schlafrock. Ich könnte ja ein bisschen weiterbauen, solange Mom den Bus organisiert und ihr einziges Kind der polaren Kälte aussetzt. Das würde mich vielleicht auch von diesem komischen Kloß im Hals ablenken.

Ich bücke mich nach dem angefrorenen Felsbrocken. Sitzt bombenfest. Also rücke ich meine Mütze zurecht und trete mit den Füßen gegen den widerspenstigen Stein. Frust soll man rauslassen. Und Wut. Von links und von rechts, immer mit den Innenkanten, dann wieder Hacke und Spitze. Einen für die Kälte. Einen fürs verpasste Shoppen in Berlin. Einen für die versauten Ferien. Einen für … ach, egal. Ganz schön anstrengend. Meine Nase läuft. Endlich löst sich das wehrhafte Ding. Triumphierend schnaufend wuchte ich den Stein auf den Haufen zu den anderen. *Klock.*

Gut, dass ich meine dicken alten Handschuhe mitgenommen habe. Das macht Spaß. Ich lege den nächsten Stein frei und fange von vorn an. Hacke, Spitze, innen, außen, links und rechts. Ich schnüffele. Meine Füße schmerzen. Jetzt sind die Zehen ganz sicher ab. Was soll's! Mit dem Handschuhrücken fahre ich unter dem gefühllosen Eiszapfen lang, der mal meine Nase gewesen sein muss.

Wo bleibt Mom eigentlich? Wenn sie noch lange braucht, ende ich wie die Sphinx. Kam die Eiszeit eigentlich bis Ägypten? Das wäre ja mal eine plausible Erklärung für die nasenlose Löwendame.

Ich brauche ein Taschentuch. So viel Schnodder kann man gar nicht hochziehen.

Dann fahre ich zusammen. Ich höre ein Pferd schnauben. Ganz dicht. Und als ich mich umdrehe, ist die ganze Gruppe dieser eisbezapften Zotteltiere näher gekommen. Fünf sind es. Die Farben sind schwer auszumachen, weil ihr üppiges Winterfell mit Schnee und Eisklumpen behangen ist. Schattierungen von Braun, Mausfalben, vielleicht gescheckt. Eins steht dichter bei mir als die anderen. Bestaunt mich. Zögernd. Zurückhaltend. Kommt dann noch ein paar vorsichtige Tritte näher. Seine silbrige Mähne wird vom Wind aufgebauscht und verwuschelt. Es lahmt ein wenig und schnaubt mich noch mal an. Dabei nickt es leicht mit dem Kopf.

So wie Sahara das immer getan hat.

Sahara.

Mein Herz zieht sich zusammen. Der hinterhältige Kloß ist wieder da. Stärker als vorhin.

Ich strecke unwillkürlich die Hand in Richtung der unbekannten Nüstern aus. Halte sie zum Schnuppern hin und senke meinen Kopf ein wenig. Das fremde Pony folgt der Einladung. Vorsichtig. Es schont das linke Vorderbein. Seine Barthaare sind von einer feinen Eisschicht überzogen. Ich spüre die Wärme seines feuchten Atems.

Das Pferd ist nicht mausfalben, wie ich zuerst dachte, sondern windfarben. Seine Mähne unter der Eiskruste hat einen sanften Silberglanz, fast wie Mondschein. Das dichte Fell trägt die bräunlich graue Farbe von Lava im Abendlicht.

Ohne nachzudenken, ziehe ich den Handschuh aus und streife sacht an dem verletzten Bein hinab. Es kommt mir warm vor und die Sehnen geschwollen und schmerzhaft. Ich ertaste eine Wunde, aber die scheint schon älter zu sein. Wir sind ganz selbstverständlich miteinander. Die nötigen Handgriffe laufen vollautomatisch ab. Ich greife in den steif gefrorenen Behang und hebe den Fuß. Das Tier verlagert sein Gewicht und gibt ihn mir bereitwillig. Behutsam kratze ich mit meinem zusammenklappbaren Hufkratzer daran herum. Der hängt noch von früher an meinem Schlüsselbund.

Außer Eis entdecke ich nichts, was stören könnte. Ich stelle das Bein wieder ab und gleite zum Vergleich über die Muskeln und Sehnen des anderen. Das fühlt sich kühl und klar an, so wie es sein sollte. »Was machen wir denn mit dir …?« Mein Blick verweilt kurz zwischen den Hinterbeinen. »… meine Schöne!« Eine Stute also. Mit warmem Atem beschnuppert sie meine Mütze, mein Haar, prüft mit den Lippen den Geschmack meiner Haut. Mein Herz sticht. Mein Körper erinnert sich. Wie sie mich ertastet, genau wie Sahara. Warum vertraut mir dieses fremde Pony?

Ich versuche, den Schmerz zu ignorieren, ziehe mein Halstuch unter dem Schal hervor, fülle etwas Schnee hinein und wickle das Ganze vorsichtig um das Bein des fremden Pferdes. Es ist mein Lieblingstuch, mit orange-blauen Gitarren drauf. Es ist schwierig, einen Farbton zu finden, der zu meinen komischen blassgrün-aufdem-Rückweg-zu-rotbraunen Haaren passt. Ich habe mir den Schal auf der letzten Klassenfahrt im Hard Rock Cafe gegönnt. Aber ich habe nichts anderes.

Moment! Mir fällt ein, dass ich die Beinwellsalbe noch irgendwo in den Tiefen meiner Jackentasche haben müsste. Tatsache! Letztlich doch zu was gut, wenn man sich beim Volleyball die Hand verknackst. Das ist vier Wochen her, aber so eine Parkatasche verliert nichts. Die Sicherheitsbeamten am Flughafen in Berlin haben die Tube gar nicht bemerkt. Hallelujah!